名家散文
自选集

散文就是同亲人谈心

烟霞满衣

黄文山／著

民主与建设出版社

① 斯德哥尔摩音乐厅。
② 近照。
③ 喀拉库里湖留影。
④ 背倚虎跳峡。
⑤ 与何为先生在作代会合影。
⑥ 尼亚加拉大瀑布。
⑦ 淘金山。

2007 年文学讲座

烟霞满衣

井冈瀑布

6月，井冈的杜鹃已然谢了，再看不到山野间那一丛丛火焰般燃烧的热烈景象。但经过整整一个春天雨水的滋润，满山的草木却如墨染似地浓绿。一竿竿翠竹被风轻轻地摇动，在无边的林海中漾起一道又一道波浪。每天，太阳出来以前是云雾的世界，尤其是在黄洋界。这里中午以前难得看到阳光，眼前迷迷蒙蒙，像是有一群群灰色的巨人在不断地穿梭来往，他们都裹着湿漉漉的大衣，无意间碰上便会沾上一脸一手的水气，凉飕飕的带着点雨腥味，令人想起那一场又一场无声却温柔的夜雨。小溪在不知不觉中丰腴起来，远远近近，似乎到处都是活泼泼的水声。

此时最让人动心的当然还是瀑布。井冈山的瀑布这样多，多到久住的山民也说不清数量，因此，再详细的地图也无法一一标出每一条瀑布的确切位置。何况，还有许多季节性的流水游瀑，或守候在你散步的小径旁，或闪现在疾驰的车窗边，常常是在不经意间，使你感受到一种意外的惊喜。

井冈瀑布是那样多姿多彩，变幻不定。有时，它像一阵风，在岩壑间轻轻地流转呼唤；有时，它如漫天大雨，尽情地润湿山峦草木；有时，它是三两个隐者，躲在密密的丛林里轻歌曼舞；而更多的时候，它们成群结队从高高的山崖上呼啸而下，天地为之动容，草木因之失色，于是，你便明白了，大山的呐喊，原来是这样震人心魄。

井冈山瀑布最集中的地方是龙潭。龙潭在小井附近。一道长仅两公里的峡谷里，竟汇集了五潭十瀑。大小瀑布在悬崖峭壁之间，奔腾呼啸，引得峰鸣谷应，将大山的生命演绎得如此豪壮。

到龙潭看瀑布，既可以乘缆车，也可以步行，当然各有好处。缆车是从高空俯瞰，有一段几乎是贴着瀑布的水面缓缓下降，离开了缆车，无论是谁，也无法在这样近的距离、在这样的高度看着万斛泉流最初跌落的景象。五神河自远山迤逦而来，水流在临近悬崖的豁口之前，或许还有几分踌躇乃至几分慌乱，但跌落时却显得异常的平静。听不到喧哗和嘈杂，看不到拥挤和推搡，那一种凌空跃下的安详和沉着，让人惊讶得说不出话来。

当然，要观赏瀑布最后的跌落，则须下了缆车，徒步走到瀑布近前。这最后的一刻，似乎不像起始那样有序，但却变化万千，极其壮观。瀑布的下方，是一面空潭。瀑布落到潭中，发出喧雷般的响声，溅起的水花，化作漫天大雨。风忽忽闪闪，挟着水花和雾气，在峡谷间游荡。其实，在瀑布的中段，瀑流的下落就起了变化。有急急匆匆，一泻到底的；有从容优雅，款款而降的；也有寻找岩石作落脚点，悄然离队，但最终又不得不从岩石上漫流而下的；还有的，只是一味往同伴的身后躲闪，希望借此拖延坠落的时间。于是，一帘瀑布里，景象万千，每一股大瀑布里都藏着无数小瀑布，水流纵横交错，穿梭来往，溅珠喷玉，展开了一幅幅纷纭变幻的生命景象。

井冈山落差最大的瀑布——飞龙瀑布则在五指峰下的水口。150米高的瀑布如同一幅巨大的壁挂高悬于天地之间。沿着石砌小道往下走，老远就能听到喧腾的水声，在山谷轰鸣。待走到瀑布近前，更觉得气势不凡。瀑布不是一泻直下，而是折成两叠，上一叠，似乎是斜刺里冲出的一支奇兵，急骤驰骋，势不可当；下一叠，则如千军万马，漫山遍野而下，但见戟戈耀日，烟尘滚滚，盈耳则是风萧马鸣，吼声如雷。

在瀑布的上方，所看到的情景却完全不同。透过稀疏的树丛，面前只是一条不起眼的小溪。水流十分平静，从叶隙筛下的点点阳光，在溪面上轻轻地跳跃着，溪水缓缓流过树丛，流过石滩，像一支德沃夏克极具抒情意味的交响曲，节奏欢欣而舒缓。可是它们哪里知道，仅仅是几步之外，它们的命运将要发生根本性的变化！它们没有任何选择，甚至不容许有一丝犹豫，它们平静的生涯已经走到尽头，于是就这样相互簇拥着向一道深渊一跃而下。也许它们谁也没有想到，这身不由己的一跃，竟使得生命的瞬间如此壮观又如此辉煌！

倘若面前没有峭壁悬崖，倘若没有忘我的奋身一跃，自然，也便没有这样一道绚丽的生命华彩。那么，溪水将依然唱着平静而舒缓的歌，在丛林中穿行，与鹅卵石和水草嬉戏，像每一条平平常常的小溪，日子过得单调而轻松。其实，只要给它们机会，任何一条看似不起眼的小溪，都能将生命化作万丈飞瀑。只不过不是所有的溪流都能拥有这样的瞬间，但也并非所有的溪流都向往这样的辉煌。于是，小溪也罢，瀑布也罢，都以自己的方式生活着，并且丰富着世界。而对于大自然来说，只要存在，便是一种美丽。

当然，更多的瀑布只是一些季节性的流水。雨来了，那落在竹林树海的大珠小珠，循着熟悉的路径，一路寻亲访友，汇集一处，而后亲亲密密、热热闹闹地从一道道山崖豁口蜂拥而下。对它们来说，这些下雨的日子，就是它们快乐的节日。不像那些大瀑布，要时时面对诸多慕名而来的游人，它们因此显得更自在，更逍遥，也更能体现山野的情趣和意味。

六月，在井冈山旅行，当朝雾消散的时候，不妨在山林中找一个静静的角落，听听瀑布的喧响。那似风似雨的轻吟抑或如雷如鼓的轰鸣，都能引发你内心的回应，毕竟，那是大自然的呼唤，是大地律动的脉搏。没有什么比这样的声音更让人沉醉了。

密林中的海子

　　由川北重镇平武翻过海拔4300米的杜鹃山，就到了南坪。
虽说已是四月，但没有一点春天的感觉。杜鹃山的大小山头
上还披着厚厚的白雪。不要说看不到杜鹃花满山绽放的热闹场
面，就连一棵嫩绿的草芽也难寻觅。不过，此刻揪住人们心弦
的已不是绿色，而是那片近得似乎伸手就能触摸到的青灰色天
空。之字形的公路却还在向上延伸，渐渐隐没在云雾之中。而
一辆辆汽车就在这九弯十八盘的公路上，小心翼翼地蠕动着。
车轮与险滑搏斗的辙印全写在湿漉漉的路面上，让人看一眼，
无端生出几分惊心。

　　好不容易下了山，但心情依然欢快不起来，因为映入眼帘
的景象，太过荒凉。周遭的山峦全都灰头土脸，几乎寸草不
生，裸露的岩石，一群群、一列列在寒风中默默地挺立着、
坚持着。见不到一丝绿色，听不到一声鸟啼，风凄厉地刮过，
沉沉的长沟暮霭中，透出一派肃杀和悲凉。我们上午从成都出
发，一天中驰驱四百多公里，穿过成都平原后车头便直指西北

方向，地势越来越高，人烟越来越少，而这里似乎已是生命之路的尽头。不说破，也许谁都不会相信，就在这颓山秃岭里竟藏着一片丰茂的森林和一串串凝脂般碧蓝的湖泊。

进入沟口，脚下依然是乱石纷陈，但耳畔却响起哗哗的水声，恍惚中似乎一场暴雨正自远山奔袭而来。仔细看，只见一股股激流从满沟堆叠的石块中夺路而出，急湍处如喷雪泻玉，沉凝处则碧绿盈盈，像是谁往长沟里匆匆泼洒了一大盘颜料。越往里走，水色越清滢，沟两旁的草木也渐渐丰茂了。溪流拐了一个弯，一座彩幡飘扬的藏族村寨兀然出现在眼前，让人心情为之一振。

九寨沟的发现，还仅仅是10多年前的事。据说，500年前一支从西藏阿里地区辗转而来的藏民躲进岷山深处的密林中，在这里繁衍生息，先后建起了九座村寨。这九座藏族村寨和美丽的高原湖泊一块曾被密密的树林遮盖，尘封于世。究竟是什么，让九寨沟的美丽真容出现在世人面前？有人说是因为伐木工人砍光了密林，现出了彩色的湖泊，还有人说，是几名来川西北写生的美术学院的大学生，放胆闯进了深沟长壑……但或许，就是这长沟里急急奔涌的流水，无意间泄露了大山深藏的秘密。

急泻的碧流终于唤醒了世界，九座藏族村寨连同它们拥有的宁静淡泊的生活和这一串超凡脱俗的高原湖泊从此出落在世人面前。

整个九寨沟呈树枝状，由多条沟道汇合而成，每一道长沟都是一处独立的风景，形态各异大大小小的彩色湖泊错落其间，如同一串串翡翠，闪烁着日月精华。日则沟的沟底是一片原始森林，这也是九寨沟最后一片未遭砍伐的森林。高耸的剑峰，披着皑皑白雪，像一位戴着银盔的巨人，日夜守护着这片森林。为了让游客能够与森林零距离接触，旅游部门专门修建了一条通往林中的木栈道。这里已是3000米的海拔，走在栈道的台阶上，竟有些气喘。触目皆是参天大树，浓密的枝叶遮蔽了天空。它们是沿着长沟在人类的无穷追杀中一路退到沟底的。它们的背后就是一座座连绵高耸的雪山，这是它们最后的底线，因为它们已经无路可退。我因此相信，确实是伐木的油锯和利斧逼退了森林，露出了它们千万年来严严密密地遮蔽着的座座美丽海子。回想沟口那一派苍凉的景象，不禁让人感慨万分。即便在这川西北的高海拔地带，原先覆盖大地的原始森林也只剩下茕茕孑立的身影了。

九寨沟最让人流连地方的自然还不是森林，而是一个又一个纯净的高原湖泊，当地人称之为"海子"。正是这些晶莹剔透、风情万种的海子，让人感受到大自然的纯净和娇美。然而，海子和森林的关系却是这样相依相存。倘若没有这片茂密的森林，许多美丽的"海子"也便不复存在，或者只能成为季节湖。

离开沟底的原始森林下行，天鹅湖、箭竹海、熊猫海、五花海、镜海……这五彩斑斓的高原海子迭次走进视野。五花海，写尽了海子的妩媚和丰采，湖水并非一味深蓝，而是黄绿蓝各种色彩相间互映，杂染生波。大自然的生花妙笔，绝非漆工画匠所能替代。那颜色里揉进了云彩，揉进了森林，揉进了日月星辰，也揉进了生命的原色。而用"镜湖"二字来概括海子的明净则是再贴切不过了。雪山、蓝天、白云、碧树都争相将自己的倒影印入湖面，湖波一线，上下生辉。至于横衍的水草和水中的沉木更是交织出一幅幅奇诡莫测的图案。它们使得静默的湖水忽然有了生气，有了倾诉的欲望。蓝宝石一般的湖水轻轻地漾动着，于是，水草也罢，沉木也罢，都微微地欠动身子，似乎在倾听湖波的絮语，那是关于生和死的对话，是关于现实和梦幻的交流，是关于昨天和今天的问答。湖畔蜿蜒的道路从珍珠滩上的灌木丛中穿过，满滩漫溢的流水，簇拥着环绕在行人身前身后，快乐地轻轻地相互呼唤着，叫得人心里一阵阵温暖。水波映着日光，闪闪烁烁，如倾珠泻玉。漫步其间，一时竟觉得自己也成了一道流水，正静静地、平淡地、舒缓地走着自己的人生。

则查洼沟的尽处是雪山环簇的一座高原湖——长海。和原始森林一样，它也是岷山雪峰的宠儿。碧蓝的湖水，无声无息地环绕在雪峰膝下，深沉而宁谧。这是一种出世的平静，是一种远离尘嚣的安详，是一种忘我的陶醉。静静地注视着雪峰和湖水，自然地便忘记了烦忧，忘记了纷争，忘记了荣辱，心田里也便湖波般安宁。

往下走，可以看到路边的上下季节海都干枯了。皲裂的湖盆露出大片大片干渴的赭黄，像一条条张大嘴巴喘息着的黄鱼，无声地挣扎着，仰天而叹。不仅仅是季节海，一路上的溪流、瀑布似乎都变得十分瘦弱，这大约便是森林被斫伐太盛的结果。那由雪山和森林滋养的道道壮阔的瀑布和在树丛间奔涌的激流，一时竟都变得羞涩而平静。诺日朗瀑布位于日则沟和则查洼沟的分岔处，这是九寨沟最大的瀑布，宽300米。雨季时，可以想见那银瀑悬空的壮美景致。现在由于干旱，瀑布如乱发游丝，慵慵地散挂在石梁间，只是瀑床上巨大的棱棱石骨依然在向游人诉说着往常的姿采。

站在寒风驰骤的寂凉沟口，回望来路，但见暮霭重重，天地万物都被笼入灰蒙蒙的雾气中。刚刚经历过的九寨沟似乎又变得遥远而缥缈。只有眼前急急奔泻的沟水，明确无误地告诉我那藏在密林中的一口口美丽海子，在我的脑海里不断演绎着昨天的、今天的和明天的九寨沟。

与一条小溪结伴同行

小溪远在闽西北的泰宁，它有一个好听的名字：上青溪。在地图上找到这细细的一抹绿痕时，不知为什么，只是一眼，心里已然与它订下了约期。

抵达泰宁的那天晚上，下着雨，旅枕上落满了动听的声音，分不清是溪声还是雨声。我们下榻的金湖宾馆面临杉溪，上青溪就是它的一条支流。想到翌日的漂流，恍惚间似乎听见了上青溪轻轻的呼唤。

漂流，便是隔着一面薄薄的竹筏和溪水结伴同行。竹筏是用数根碗口粗的毛竹绑就的。造筏用的毛竹，是一例削去青皮的裸竹，据说这样做既可以减轻竹筏自身的重量，还可以防裂。毛竹两端则用炭火烤弯，形成高昂的船头和微翘的船尾。一面竹筏可乘坐三位游人，由一名艄公以竹篙掌控方向和速度。竹筏刚放下水，浪花便簇拥而来，看来它们已是老朋友了。一路上，不论穿岩过滩，溪水只是轻轻地咬啮着竹筏，好像有说不完的亲热话。

　　不像武夷的九曲溪，更不似桂林的漓江，上青溪两岸没有太多的风景。其实，对于漂流而言，过多的风景，也许是一种精神负担，免不了让人牵肠挂肚的，而漂流追求的则是一种无羁绊的自由自在。作为城市的一员，我们每个人都在极其狭窄的时间和空间里讨生活，心灵之累，如坠重铅。而在上青溪漂流，感受最强烈的也许就是这一点。一坐上竹筏，就没有了时间和空间的概念，自然，也就没有了狭窄和窘迫的感觉。那当是一种心灵的放生。

　　上青溪的好处，就在于它十足的野性。由于人类无止境的垦伐，已经很难找到这样仍然保存着原始风貌的土地。十五里的水程，没有村庄，没有寺庙会引诱你作短暂的驻足。自然，也没有一切人文的痕迹，诸如崖画、岩葬，更遑论历代文人的题刻。就连艄公扬起水淋淋的竹篙向游客讲述的种种神话传说也是"新编"的。这让人有点啼笑皆非。其实，上青溪完全用不着这些。那碧莹莹的一湍激流，那叠若累卵的巨大岩石，那林林总总的花草树木，分明是一个有别于人寰的另一个世界。你闯进了别人的世界，还要用俗不可耐的种种比拟去附会，去演绎人间世相，岂不可笑！你只要端坐竹筏，让流水执导，用心去感受那一种清幽，那一份闲适。用不着解说，也无须想象。人生太累了。什么时候能够这样，既不用费力，也不用劳神，只是默默地漂流，在漂流中悠然忘机，品尝自由奔放的快感。那才是人生最丰美的享受。

周遭是草木的世界，也是岩石的世界。人只是其间的一个匆匆过客，就像身边这条轻轻叫唤着的欢快流水。或许它们自己也不知道将流向何方，只是随形就势，时而跌宕，时而宛转，时而飞泻千丈，时而百结回肠，率性由情，无牵无挂。与这样一条小溪结伴同行，心情自然格外轻松自在。

不过，这仅仅是相对于人世而言。其实尘寰之外，万物一样有高下之分、强弱之别。在上青溪，占统治地位的是岩石。两岸巨壁亘天，我们只能和身下的溪水一起，小心翼翼地、委委曲曲地从强大的岩石让出的一道缝隙间屏声息气，慑然前行。有时，霸石横道，溪水不得不三回五折，才觅得一条出路，从夹岸森然的峭崖间通过。乾隆年间重修的《泰宁县志》上，关于上青溪有这样一段文字，读后不禁让人掩卷动容："奇岩跋扈，天为山欺，水求石放。"只有身历其境，才能体会到这十二个字的绝妙。一"求"一"放"，写尽了天地万物生存的况味。而无生命的山水世界，也由于一份人生世情的关注，忽然就生动起来。

岸边的草木何尝不是这样。在这片原始的次森林里，肥沃之土自然全是大树的地盘，于是小树们只能挤占在贫瘠的溪滩，与涨落的溪水作生存的殊死搏斗。你会看到，在刚刚消退的洪水留下的一道赫然在目的水线上下，是一个怎样惊心动魄的场面！水线下，一片破败狼藉，到处是枯枝败叶残根；水线上，一棵棵小树东倒西歪，惊恐万状，崩坍的溪岸，露出它们紧紧缠绕着的根须。生死只在瞬间，躲过了这场劫难，只能说是一次侥幸。严酷的环境，使得生存的意义变得那样实在，而生命本身则显得格外美丽。在几乎不见一星土的峭崖上，还魂草觅到了自己的归宿之地。那焦黄焦黄等待着一场雨水让它返青的一片，似乎在诉说着与命运抗争的艰难。至于在树梢上悬挂的青藤呢，别看它们优哉游哉的样子，那可是一些费尽心机的经营者。当一棵棵幼树刚刚破土而出，它们便要窥测方向，把握机会，然后以自己的生命做一次冒险的投入。这以后的等待也许漫漫无期，也许，经营的对象半途夭折……终于，它们的攀缘有了结果，但悬在半空中的感觉一样让人心旌摇摇。

泛筏而下，从岩石和草木的世界中悄然而过，仿佛经受了一场洗心涤肺的沐浴。这里是大自然原始的舞台，没有掺杂任何人为的因素。万物都在悄悄演示着它们各自的生命内容，同时把生命的真谛揭示得那样深刻。

春浓似酒，筏行如风，一个半小时的漂流让人从此记住了上青溪，闽西北的这条野趣盎然的小溪。

太姥山

在天地之间，太姥山是寂寞的。不用说风雨之日，十里梵宇，庭阶寂寂，即便是月明之夕，山道间也难闻足音跫然，满山的石头寂寞得听得到彼此的心跳。

一亿年前，当这群石头从海底缓缓升起，就注定了它们一生的命运。它们甚至来不及转动一下身躯，变更一下姿势，就这么被永久地留在世间，用它们赤裸的背脊，造型成一座万古不变的山峰。

不变的只是太姥山的石头。对它们来说，每一声悦耳的鸟叫，每一朵多彩的行云，每一颗萌发的草芽，每一个兴奋的游人，都是新鲜的。新鲜便快活，便冲动，便欢笑。只有看过太多的新鲜事，经历过太多的沧桑，才默然无语。如同公园长凳上静静坐着的老人们，寂寞但不孤独。

太姥山的石头是寂寞的。它们望着山谷里的野花，开得那样热烈，那样绚丽，绿烟红雾，揽尽了一山风流。然而，不过几夕秋声，就凋零略尽。其实，热闹也罢，辉煌也罢，都是短暂的，只有寂寞如石头才能这样持久。

太姥山的石头是寂寞的。它们望着远方的海，海也是寂寞的。听不到涛声，看不见帆影。晴天，闪几道透明的蓝光；阴天，升一层迷蒙的海气。山，越来越高，海越来越远。除了寂寞，还有什么能填补这无尽想望的每一寸空间？

偶尔，一颗孤单的种子落到石头的心窝，它们便会用自己的每一滴血液滋养着它，那岩隙间虬曲多姿的小树，则是石头的又一种生命形式，是它们潜藏的热情，诱发的希望。在静静的晓风中，在静静的晚风中，一棵棵摇曳的树影，都是石头悄悄地自诉。当小树终于枯萎，它们便重归宁静，默默地等待另一颗种子的降临。

和石头一样寂寞的还有山南山北那一座座或兴或废的寺院。国兴寺，是一座建于晚唐而毁于宋的古刹，即便是废墟，也美得让人怦然心动。尽管早失去翘脊飞檐的宏伟气势，也不复有描龙绘凤的天花藻井，但一行行紧密无间的玄晶础石，依然执着地把亭亭玉柱举向天穹，去拥抱那本属于它的一份蓝天白云。对它来说，灿烂的日子实在太过短暂了，而磨难却漫漫无期。它的每一根石柱都在风雨中站了整整800年，它的每一道横梁也都在泥土中躺了整整800年。不知道，后人为什么不愿意再修复这座曾是太姥山三十六座寺院中规模最大的庙宇？为什么留一座美丽的废墟给历史，留一段隽永的寂寞在人间？

如同殿前侵阶的野草，带着萋萋的雨意，蔓延到游人的心头。

摩霄庵，顾名思义是太姥山地理位置最高的寺院。几杵疏钟，把山下的灯红酒绿，繁歌密弦敲得恍如隔世。它与凡间的唯一联系便只有一道狭长而又漫长的石阶，对游人和香客，这道石阶是虔诚和意志最实在的考验了。这里没有香火庄严、禅房幽深的气氛，没有游人如织、熙熙攘攘的景象，更没有达官贵人光临的显赫场面。寺院宁静得像一口青苔封衍的古潭，每一个布袜青鞋的僧人也像草野间淌出的清泉那样朴实而透明。

选择这座山，选择这群石头，便注定了他们一生寂寞的归宿。普明寺住持步生和尚自青年起只身入韦陀洞，至今52年。52年与之相依相伴的只有石头和太姥山的漫漫云海。在他的生命之树上没有翠叶，没有红花，既没有根由，也无所谓结果。他以半个世纪的生命专注地做一件事：在悬崖峭岩间筑路。每天，他用铁锄叩问大山，而大山总是不厌其烦地重复着同一声回答。他们互答的旋律渐渐铺平了大山的皱褶，于是太姥山云海里有了一条明晃晃的阶梯。做完了这一切，他甚至没有回头再看一眼这条用了50年光阴才走通的路，便回到冰冷的石屋，枕着润碧湿翠，默默地享受他的寂天寞地。

世耀尼姑曾有一段令人羡慕的红尘，然而她在将入晚境时却毅然抛弃一切，开始她寂寞的又一番人生。太姥山无语的石头召唤了她，给她启示，也给她瘦小的身躯注入神奇的力量。

她回报太姥山的，便是给每一块石头一枝沾云带露的翠绿生命。太姥山有多少石头，说不清，她的劳动便永无休止。8年坚忍的努力，她创下了一片让人惊讶的寺业：数万株果树、茶树织满了一面山坡。由是，春天，寂寞也能开花;秋天，寂寞也能结果。

　　在天地之间，太姥山是寂寞的。静静的阳光，静静的晓风，静静的一群石头，静静的不起波澜的岁月。与这刻骨入髓的寂寞相比，那传世的一幅幅瑰奇的画面，一个个生动的比拟，一则则美丽的传说，一声声惊喜的赞叹，都是那样肤浅，那样微不足道！太姥山从亘古走来，它还要走向怎样的遥遥未来？寂寞使它的石头生命永恒。

万木林

万木林是一个树的世界。

我们来时正值初秋，刚下过一场雨，路面上的枯叶像长了精神，一行人踩过去，一片叽叽喳喳的叫唤。我们的心也被踩痛了，脚步都放得格外轻。看不见，但感觉得到雾气在无声地流动，森林的氛围正悄悄地拢来。因了众树的拥抱，天空温柔地碎了。叶隙间筛下的光线，迷迷蒙蒙，衬得挺拔的树身格外虎虎有势。

忽然林梢间传过一阵轻微的颤动，霎时，千树万树黄叶萧萧而下，那纷纷扬扬有如疾风骤雨般的落叶之声带着一种透骨的凄凉卷过森林。我知道，那不是风的缘故，而是冥冥之中一个生命的指令，不容许有任何犹豫。整个过程也许只持续了几分钟，然而却震慑了全部森林。一棵棵树肃然而立，目送落叶回归土地。这无比辉煌的落叶景象把我们都惊呆了，好一会儿才还过魂来。

经历过这一幕，森林沉默了。再听不到一丝声音。不用说鸟啼虫唧，就连交柯的枝叶的喁喁私语也戛然中止。这静寂，隐隐藏着些蹊跷。也许，森林里的所有生命活动正是由于我们的到来而匆匆停息吧！你看，来不及抽身，身量苗条的木兰还斜倚在粗犷的酸枣树上，那一份缱绻缠绵之情，让人怦然心动；观光木凝固的笑容里蕴含着几多幸福的回味，不知道是哪一位美丽的客人，刚刚离开它的枝头；巨大的沉水樟卓而独立，那轩昂的气势，令众树敬而远之，然而，因了这缘故，它就要默默地承受高贵的寂寞。

生命的悲欣荣枯，竟被无言的大森林描绘得如此动情。一棵小叶楠訇然倒地。它曾是那样伟岸、挺拔，风起时，那高高扬起的树冠，像树海里一叶犁浪的翠帆。而现在，二十多米长的身躯挺得笔直，如同一位决斗而死的刚烈勇士，神色安详、无怨无艾地躺在众树之中。一簇簇淡黄色的野菊花环绕着它，那是森林对它的礼赞。在它根部掀起的大土坑旁，一棵巨樟无限惋惜地凝视着这一结局。它们在一起共同生活了半个多世纪，然而有限的空间和土地，只能在它们之间作出这样一种残酷的抉择。竞争是公平的，竞争的结果却令人感伤不已。不知道是否躲避生存的倾轧，一棵栎树摇摇晃晃地在悬崖上张开叶伞，它是如此瘦弱，似乎一阵狂风就能将它连根拔起。它立足的土壤实在太硗薄了，只是岩窝间的一抔浅土，它的全部根须都裸露在崖壁上。风来了，没有哪一棵大树能为它遮挡；雨来了，没有哪一块岩石能让它躲避。但它是自由的，而自由的代价竟是这样严苛。

在万木林，一缕阳光、一滴雨露和一寸泥土都是那样珍贵，只有参天大树才能充分享有这些大自然的惠赐。于是，只要是树，便都成了攀援植物窥测的对象。对这些没有脊梁骨的家伙来说，只有攀上大树，才能得到一份小小的蓝天。而机遇实在太重要了。也许，它惨淡经营的对象只是一棵濒临枯死的老树；也许，在眼看就要成功的一刹那，一场突如其来的暴风雨将它的美梦彻底粉碎；也许，它操之过急了，将自己的全部希望绞杀在一夜之间。相形之下，那些成功者正可以沾沾自喜，尽情炫耀它们柔曼的腰肢，就连威严的大森林也无法拒绝这扭曲的美丽。

在这座经过640年自然繁衍、自然淘汰的天然混交林里，每一棵树的气息都让人觉得新鲜而陶醉，每一个树种的生存都让人感到神秘而兴奋。在原生状态下安然度过六个多世纪的风霜雨雪，万木林本身就是一个奇迹。这个奇迹的创造要归功于杨达卿和他的子孙们。16世纪中叶，闽北发生饥荒，杨达卿发动灾民上山植树，种树一株，发谷一斗，从而营建了这片一万多公顷的人工森林，而后又约束子孙，世世代代封禁山林。一个世所罕见的自然生物圈就这样被保护下来。当初植下的树木已全部腐朽于泥土中，否则，万木林今天便只能是一座老化、单调的人工林。而改变这一切的，可能只是候鸟嘴里几颗不慎跌落的种子，也可能只是大风刮来的一些不甘寂寞的花粉……森林却因为它们的到来而发生着悄悄的变化。古老的大树想倾侧它们，蛰伏的莽藤想绞杀它们。年复一年，不知多少"外来移民"魂断香消，零落成泥。但最终，是它们推倒了大树，制服了莽藤，站稳了脚跟，改变了森林的格局。这是一个鲜为人知的长达数百年的森林之战。如果把时间的比例缩小千倍，其惨烈的程度，恐怕不亚于滑铁卢大战。自然法则是这场战争最公正的裁判。600多年过去了，原先大一统的，连品种和间距都整齐划一的人工林终于演化成了今天这样万木争荣的景象。整整一个上午，我们只在万木林的边缘逡巡，因为没有路可达森林的腹心，森林自己封闭了自己。这是一条有形的大自然的界限。

当我们走出森林的一刹那，林子里忽然传出了清亮的鸟鸣，先是三两声，继而连成一片，像积聚了许久的爆发，震得空气和阳光都在微微地颤动。那是森林生命的歌唱。我明白，即使用斧子砍出千百条路，人类也永远也走不进整座森林。

三月关东

关东三月，一个非常的季节。对于生活在江南的人们来说，总是充满了陌生和神秘。那位一到春天便喜欢到处乱泼颜色的青帝，大约还耽情于江南，无暇北顾。于是，在关外塞北，还是灰苍苍、白茫茫的混沌一片，不要说看不到"花红柳绿""莺飞草长"的景象，那种"扑面不寒杨柳风"的经验，也一概用不上。寒流说来就来，搅起漫天飞雪，让人备尝冬日的余威；风雪过后，则又是一派艳阳，隐隐感觉得到春的身影在悄悄晃动。尽管家家屋子里都有暖气，但憋了一个长长的冬季，谁不想站在明媚的阳光下感受早春的新鲜气息？而三月的关东，寒风和阳光是一对天生的仇家，阳光拂在脸上，暖融融的，像一只只柔暖的小手挠得你到处酥酥痒痒的；寒风则不管不顾地从领口、袖口以及所有的衣缝往里钻，直寒透你的五脏六腑。

尽管冬天即将过去，但春天并未到来。这是季候中的一段耐人寻味的空白。看不到鲜花，也听不到鸟啼，大自然显得冷清而平淡。平淡得有些空荡甚至有些无奈。河面上依然结着冰，凝脂一般冻着一艘艘孑然无助的小船；树丫上光秃秃的，没有一点绿的动静。虽说冰雪的生命很短，但三月还是它们的世界。不仅是背阴的山坡，依然覆盖着厚厚的积雪，就是路两旁的堆雪，也在发出耀眼的白光。阳光照在它们身上，就像照在被褥上，它们只是报以安详的一笑，根本不相信自己会在三月的阳光下融化。

冬眠的山，此时大约醒来了吧。那是一场太过漫长的浓睡，慵懒的阳光从它们身上拂过，反而让它们睁不开眼睛，它们似醒非醒的样子，就像稚童般憨态可掬。不过，脱却了繁盛的绿装，山，反而现出它们真实的面貌。它们裸露的筋骨肌肉，让人想到关东汉子敦实的身躯；它们不用修饰的神态，也像关东汉子般爽朗。

穿过辽河平原一路向南，便有一列列大山迎面驰来，这是千山山脉南行的步伐，雄壮、威严。看这一重又一重的山脊在天边勾勒出一幅天然的关山行路图，总不禁让人想到宋琬的一首《关山道中》："拔地千盘深黑，插天一线青冥。行旅远从鱼贯入，樵牧深穿虎穴行，高高秋月明。半紫半红山树，如歌如哭泉声。六月阴崖残雪在，千骑肖征画角清。丹青似李成。"在少数写北地风情的诗人中，宋琬最见功力。这首词，写出了雄浑、峭拔、冷峻的北地山景。"拔地千盘，插天一线，阴崖残雪"，恰是眼前关东山脉的写照。

从车窗望去，山连绵起伏，层层叠叠。尽管时届冬残，山坡上却看不到树叶凋零的景象。映入眼帘的则是满山遍野纷披的柞树，织成了一面独特的风景。它们一例都顶着满头黄叶，经受着寒冬的考验，无论厉风冻雨乃至严霜重雪，在新芽吐翠之前，决不肯轻易落下。那树叶的颜色，不是华丽的金黄，也不是灿烂的红艳，而是土地那样厚重的赭黄，透着坚忍和从容。于是它们在关东漫漫的长冬里，坚持着，等待着。等待也是一种美丽。

孤零零地看一棵棵柞树，实在不起眼。它既没有挺拔伟岸的树干，也没有婆娑秀逸的枝叶，普通得就像一个个质朴的庄稼汉。但千万棵柞树相呼应、相映衬、相扶持，随山形起伏，如巨毡延展，却形成了一片让人徜徉不尽的风景。

在冬将阑而雪犹然之际登凤凰山则另有一番风味。少了春花秋叶的点缀，山色则更显古朴苍然；听不到鸣禽流水的声响，山势倒更觉空旷清幽。一座座深藏在山间的寺庙还都披着厚厚的雪装，瓦楞上是雪，台阶旁是雪，树梢上挂着的还是雪。只有红漆的廊柱在这一片白色中闪耀着鲜艳的光泽，很有些年头的庙宇经白雪这么一衬，竟格外精神起来。

铺在凤凰山的这片雪足有半尺多厚。长长的一个冬季，说不清降了多少场雪。雪的品格真让人崇敬。雪不独个占着一方地盘，旧雪每每敞开胸怀，迎接天上降临的新伙伴。于是，新雪压着旧雪，后来者总是居上，最下面的雪早凝成了冰，面上的则是粉嫩的新雪，也许来到世上不过几天。这雪白得洁净，白得让人心疼。车停下了，人却迟迟下不了车，因为实在不忍心踩在这样洁白的雪身上。终于，杂沓的脚印踏在雪地上，那洁白便有了伤痕、有了疼痛，但因此也就有了活生生的气息。

凤凰山在辽东诸山中以险峭闻名。远远地看凤凰山，那锐如剑戟的山峰，在天际划出一道急剧起伏的影线，好像众多的山峰在负气争高。而当你走到一座座山峰面前，才感到凤凰山的可贵和不易。诸多山峰攒插在十分有限的土地上，那山峰能不陡吗？由于山势陡峭，表面的浅土早被雨水冲刷殆尽，裸露出累累岩石。无论是板块说也罢，火山说也罢，大凡山都是挤压的结果。可以说，没有挤压便没有山峰，挤压愈甚，山形愈险峭。那布满全山的悬崖峭壁，以及镶嵌在岩缝间的庙宇和悬挂于绝壁上的链梯，似乎都写着"坚忍"二字。这便是凤凰山给每一个登临者的最好的赠予。

关东3月，一个没有鲜花的季节，却是最耐人寻味的时候。万物尚未复苏，一切都处于混沌之中，大自然制造了一个空白。那空白里却蛰伏着一个美丽的等待，如同那飘飘忽忽的春的影子，让人为之着迷、为之感动。

背倚虎跳峡

在这里奔流的金沙江，是青春期的长江，血气方刚，活力正盛，自青藏高原南下，一路汇集雪山融水，穿峡过滩，一泻千里，势不可遏。于是出川藏、进云南，却偏偏有山挡道，一座是玉龙雪山，一座是哈巴雪山。金沙江先是随兴打了一个三百多度的大转弯，由向南改为东北。江水转弯的地方叫石鼓，这里遂被称为长江第一湾。可是，面前依然是壁立千仞的叠嶂连峰。由是江流发一声喊，生生在两座高可摩天的大雪山间撕开一道口子。这道狭窄的口子就叫虎跳峡，峡长16公里，峡高3000米，最窄处却还不到60米。据说，当地有人曾看见老虎从这里跃峡而过，于是以此命名。

一道虎跳峡，让狂野的金沙江多了几分豪气。

第一次认识虎跳峡，是1986年洛阳长江漂流队的壮举。江河漂流，是人类挑战大自然的一项新兴活动。自20世纪60年代以来，地球上的大河：尼罗河、亚马逊河、密西西比河相继被漂流运动者征服，而中国长江却还是漂流的处女河。长江，是世界第三大河，全长6300公里，落差5400米，也是世界落差最大的长河。它的上游尤以急流险滩著称于世，同时也让一个个漂流探险家心旌摇摇。

1977年，当美国探险家肯·沃伦成功地漂流了印度恒河后，站在他的"下次是哪条江"号漂流船上，指着远处的喜马拉雅山雄心勃勃地说："现在，只有山那一边的伟大长江还没有被征服过，这就是我的下一个目标。"他并表示，愿意交纳80万元首漂长江。

中国的河流，为什么不能由中国人自己来完成漂流？一个年轻人挺身而出，他就是西南交通大学教师尧茂书。于是，尧茂书孤身开始了他壮烈的长江漂流之旅，但不幸在金沙江的通珈峡遇难。尧茂书的献身，唤起更多热血青年的爱国激情，来自古城洛阳的8位年轻人自发成立了"中国洛阳长江漂流探险队"，决心继续完成尧茂书未竟的事业。洛漂队成功冲过通珈峡却在叶巴的江心遭遇狂浪，漂流船被锋利的礁石一劈两半，两位队员不幸遇难。

长江上游之艰险，使得美国人知难而退。此前踌躇满志的美国探险家肯·沃伦在叶巴察看了江水流势后宣布：我们要和长江说"再见"了。他还说："过去，我们对长江的认识是远远不够的。在这条江上，不管什么人，光靠勇气、毅力和技术都是不够的。"

但叶巴的失利和美国人的退缩丝毫没有动摇这群洛阳青年的意志，他们誓言要一直漂到长江入海口。

于是，天险虎跳峡成了漂流队面临的最大挑战。一时，全中国的眼睛都盯在了云南西北，地图上的一道细细弧线，却系住了亿万人的心弦。

这一天，是1986年9月10日，洛漂队的两位勇士从容地穿上救生衣，向岸上的人群挥挥手，上了密封船。船下水仅仅一秒钟就被激流挟持着飞速冲上横卧江心的黑礁石，接着翻腾跌下7米多的波谷，险被激流利石击穿。密封船在狂涛和漩涡中翻滚着前进，很快又被巨浪吞没。但幸运之神终于降临在他们身上，密封船沉入江底，几番挣扎后终于浮出水面……

我多少次在地图上寻找虎跳峡，寻找这道让国人为之热血贲张的壮峡。今天，我终于如愿来到金沙江畔。车子从丽江出发，6月的阳光，暖暖地照在原野上，远山、近树、村舍显得格外宁谧。从车窗远远地眺望长江第一湾，只是一道优美的弧线。车子沿着公路逶迤前行，不经意间，已与浑黄的江水一路同行。

谁也没有想到，就在前方，会有一场水石的恶战。

公路旁的山势陡然升高，我们乘坐的车子在一座涵洞前的敞地停下。虎跳峡就在公路下方，隐隐听得到江水的呼啸。由公路下到江边，建有百米栈梯。踏上去，立刻传来咚咚的响声，仿佛听见长江的心跳。临江水处围起了一米高的铁栏杆。凭栏处，便是虎跳峡的狂澜激流。

不像我见过的许多江流，岸边的崖、江心的石，都被激流磨得顺溜圆滑。如同一只只驯服的绵羊，在鞭子下低眉顺眼，了无刚性。而任由江水在石面上纵情漫流，意气洋洋，写尽一个征服者的傲慢和自得。

虎跳峡却不是这样。16公里长的狭窄河道，每一处都是严阵以待的敌垒：峡两岸的岩石，全都张着一列列尖锐的棱角，露出斧斫刀削一般的痕迹；江心处那块黑色大礁石，更是利脊高耸，铁面铮然，对着汹涌而来的江水，以锋利的刀口相向。滔滔黄水，登时被一劈两半。江水却没有丝毫退缩，咆哮着蜂拥向前，浪涛层层叠叠，铺天盖地而来，高高腾起的水柱和深深卷出的漩涡，如同天地间一口口巨镬，不断倾倒出满锅嘶叫着的沸水。漩涡套着漩涡，浪头抵着浪头，看得人眼花缭乱。江水流速之疾、力量之大，更让人触目惊心：圆桌大的木头进入水中，出峡时已被劈得粉碎。面对此景，宋代诗人苏轼曾吟道："有如兔走鹰隼落，骏马下注千丈坡，断弦离柱箭脱手，飞电过隙珠翻荷。"这同时也将老子关于水的箴言："天下之至柔驰骋于天下之至坚"演绎得淋漓尽致。

这是长江的一次发威，3000里奔腾的劲道，3000米落差的蓄势，在一瞬间爆发。江水逼使大山让出一条通道，但也仅仅窄堪容身。而两岸山岩的反抗来得一样强烈。那锐石尖岩的形成，当是江水的强力之功。奔腾的激流和坚定的山岩，彼此相向，再无退让。水石间的剧烈搏斗，就这样相持了不知百千万年。

那么，背倚虎跳峡，拍一帧照片吧。背景是急浪翻腾的金沙江，是壁立千仞的大雪山，是一块块在激流冲击下的尖岩锐石，或许，还有漂不去的关于漂流勇士的记忆。

此时，背倚虎跳峡，任身后的江水激荡澎湃，如同听一曲宏阔的天籁之音，不知为什么，心倒变得格外宁静。

初识祁连山

要是有一群小鸟，我愿意给你；要是有一道流泉，我愿意给你；要是有一片森林，我愿意给你。祁连山，我从老远的南方前来看你，我看到你灰漠的面孔，焦渴的嘴唇，被岁月磨勒得如此深陷的皱纹密密地爬满你的额头。你赤裸的身子忍受着烈日的炙烤，忍受着朔风的撕咬。无穷的苦难，无尽的等待，你唯有默默无语。

对你来说，那高远的蓝天，那匆匆飘过的云彩，那交织成美丽图案的星星，那遥遥地平线上，明灭变幻的海市蜃楼，都不是你的。你所拥有的就是脚下的戈壁滩，只长碎石和沙土的戈壁滩，以及和你同样焦渴、同样枯寂的骆驼草。

在你面前，便是有名的河西走廊。名为"走廊"，却是一条绝非轻松的道路。当年，林则徐充军伊犁，足足跋涉了一个多月才穿越这条一千二百多公里的长廊。登上嘉峪关城楼，回首来路，他不禁感叹赋诗："谁道崤函千古险，回看只是一丸泥。"

正是这条狭窄而漫长的河西走廊，绘出了甘肃省如此独特的地理形状：一只从中原大地伸向西部的长长手臂。古时，这里是西行的唯一通道，即在今天，它的重要交通位置依然没有动摇，欧亚大陆桥便铺设在这条古丝绸之路上。

历史似乎偏爱这被朔风吹刮的又干又冷的戈壁滩。无论是战争的狼烟还是和平的驼队都在这条道路上留下灿烂的篇章。2000多年前，西汉王朝派23岁的年轻大将霍去病率军一年两度横穿河西走廊击溃匈奴铁骑，建立了河西四郡：凉州（武威）、甘州（张掖）、肃州（酒泉）、沙州（敦煌）。河西走廊自兹纳入中国版图。匈奴人因此哀歌：亡我祁连山，使我牲畜不蕃息；亡我焉支山，使我妇女无颜色。

只有你才知道，这场与匈奴间长达二百年的惨烈战争对世界历史有多么重要。在两汉军队连番打击下，匈奴人终于退出河西走廊，退出蒙古草原。他们中的一支由里海辗转而西，征服了伏尔加河和顿河一带的游牧民族，继而击败东哥特人，并迫使西哥特人向西南迁徙。此后，匈奴铁骑纵横欧洲八十余年，造成了多米诺骨牌式的民族大迁移，加速了罗马帝国的灭亡，形成了今天欧洲各民族的分布格局。而这惊心动魄又富戏剧性的一幕幕都是因为你而发生的。

在匈奴铁骑消失1900年后的一个初秋，我乘坐长途客车以每小时80公里的速度驶过你的身边，五天行程五千华里，沿河西走廊匆匆走了一个来回。我从车窗望着你，望着你绵延不绝的山峦，望着你白雪皑皑的峰巅，望着你被漠风撕扯成万千形状的石崖，望着你没有一棵树，没有一只鸟的山坡，望着你脚下百里不见人烟的荒漠，望着你身边徒有响亮的名字却干涸得拧不出一滴水珠的河床，不由地感叹：命运对你太过严苛。而你却默默地忍受着这干旱、这寒冷、这寂寞，与命运抗争。

只有在中途停车休息的时候，我才感受到你跟这块土地的密不可分的联系，没有什么比戈壁滩中的绿洲更让人兴奋了。周围是望不到边际的黄沙碛石杳无人烟，仿佛整个世界还在洪荒中混沌未醒，车厢里也一片阒寂。然而当前方出现一团绿色，所有的乘客都被从昏昏的瞌睡中唤醒，人们睁大眼睛，急切地盼望着绿洲飞临。武威、张掖、酒泉、敦煌，每一块绿洲都像一方童话中的神奇国土：白杨成荫、流水淙淙，高楼林立、街肆繁喧。而创造出这一个个童话世界的还是你祁连山！你拥有的仅仅是一个短暂的夏季的太阳，却创造出如此辉煌的世间奇迹。每一场降雪都被你珍惜作流泉，在千里不毛之地上哺育出了块块绿洲。没有你，便没有金张掖、银武威这塞上粮仓；没有你，便没有弱水、疏勒河，没有这河流带来的村镇和田畴；没有你，便没有丝绸之路，没有在风沙中顽强跋涉的驼队，也没有那一场接一场悲壮惨烈的战争；没有张骞、霍去病、班超、唐玄奘、马可波罗的传奇业绩；没有一首首绵历古今，读来令人热泪滂沱的《凉州词》《陇西行》；自然，也没有西夏碑、卧佛寺、魏晋墓画和嘉峪关这样耀眼的塞上风物，更不用说，那被流沙淹埋又复见天日的人类艺术遗产敦煌莫高窟了。

可是，祁连山，这难道便是你的全部么？还有你的戈壁滩、你的骆驼草？我仰慕你的历史，但我不仅仅是为了你的历史而来；我向往你的风物，但我不仅仅是为了你的风物而来。我多想知道，会有新的奇迹在你身边出现。毕竟，仅仅是一个夏季的阳光，仅仅是一个冬季的降雪，对这一片焦渴的广袤土地，实在是太少太少了。我从老远的南方来，第一次认识如此艰难的西北，第一次认识如此艰难的西北之山，我唯有默默祈愿。

河西走廊的月亮

就这样升起来了，这千里河西走廊的月亮，这西北戈壁滩的月亮。

没有一声寒暄，也用不着预告，一轮圆润而又皎洁的月亮，就这样贴住车窗，朝你粲然一笑，而后缓缓地升上中天。全车的人都又惊又喜，不约而同地发出一声赞叹。司机竟把车停住了，于是大家纷纷跳下来，站在戈壁滩粗粝的碛石上，看着月亮冉冉上升。

这一切都来得那样突然，似乎落日刚刚还衔在遥远的祁连山巅，接着，便是一阵短暂的黑暗。戈壁滩之夜不是缓缓来临的，而是猛然间，当一小片残阳被飞快地拽下，天地万物便深深地坠落于黑暗之中。车灯打开了，孤独而微弱的光柱不断被夜色大口大口地吞噬。吞得大家的心里都有些发慌。就在这时候，月亮升起来了。

我从没见过这样圆、这样大、这样柔洁又跟人这样贴近的月亮。她仿佛近在咫尺，那份难以描摹的丰盈和难以形容的优雅简直就是美丽的极致。大家都动情地抬头注视着，连司机在内，一时都忘了自己的行旅。

圆月，一下把戈壁滩照得透亮，四周无遮无拦，没有一丝浮云，也没有一棵杂树，有的只是空旷。长着一片荒芜，透着一派苍凉的空旷。

这空旷，延展着时间和空间。从昨天到今天，几千年的故事，便是被这一片柔柔的月光照着，在卷帙浩瀚的史册里发出亮丽的光彩。一场又一场惨烈的战争、一个又一个鲜活的人物、一页又一页生动的历史，就在这月光下的空旷里轰轰烈烈地演出。

在这空旷里，曾驰过霍去病的铁骑，将士的盔甲和手中的兵器在月光下翻动着银色的波涛。那场与匈奴间的战事，使得这位年轻将军名垂千古。就在这戈壁滩的一个美丽月夜，他将汉武帝御赐的美酒，倾于泉中与三军将士共饮，从而写尽了一个大将的豪情和风流。酒泉也因此得名。当霍去病高高擎起酒杯，那杯中一半是清泉，一半便是皎洁的月光。

在这空旷里，曾走过左宗棠西征的大军。月光洒在连亘百里的营帐，洒在路边湖湘子弟新栽的杨柳枝上，也洒在这位64岁的爱国老将不平静的心田。在清廷"海防"和"塞防"之争中，他坚持收复新疆，保卫祖国统一的主张，最终获得胜利。如今，他要将朝策付诸军事行动。千里河西走廊，正是他这首

煌煌战争之歌长长的前奏曲，使他得以利用行军的间隙，梳理
一番纷繁的头绪。多少军情、多少家书，便是蘸着帐前的月光
写就。

在这空旷里，还曾经过红军西路军伤痕累累的队伍。雪
山、草地乃至四川军阀的猛烈炮火，都未能挡住这支部队的犀
利锋芒。然而，一道河西走廊，却导演了一出导致西路军全军
覆没的战争悲剧。红四方面军的最后一面战旗就在惨白的月光
下被子弹撕成了碎片。也许，正是这毁灭前的一轮又圆又大的
月亮，长留在幸存者的脑海中，使他们久久地反思着这页沉重
得难以翻开的历史。

自然，这空旷里也奔过张骞凄惶的羸马，也碾过林则徐悲
愤的囚车；自然，这空旷里还回荡过班超投笔从戎的誓言，还
蹒跚过玄奘西行取经的身影……还有那绵延不绝的东来西往的
商旅驼队，将一条2000多里的戈壁长廊，踏出了一首首慷慨悲
壮的阳关曲。

这一个个被史笔庄重地记载或因为平凡而被忽略不计的众
多人物，却都在命运的驱使下，以不同的心情、不同的姿态、
不同的方式，走过长长的河西走廊。

这便是河西走廊，在这条漫长的驼路上，绝非只有空旷；
这便是河西走廊，在这片荒芜的戈壁滩上，绝非只有沉寂。

战争的狼烟与和平的驼队，苦难的历程与热诚的求索……

都在这里频繁地发生和发展，几千年的时间，拓就了中华民族一条西行的辉煌通道。从此，多少男儿的豪情，多少男儿的热血，多少男儿的希望，都与这空旷的土地联系在一起。当他们毅然踏上这片长长的荒凉，头上定然有一轮皎洁的月亮。

于是，我才明白，为什么这样美丽的月亮，偏偏垂青这块不毛之地，即便是南方的湿润、南方的富庶和繁华，也无法使她动心。

此刻，月亮正充满柔情地注视着这又干又冷的戈壁滩，用她光洁的玉臂抚摸着荒芜，抚摸着粗粝，抚摸着苍凉，也抚摸着我们这群不期而遇的旅人的心情。

于是我们继续西行。月光下，戈壁滩显得那样安宁、那样神秘，诱惑得沙沙的夜行车声也因此充满了激情。

彩色的西海固

西海固，都说你是苦甲天下之地。但你不缺厚土，拿一把铁锹轻轻松松便能挖下十几米的土层；你不缺历史，丝绸之路从你身上穿过，弯弯腰就会拾到几枚古文明遗落的碎片，更遑论蒙古和西夏铁骑的厮杀声至今依然在空旷的原野上回响；你不缺勤劳，那高高的山峁上一道道黄绿相间的庄稼和焦黄的土地上一间间明亮的瓦房便是例证。你唯一缺少的只是水，宽阔的河床上没有水，深阔的老井里没有水，屋里的瓦缸中没有水。

没有水的西海固在苦苦地企盼着水，于是峁梁上的村庄取了"喊叫水"的名字，于是饱受苦旱的同心县城搬迁到了河湾里。然而即便让一条大河穿过城区，依旧和水无缘。这条河柱叫"清水河"，宽阔的河床里却不见一线涓涓细流，干裂的河底朝向高远的天空，死去一般沉寂。

都说西海固的夏天看一眼便让人心焦，而我们偏偏在七月盛夏，在热辣辣的烈日下来到这里。天上没有一朵云彩，阳光无遮无拦，晒在身上有一种烧灼感。天空蓝得有些发灰，这可能是眼睛的错觉。因为极目所至，就是浑沌一片的土黄，这是生命的本色，却让人感到生命原生的苦难。几乎每一座房屋的屋顶上都覆盖着厚厚的一层黄土，连规制宏伟的清真大寺也不例外。太长时间没下雨了，长到人们要费劲地去回忆曾经有雨的日子竟是那样地遥远。

清真大寺便矗立在河湾上，寺门朝北，门前有一座仿木结构的砖砌照壁，照壁中央，是一块精美的砖雕，一轮明月隐隐约约，藏于松枝柏叶之间。与照壁相对的寺门上方则刻着一句"忍心忍耐"的匾额。一块匾额用了两个"忍"字，颇让人回味。正在这时，从高敞的礼拜殿里走出几十位老者，他们神色安详、步态从容，似乎刚刚做过礼拜。尽管各人服饰不同，但都戴着白帽子，好几位还蓄着山羊胡子。对已经燃烧了半年多的天空，没有一个人表现出焦虑的神情。一时我竟觉得，这一群飘逸的白帽子便是西海固焦灼的天空中一朵朵安详的云彩。

同心清真大寺在西北回民心目中有着特殊的位置。不仅仅是因为寺院规模宏大，造型精美，还因为寺院的东南边有座回民公墓，那里埋葬着明末清初时回族著名经师胡登洲。正是他创立了中国伊斯兰经堂教育，让回民每星期进一次清真寺听阿訇咏诵《古兰经》，这个习惯沿袭到今天。清同治年间，回民爆发了以马化龙为首的金积堡起义，各地回民起义军也都汇集到金积堡。陕西回民还特地将胡登洲的尸骨作为圣物带到宁夏助战。清廷调左宗棠率大军镇压了这场起义。失败后逃散的回民来到同心，便将尸骨埋在清真大寺旁。这座清真大寺也因此成为回民礼拜的中心地。每当伊斯兰教的古尔邦节和开斋节，黄土漠漠的同心便成了一片白浪起伏的海洋。

　　我们还去城郊看了移民新村。这是宁夏实施扶贫工程的重要项目，将严重缺水的山村居民集体迁下山峁。这时，三个回民孩子走入我的照相机镜头，他们的背后是一小块绿油油的玉米地。在一派天地浑黄中，这片刚刚抽穗的玉米显得格外鲜绿。稍远，是回民们新盖的一幢幢明亮的大瓦房。夏天的太阳，把三位孩子的脸烤得红扑扑的。他们还处在不知道生活艰辛的日子，但那一种掩藏不住的稚气的笑，将长久地和这片带着对新生活憧憬的鲜绿叠印在一起，如火的阳光仿佛也因此减弱了许多。

　　越往南行，山头上的色彩就越丰富。从金黄、嫩绿、淡紫到黛青，一层一层，如同精工绣在山坡上一样。真不知道这些庄稼是怎样种上去的。要知道，在这片年降水量只有200毫米而蒸发量却达2000多毫米的土地上，农作物不要说生长连生存都十分困难。况且，这里不仅仅缺水，气候还特别恶劣，常常是收获在望时，忽然平地起惊雷，一场突如其来的冰雹便将一季的辛劳化为乌有。可是，即便如此，打井也罢，开渠也罢，挑水也罢，人们硬是把油菜、胡麻、玉米、荞麦、马铃薯从平川一直种到了峁梁上。

当我们驱车从泾源赶往西吉时，还赶上了麦收的动人场面。一台台收割机在广袤的田野上来回奔突，麦浪如退潮般翻卷，好像有谁对着麦子们轻轻耳语，于是它们一排排驯顺地躺下。它们曾顽强地经受住干旱的考验，并侥幸地躲过冰雹的袭击。对它们来说，这是生命中最辉煌的一刻，于是，它们将自己饱满的身躯躺倒，化作一幅丰收的景象。

纵目所至，十里平川，金黄的麦草成堆成垛，把一个收获的季节渲染得如此热烈。在车上，不论是谁，看到这样的场面都会受到强烈的感染。这时，一首高亢、奔放且带着点秦腔韵味的花儿从车厢后座响起，这是陪同我们的一位西海固作家情不自禁地为家乡的收获而歌。我第一次听到花儿原来不是唱出来而竟是这样从心坎间吼将出来的："哎哟哟——尕妹妹你不要开口，走过了三十六道梁我还会回头……"激越奔放的旋律在车厢里回荡冲撞，撩动着每个人的心田。这是男女互诉的情歌，强烈直率，五彩斑斓，让人感受到生活的欢乐、苦涩和苍凉。

西海固，在你的山头梁峁上，我没有看到娇嫩欲滴的鲜花，没有看到宛转潺湲的流水，甚至，连青翠的树木也难得看到几棵。但你却拥有自己鲜丽而丰富的色彩，而那正是生命与自然抗争的颜色。况且，你还拥有那一首首响遏行云让人一唱三叹的花儿。我终于明白了，为什么在苦瘠天下的陇中，人们要把这样激越苍凉的歌叫作"花儿"了。

身入贺兰山

　　未到宁夏之前，对我来说，贺兰山只是遥远的天边一抹山痕和一首脍炙人口的《满江红》词中，让人慷慨生哀的地方。"驾长车，踏破贺兰山缺"读起来竟是何等气概！因了这首词，800多年来，在人们的心目中，贺兰山便和北方民族强悍不羁的性格联系在一起。尽管岳飞自己从未率大军渡过黄河，更遑论这座高高耸立于塞北的大山了。然而，人们却千遍万遍地将贺兰山在代代不绝的吟诵中踏破。这便是文学的力量，有时，它远胜于蔽天旌旗和千军万马。

　　在现代化的地球村里，过去远在天边的塞北而今便也只是一箭之遥。早发福州而夕至银川，贺兰山已然在望。

　　实际上，贺兰山距银川市只有一个多小时的车程，而且道路十分平坦。路两旁则是一望无际的荒滩。这里应该还算银川的郊区，可是却如此空旷，不要说人家了，就连星星点点的羊群也难得看见。由白杨树拱卫的笔直道路，就像一支翠色的羽箭，射向横亘无际的贺兰山。

贺兰山由遥遥的天边，渐渐地近了。地平线上，先是露出一抹淡淡的蓝色山影，接着，山影越来越浓，也越来越清晰，并且起伏成一条条峻峭的山脊。而后便有山峰驰来，似乎听得到雄壮的蹄声，正从车窗旁昂首而过。跟着是第二匹，第三匹……贺兰山在蒙语中是"骏马"的意思，山峰的形状也确实像一匹匹正向南疾奔的骏马，马首高高扬起，起伏的背脊，描绘出一种风中的姿采，引得我们乘坐的汽车也兴奋起来，长鸣一声，向着山口，奋蹄而去。

不一会儿，我们已经进入贺兰口，真真切切地站在贺兰山的面前。此前，我曾在河西走廊，从疾驰的车窗里远远地看过祁连山，但那只是远距离的一瞥。即便是一瞥，已令我触目惊心，那一座座赤裸着身子任凭漠风撕咬、烈日炙烤的西北大山的形象从此便深深地烙印在我的脑海里。

而现在，我伸出手便能触摸到它们。这可是怎样的一座座山啊！南方的山大多娴静而矜持，山体被草木深深地覆盖着，难得见到一两块裸露的石头，于是人们便煞费心机将许多粗俗的比拟附会在它们身上。而这里的山，则全是石头，凛冽的漠风和严酷的烈日无情地将它们仅存的泥土和草皮剥落净尽。便连石头，也是筋骨毕露，遍体伤痕。我想不论是谁，看到这样严酷的石山，都会失去比附的兴趣。

再看看山脚下的荒滩上那一块块大大小小的石头，它们都是从山上滚落的，或者因为大风，或者因为暴雨，或者只是因为年深日久的干渴而崩裂……它们也曾是昨天的山，也曾高高地耸立在蓝天白云下，远远地被人瞻仰过。而一旦离开了山的群体，它们便只是一块块多余的石头，被随意地抛弃在荒滩上。所有的尊严和享有便在一夜之间消失。

我默默地注视着它们，我想象它们或许也有一个痛苦的过程，但它们终究明白命运是无法逆转的。尽管早晨的太阳再照耀不到它们，但夕阳的余晖仍能让它们感到几分暖意；尽管高飞的大鸟不再歇在它们的肩头，但枯黄的芨芨草仍会爬上它们的胸间。而更重要的是，它们虽然从山顶滑落，却并没有因此消亡，只是以另一种形式继续生命的旅程。更何况还不断有新的伙伴加入到它们的行列。它们便这样静静地躺在荒滩上，无怨无艾。它们已经经历过一场惊心动魄的坠落，因此无须再担心坠落。有时，望着头顶上险极峻极的伙伴甚至还生出一分恻隐之心。

于是，年积月累，在整个贺兰山下，便形成了一条绵亘数百里的石头滩，"一川碎石大如斗"，让人真真切切地感到塞上风光的严酷。

在避暑胜地滚钟口，这一份感受来得格外强烈。我们已经身入贺兰山腹地，举目四望，周围的山，全是瘦骨嶙峋，危岩累累。而且每一块石头都刻满伤痕，几乎看不到一处光滑的石面。但这些山峰却一座比一座高，一座比一座险峻。在山峰的突出部，风霜雨雪已经将山体剥蚀得如同蜂巢。也许它们知道，越往上就越容易受到风暴的袭击，越突出就越可能粉身碎骨，然而，却没有一座山峰退缩。众多石头就这样团团簇拥着撑持着，像一群群互相搀扶着穿过战争硝烟的军人，用它们的身体造型成一座座焦黄色的山峰。

就在这嶙峋的石山之间，有一条狭窄的溪谷，蓊蓊郁郁的树木则在这里安营扎寨。扶疏的树荫下错落着几栋木构建筑，风在溪谷轻轻地流淌。这一片清凉的苍翠与周围焦黄的山峰形成强烈的反差。所谓避暑胜地，大概指的便是这条溪谷和这片树林。

当我们攀登上一处高坡，向下俯视，才明白这片树林的珍贵。溪谷其实是深藏在山肋间，只是因了周围比肩竞高的座座山峰的层层呵护，才免遭大自然的浩劫。在月黑风高的夜间，它们当然听得到，破碎的石头不断从头顶滚落的巨大轰鸣。而现在这些破碎的贺兰山的石头便这样静静地躺在河滩上，用心感受着一条细细的溪流从它们身旁流过所散发出的草木清香。

在树荫下的一处卖贺兰石的小摊上，我看中一块山形的石头。石头的颜色蓝灰相间，却因此构成了绝妙的天然图案。图案中一只小毛驴正努力竖起身子，前腿蹬在一块圆石上，模样十分可爱。问摊主，说正是从山下的河滩上捡来的。这一块块色泽明丽、意态安详的贺兰石，让人怎么也无法把它们和眼前嵯岈的山峰和一场场惊心动魄的坠落联系在一起。

我将这块山形的蓝色贺兰石带回福州，供在书案上。于是，我便拥有了一座西北的山，拥有了那一份严峻和一份艰难的美丽。

从苏堤上走过

从苏堤上走过，从白堤上走过，从西泠桥头走过，从苏小小的墓前走过。夹岸的杨柳蘸着湖水，写着一天悠悠白云，也写着千年匆匆往事。多少忧愤悲伤、多少爱恨情仇，竟都在这平湖上发生，而后，随拍岸的湖波远去。

如果说西湖像一坛美酒，那么苏堤和白堤就是酒坛上的两只提手，是它们提起了西湖的春花秋月，提起了西湖的世事沧桑。千年湖堤上，留下太多太多的脚印。我们总是踏着前人的足迹，沿着他们的故事行走。杨柳依依，牵扯着游人的脚步，一驻足、一回首，便有一股暖暖的情绪涌上心头。

是谁说过这样的话："杭之有西湖，如人之有眉目。"

北宋诗人、杭州太守苏东坡。

东坡是他因乌台诗案被贬谪湖北黄州时，因仰慕昔年白居易在忠州东坡种菜，特意取的号。现在，他又追随白居易的足迹来到杭州。

在他的人生轨迹上，白居易似乎是他的前导。公元822

年，诗人白居易出任杭州刺史，他疏浚六井，拦洪植柳，在西湖上留下一条白堤，更留下千古传唱的诗声和政声。白居易任满离开杭州时，百姓倾城相送。诗人非常感动："处处回头尽堪恋，就中难别是湖边。"西湖给了他永难忘怀的美好记忆。

这份记忆同样留给了苏东坡。267年之后，苏东坡以龙图阁学士出知杭州。这已是他第二次来杭州。第一次是在熙宁四年（1071），他出任杭州通判。"水光潋滟晴方好，山色空蒙雨亦奇；欲把西湖比西子，淡妆浓抹总相宜。"描述的便是他初识西湖时的惊羡之情。杭州最初的岁月，诗酒相连，令年轻倜傥的诗人深深地陶醉。满腔抱负，更化作一派浪漫情怀："黑云翻墨未遮山，白雨跳珠乱入船。卷地风来忽吹散，望湖楼下水如天。"

其时苏东坡是因为反对变法，而被外放到杭州的。他一方面沉醉于西湖风景，一方面依然关注着国事，复杂、矛盾的心情，与眼前曼妙的景色融合在一起，铸成挥之不去的诗行。

苏东坡第二次到杭州上任时，已经54岁，不见西湖也已经15年。而这15年间苏东坡经历了人生中的大起大落，尝尽人间疾苦，也因此看透世态炎凉。担任密州太守期间，正值蝗旱相连，百姓困苦不堪。他奖励农民捕蝗，还亲去常山祈雨，弄得身心俱疲，但仍未能解除灾情。离任前，他自责之心盘桓诗句："秋禾不满眼，宿麦种亦稀。永愧此邦人，芒刺在肌肤。

平生五千卷，一字不救饥！"而到徐州赴任时，又逢黄河决口而暴雨加之，水患如虎，咆哮吞人。他坐镇城头指挥抗洪，一身泥水，满头乱发，度过七十多个惊心动魄的日日夜夜。"河涨西来失旧洪，孤城浑在水光中。忽然归壑无寻处，千里禾麻一半空。""入城相对如梦寐，我亦仅免为鱼鼋。"洪水终于退去，当他拖着踉跄的脚步走下城头，看到百姓投来赞许的目光，心头才稍觉宽慰。三年后他改任湖州。临行，徐州百姓从四面八方赶来相送，为他洗盏敬酒，这令他十分感动。此后，便是乌台诗案猝发，锒铛入狱，他成了一场政治的牺牲品。在狱中度过百日后，被押解赴黄州。而正是罪谪黄州的日子，让彻底卸却官衣之累的苏东坡走向真正文学大师的境界。直至朝政发生大逆转，苏东坡才结束漂泊，被召还京都，任翰林学士兼侍读。但此时的他已一肚子不合时宜，对官场权力的争逐尤感深恶痛绝，一心只想脱离政治和人际旋涡。不久，便获准出知杭州。

重新披上官衣，又重新来到魂牵梦萦的江南胜地，他心中有过一阵轻松。然而，此时的西湖已非复昔日景象，湖面淤塞过半，乱草蓬生，不忍卒睹。苏东坡心忧如焚，立即上书朝廷，这就是有名的《乞开西湖状》，他指出，如不紧急措置，全湖将为水草湮塞，"更二十年，无西湖矣。"而杭民也将因此失去淡水来源。"使杭无西湖，如人去其眉目，岂复为人乎？"

在他的主持下，1090年，大规模疏浚西湖的工程开始了。没有资金，苏东坡把朝廷给他的一百道僧人的度牒，卖了一万七千贯钱，并采用以工代赈的办法，趁雨后葑草浮动之际，发动民夫二十万工下湖淘浚。疏浚之时，苏东坡卷着裤腿，踩着泥浆，每天都到湖上巡视，亲自督促工程进度。历时数月，西湖复见唐时烟水浩淼之旧观。他又命将挖上来的淤泥和葑草堆筑成一条纵贯西湖的长堤，成为一条穿湖的捷径。堤上种植杨柳，并建映波、锁澜、望山、压堤、东浦、跨虹六座石拱桥。为了防止西湖再次淤塞，他又在湖中立三座石塔，规定石塔以内的水面不准种植菱藕，更不准占湖为田。这三座石塔，到后来便成了西湖十景之一的"三潭印月"。

这座因疏浚西湖而诞生的长堤，本无名字，满腹珠玑的文章太守似乎也无意为它取名，但人们都习惯地称它苏堤，一直称呼了九百多年。苏堤和白堤遥遥相对，像是一位诗人向着另一位诗人颔首问候。

由是，苏东坡和杭州西湖的名字便紧紧地联系在一起，不是放浪形骸的酒榭歌楼，也不是灯光桨影的湖波柳荫，而是湖中的一条泥路，是历近千年而传诵不衰的美丽诗行。

从苏堤上走过，从白堤上走过，从一页中国文学史上走过，从一位诗人的足迹，还有前面另一位诗人的足迹上走过，那脚步踏出的思绪自然是沉甸甸的。

峨眉清音

到峨眉山的那一天，下午天闷得出奇。我们住在山脚下的雄秀宾馆。周围树木繁阴。灰色的天空低低地压在树梢，没有一丝风，潮闷的气息浓得化不开，像是头顶上有一床厚重的棉被捂着，周身都觉得不畅快。吃过晚饭，原打算到附近树林间散散步，也就作罢。午夜时分，听屋外下起了大雨，炒豆般的雨声足足响了两三个小时才渐渐歇止。丝丝凉意从纱窗透进来，一点一点地驱走了沉重的燠闷和潮气。刚要入睡，电话铃却响了，是招呼我们起床，准备上金顶。

进山的公路很好，只听得车轮沙沙的声音。没有下行车，路面便显得格外宽敞。但车窗外一片阒黑，只有黑糊糊的树影呼啸着从车旁掠过。过了一会儿，似乎听到附近传出渐来渐响的水声。司机说，那是从清音阁黑龙江和白龙江里流下来的水。潺潺的水声一路伴着我们前行，仿如聆听一道悦耳的音乐，使我们沉浸在想象的快意之中。

这之后，是到了雷洞坪。天还未亮，但所有进山的车辆全集中到这儿来了，黑鸦鸦的一大片。下车后随着人流跌跌撞撞地直奔接引殿旁的缆车站。排队上山的人很多，大家都冀望早些登上金顶看日出。但天气不遂人意，天上云层越来越浓，间或还落下疏疏离离的雨珠，把大家最后的一点希望也浇熄了。而缆车似乎只有对开的两列。其实，照目前的运行速度，即使到达金顶也已经错过了看日出的最佳时间。因此，坏天气倒是给了后来者原本急切的心情一点安慰。

两个钟头后，我们终于进了缆车车厢。令我惊讶的是，这里已是海拔2700—3000米的高度，但周围的山峦依然郁郁葱葱。一排排冷杉和一丛丛杜鹃花组成了峨眉山最高的一道风景线。

果然，在金顶等待我们的只有浓雾。金殿在雾中，缥缥缈缈，若隐若现，像是一座虚拟的天宫；舍身崖在雾中，云气粉饰了万丈峭壁和深谷，倒失去了往日的险怖。间或，云层中出现一个模糊的光影，人们便欢呼雀跃，但光影很快就又被浓雾吞没，于是又引发一片叹息。雾气越来越稠，十步之外，便什么也看不清。云中漫步，固然有几分浪漫的情调，但我和大多数游人一样，还是愿意看到一个实实在在的金顶。

在山顶上已没有什么值得停留的理由，于是我们下山，带着快快的遗憾。

下行的车子跑得飞快，一会儿工夫就过了两河口。一路陪

同我们的四川作协的同志善解人意，他要司机调转车头，驶往
五显岗："还来得及到清音阁看看。"

就这样，一个实实在在的清音阁来到我们面前。

清音阁是峨眉入山途中的一道胜景。从五显岗到清音阁，
有一条与渠水相伴的平展小路，踏着潺潺的水声，山的清幽渐
次展开。隔着溪涧，可以看到对面大山闲闲地挂下来几折瀑
布。那些瀑布流姿都十分优美，却毫不喧嚣。像是一群优雅的
舞者，即兴而作，自娱自乐。我便有些感慨：当今不少名播遐
迩的瀑布，有的已干瘦如一根草绳，有的更空余几堵断崖，用
尽力气也挤不出几滴水珠。它们却依然不肯卸去虚名，一任游
人千里万里去感受一种失望。何如眼前这几挂瀑布，它们虽不
为人所道却也不为名所累，它们只是自得其乐地在草野间释放
自己的感情，而在不经意中成为一道风景。

清音阁其实是个大峡谷，两条激流穿峡而出，老远，便能
听到呼啸的水声。这就是著名的黑龙江和白龙江。两水汇合后
并力冲向一块巨石，訇然的水声便来自这水石相搏的呐喊。巨
石状似牛心，似与流水无涉，不想黑、白两水属意而来，各自
拐了个弯后汇集一处，而后跌宕直下，猛浪若奔，直扑牛心。
牛心无奈，只得挺立相迎，于是激起阵阵水花。那浪击波翻的
激烈场面，看得人眼花缭乱。

不过，转换角度，从牛心亭里顺着水流的方向往下看，则

是另一番景象。由于被巨石封住峡口，自峡中奔溅而下的溪水至此已无出路，由是二水合流，发一声喊，率性冲向挡道之石，居然生生从巨石身上撕开一条通道。这情景见了真令人惊心动魄，历久难忘。

峡谷里古木参天。拾阶而上，便看到一座双层亭阁隐在绿树丛中，这就是清音阁。与金顶上游人熙熙攘攘的情景相比，这里要清静多了。坐在亭子里，但觉满目皆绿，说不清树名的树，层层叠叠，遮天蔽日。亭子的左右两边就是黑、白两水，各有一座石桥与亭子相接。此时，听白水舒放、黑水悠长，组成一支柔和、动听的乐曲，全然没有了刚才的激昂惨烈。此前，我到过不少山川，自以为山之雄、石之奇、水之秀、林之幽不过尔尔，但此时此地的树林以及瀑布、流水却给了我全新的感受。

在茂密参天的树林中，静静地聆听这一曲天籁，真是人生最好的享受。双桥畔的这一道清音，让我听到了峨眉的清幽、峨眉的深邃和峨眉的刚强。不知为什么，早晨那一个浸染了太多朦胧和太多浮躁的金顶，反倒束缚了我的想象力。我始终无法拂去浓雾静静地想象蓝天丽日下金顶的雄拔之姿。

登上返程的汽车，清音阁已然远去，但水声依然陪伴着我们，一路前行。那正是黑龙江和白龙江之水，穿山透地而出，吟唱着一首让人永远难以忘怀的生命清音。

汀州写意

　　汀州城，你竟是浮在汀江上的么？

　　为什么，一清早，我就能听到如许亲切、如许清亮而又如许悠长的捣衣声？这似乎是从远古传来的声音，透过江面上迷蒙的水气，让我的每一个梦乡都变得那样美丽、那样实在、那样安详。漫步江堤之上，眼前则是一道道让人低回不尽的风景。凉爽的江风吹拂起一只只柔美的手臂，每一只握着棒槌的手臂都合着一种韵律向着江面击打，于是，远远近近，次第传来了清清亮亮、不绝于耳的捣衣声。这百里汀江上的捣衣声，连缀着岁月，诉说着艰辛，同时也接续着一座边城明丽的传统。

　　走下江堤，穿过一道深深的古巷，抬眼间，龙潭正踏着汀江上动人的晨曲飘然而至。汀江在这里流出一处幽深的风景。不知道为什么把它叫作龙潭？数十块铁青色的巨石怎么就来到了江边？而且或蹲或立或干脆躺下，组成一道起伏而坚固的江岸。江水却似乎偏爱这一群颇有些霸莽的入侵者，水流温柔地从它们的膝前乃至胸间流过，轻溅的水声如慕如诉。一棵棵虬曲多姿的古樟树正俯临江水，如同一位位悠然垂钓的老者，且偷眼看那水石相嬉之乐。谁也说不清这些樟树的确切年龄，岁月仿佛在它们身上凝固了。

从龙潭抬首上望，透过老樟树扶疏的枝叶，只见一座凌空古阁，翘檐欲飞。阁建于何时，方志无考。《临汀志》仅载：此阁先名"清阴"，又改"延清阁""集景楼"。宋绍兴间提刑刘乔，以阁傍龙潭而立，仰望如骏马腾云，遂改称云骧阁。这里历来是长汀读书人聚会的地方，他们凭阁远眺，俯瞰江水，思绪若飞，云骧阁寄托着一代代读书人腾飞的希望。尽管楼阁曾几经焚毁，但很快就被修复，长汀学人士子的吟啸声便始终伴随着龙潭流水。这种景象一直延续到了1929年，毛泽东率红四军攻克长汀。书生本质的毛泽东竟一眼便相中了云骧阁，将中央苏区第一个县级红色政权——长汀县革命委员会设在这里。其实云骧阁只是一座两层楼房，面积并不大，除了地理位置独特外，毛泽东看上的或许还有这气势不凡的阁名。

在汀江边的这座小城里，往昔岁月的痕迹随处可见。长汀南门外至今还完整地保存着一道古老的外城墙，青苔漫漶的城门洞里破残的砖石上依稀可见道道箭痕。就在这里曾进行过惨烈的战事。明末在福州登基的唐王被清军追赶从南平一直逃往汀州，清兵随即包围汀州，一场激战便在南门外爆发。可是当我登上城墙却看不见敌楼、箭垛,眼前倒有一座规制虽小但香火颇盛的寺院,庵堂里的一切都透出几分沧桑,据说它已有三百多年的历史。不仅仅是寺院,还有不少民房就直接修建在宽阔的城墙上。这当然不是因为战争,尽管这座边城曾几经战火。那么或许还是因为滔滔汀江。我想象得到,当洪水肆虐时,宽阔而坚固的汀州城墙就成了一艘庇护百姓的大船。汀州城,便是这样地浮在汀江上了。

汀江源出宁化县的乱萝山,经长汀、上杭曲折南流,在粤东汇入韩江,最后注入东海。在我国地理上,这是一条特殊的河流。大凡江河都是自西向东流,而汀江却是由北向南。这也是汀江得名的由来。因为古代以南方属丁,乃在丁字旁加水,作为江名。

不过,以水得名的长汀,却是一座地道的山城。宋朝汀州太守曾这样描述它:"一川远汇三溪水,千嶂深围四面城。"长汀四面环山,莲花山、展旗山、宝珠山,崇冈复岭,可谓"城在山之中";而城中则有卧龙山和乌石山,是为"山在城之中"。

城中之山的卧龙北山最让长汀人引以为豪。史籍载:"(郡城)就中突起一山,不与群山相属,如龙盘屈而卧,故名。"北山不高,满山遍植松树,望之蔚然生秀,是汀州城一座天然画屏。不论你在城中哪个位置,抬起头便能看到它。每当薄暮时分，山风渐起，松涛阵阵，响人耳鼓。你若在这时候沿山径漫步，心里头便会沉甸甸的。不为别的，就为近现代史上那一位位杰出的人物。这阵阵松涛一样掠过他们的耳畔，一样和着他们的脚步，一样在他们心中回荡。

走在这条翠意撩人的山径便仿佛走在他们身边，听他们或慷慨陈词或轻吟低回或畅怀大笑。不知为什么，在他们中我特别感念那位书生型的革命家瞿秋白。卧龙山西麓的罗汉岭是瞿秋白先生的就义处。据说，当他被押往刑场途中，曾在此驻足。他抬头看了看苍翠欲滴的北山，说：此地甚好。遂平静坐地，从容就义。由此往东，不远处有"秋白亭"，秋白赴难时就在这亭子前留影。他身着黑色圆领衫、白色西装短裤，背手而立，安闲的神态像是在公余散步。这让人想起他说过的一句话：人生公余是小休息，夜晚是大休息，死去是真休息。这相片只要是看过便怎么也忘不了。有了这一段让人拂之不去的往事，松竹苍翠的卧龙北山也就格外耐人寻味了。

卧龙北山下有著名的"福音医院"。这所由英国教会创办的医院依山势而建，分前后两部分，前为门诊部后为住院病房和手术室。青瓦白墙，透出异国情调。1929年红军入闽时成为中央苏区第一所红军医院。毛泽东和其他中央领导人都在这里疗养过。山顶有一座金沙古寺，寺内建有"北极楼"。登楼俯览，汀州形胜，历历在目。傍晚从"福音医院"上山，登北极楼，成了毛泽东每日的功课。而今，站在北极楼上，已经难以将整个长汀城区尽收眼底，但不论城市怎样生长，都改变不了卧龙山在长汀人心中的重要位置。

说是地方僻远也罢，说是民风淳朴也罢，总之，在长汀城里漫步，让你流连并为之感动的不是那些所谓现代化的建筑，而是寻常巷陌中随处可见的带着沧桑且斑驳的古意。一处庭院深深的人家，一座烈焰熊熊的打铁炉，一块古色古香的招牌都能让你感到那曾经逝去的岁月似乎又回到身边。

每天清晨，当那一阵阵此起彼伏的捣衣声响起，我就知道，因了这样悠扬动人的晨曲，这座汀江上的小城便永远也不会被现代生活的浪潮吞没。

清源小记

清源山上永远坐着两位中国哲人，一位是老子，一位是弘一法师。

老子身前尽管没有到过清源山，但是一本五千言的《道德经》让老子穿越地老天荒，来到晋水泉山。岁月漫漶，没有哪一本文献记载过老子真实的模样，即便是800年前的人们，也只能根据自己心目中的想象，塑一个老子。

清源山上的老君造像是宋代泉人的作品。它本是一块天然岩石，据史籍记载为"好事者略施雕琢"而成。好一个"好事者"，好一个"略施雕琢"！在大匠的锤凿声中，一块无名无姓无根无由的石头，就成了形神毕现的老君。可见这位好事者非凡的审美力和高超的雕刻技艺。老君左手抚膝，右手凭几，双耳垂肩，长髯拂胸，两眼微眯，如有所视，若有所思。活脱脱一位阅尽人间风景的智者形象。其实，老子在我们的生活中无所不在，所谓"知人者智，自知者明""大巧若拙""无为无不为""天下之至柔驰骋于天下之至坚"等，都是老子的哲学思想。这一哲学思想已经浸润于人们生活的方方面面，成为中华民族的共同智慧。而好事者不过是通过雕琢巨石把老子具像化罢了。一个有形的老子自然比一个无形的老子更实在些。这也符合中国普通老百姓的共同心理，与其去读深奥难解的《道德经》，还不如直接面见老君本人来得便捷。

人们来到老君像前，大约没有人只是纯粹为了来看一尊精美的石头雕像，但似乎也没有多少人把他认作能够救苦救难的神仙。在大多数游人的眼里，坐在这里的只是一位慈眉善目的老者，一位有着石头一样年龄，和石头一样坚实硬朗，又有如石头一样亲切可爱的老人。调皮的孩童，甚至敢爬到老君的肩膀上，捋一把他的胡须，而后挤眉弄眼地和这位从不生气永远豁达大度的石头爷爷合影一帧。

看老君，没有诸多禁忌，也不必担心不敬不诚，就像去看望一位心平气和的岁月老人，不存任何心理负担，有的只是一种亲近感和亲切感。真应该感谢那位没有留下姓名的"好事者"，为后人创造了这样一位哲人的形象，他平和、睿智、放达，却又始终只是芸芸众生中的一员。

老君造像位于清源山西侧的罗山、武山之下，又名羽仙岩。宋代，这里曾是道观集中地，罗山下，原有北斗殿，武山下有真君殿，中间则是元元洞。但这一系列刻意营造的道教建筑群却难敌岁月风雨，一一先后倾圮，只有这一块由好事者略施雕琢的天然花岗石被完整地保存了下来。风霜不磨，水火难侵。而少了殿堂屋宇的框范，少了神明香烟的笼罩，自由自在地端坐于天地草木之间的老君，益显雍和大气。

弘一法师对悠然于山川草木之中的老子赞美不已，几次登临，乐而忘返。不知是否生前有过默契，总之他选择了清源山的弥陀岩作他的长眠之地。

弘一法师墓亭距老君岩不远，是一座用白色花岗岩砌成的仿木结构的方形石室。室中央安放石构莲花座卵型舍利塔，内墙正中嵌有一幅丰子恺为弘一法师所作的泪墨画。大师清癯安详，两眼炯炯有神，已然洞穿人间世象。石室旁的崖壁上刻有弘一法师临终前手书的"悲欣交集"四字，让每一个前来瞻仰的人们好一阵驻足凝思，心生感动。面对这样一位中国绚丽至极而又归于平淡的人物，观其一生，耐人寻味。

法师俗姓李，名文涛，号叔同。年轻时风流倜傥，他是我国近代话剧运动的倡导者之一，也是首先传播西洋绘画的著名艺术家。他精于律学、书法、金石、诗词，且风格独具。他还是第一个向中国传播西方音乐的先驱者。他创作的《送别歌》："长亭外，古道旁，芳草碧连天……"优美的旋律，至今依然回荡在人们心中。然而李叔同却在38岁的盛年，于事业鼎盛、诸艺精熟、人声如沸之时在杭州虎跑寺出家为僧，一别尘嚣，从此苦心向佛，被佛门弟子奉为律宗十一代世祖。于滚滚红尘中幡然顿悟，这是佛家的超凡力量。法师应佛而去，心有所归。为弘扬佛法，他于1928年来闽南，竹杖芒鞋，足迹遍及泉州、厦门诸佛院，孜孜不倦地诵卷讲经。他恪守戒律，过午不食，生活极其简朴。1942年，弘一法师在泉州圆寂，终年62岁。10年后，遵照他的遗愿，他的部分舍利子被移葬于清源山。从此，弘一便与老子比邻而居，虽佛道两家，但弘一与老子之间却有许多共同的话语。两位哲人自可晨钟暮鼓，谈经论道，穷究世间至理。

弘一法师身后留下许多书法作品，据说，向他求字，有求必应。他的许多精辟思想正是通过他的书法作品走进人们心中。清源山上，弘一法师虽未树雕像，但他传奇的一生，已自成丰碑。我们时时感觉得到大师的存在，时时听到他的处世格言：“自处超然，处人蔼然，无事澄然，有事斩然，得意淡然，失意泰然。”老子则说：“居，善地；心，善渊；与，善仁；言，善信；政，善治；事，善能；动，善时。夫唯不争，故无尤。”和弘一法师说的不就是一个道理吗？

壶口一望

壶口一望，让人惊心。

老远，就听到轰隆隆的响声；接着，便看到水雾腾空。一行人不由得加快了步伐。此时太阳已经落山，天色渐次向晚，留给我们的时间，也就只能是匆匆一望了。而为了这一望，我们自西安出发，途经黄陵，再折向西北，整整驰行了6个多小时，终于进入陕西宜川境内。远远地望见黄河了，6月的河水，不肥不瘦，不急不徐。两岸连山，夹着一道奔流汤汤而行。那浑黄的河水随着山势打出了一个弧度十分优美的大弯，峡谷的风推送着细细的波浪。黄河显得沉着而安静。

我曾在许多地方看到过黄河。甘肃兰州的黄河，是一位急匆匆赶路但脸上始终挂着甜美微笑的年轻母亲；宁夏中卫的黄河，则是一位健壮豪迈的西北汉子，河面上翻卷的浪头恰是他胸脯上绽起的一块块肌肉。

黄河便这样自信而欢快地流着，出青海、穿甘肃、奔宁夏、进内蒙古。它带来了丰沛的河水，滋润了河两岸大片的土地。银川平原、河套平原也因为河水的灌溉，成为"塞上江南"。但黄河的北进遭阴山阻挡，之后，来了个大拐弯，带着一股剽悍之气直下晋陕。于是，黄土高原被河水深深地切开一条通道。但河水前行的道路并不总是那样顺坦，宽平的河床上忽然出现一块犁状的巨石，是为孟门山，传说中大禹治水之处。是孟门山挡住了黄河的去路。《淮南子》载："河出孟门之上，大溢逆流。"河水咆哮四下夺路，淹没周围的村舍农田，成为洪患。这是黄河第一次寻找生命的出路。是氏族首领大禹帮助了它。四千多年前，正是大禹率领他的部众用最原始的工具，凿开了孟门山，为黄河疏通了一条道路。而今，大禹的石雕像高高地矗立在孟门山上，正深情地俯视着这条关乎华夏生命的河流。

黄河安然通过了孟门山，却又一下陷入险境。就在五百米开外，河床忽然坍陷，失去河床的黄河变得惊恐万状，万斛水流止不住脚步，顿时纷纷跌落，跌入一个陌生的逼仄而狭长的空间，那一刻，河水能不叫嚣吗？随着一声声怒雷般的吼鸣，不甘随河流一道坠落的水花纷纷腾起，形成漫天雨雾。水花的抗争激烈却无力，它们一生都只是大河的一分子，它们只能追随大河的命运，与大河共浮沉。

仅仅三十米的落差，仅仅数十秒的过程，黄河不再叫黄河，被叫做壶口瀑布。坚岩锐石的壶口改变了黄河的命运，也改变了黄河的性格。

如同一只只不甘驯服的猛兽，挣扎过了，抗争过了，甚至以最激烈的方式从悬崖上跳下，还有悲愤地仰天而啸，但最终还是被收服，无奈地流入一个窄窄的水道。于是，纵横天下的黄河，波宽浪壮的黄河，就这样萎缩成了一条小水沟。

沟道虽很狭小，崖岸却很坚实。一层又一层巨大的岩石，如同铜墙铁壁般紧紧地扼守着这条水道。命中注定，黄河要过这一劫。

不过，让我吃惊的是，刚才还汹涌不屈、叫嚣不止的河水，进入这道小水沟后，竟一下就平静了下来。再没有拍崖的惊涛，也不见裂云的水雾，众水只是低着头顺着沟道急急地趱行，它们似乎明白命运是不能被改变的，于是只能俯首帖耳，顺应时势，如同一群群驯顺的绵羊，在一道无形的鞭子下且走着。此时，河水叠着河水，波浪压着波浪，我看出它们走得很痛苦，走得也很憋屈，但它们居然连一声叹息也没有。天下黄河啊！

就在同一个圆点上，只是一个转身，景象竟然大异。人们都蜂拥在瀑布前拍照。不是拍那条已经奔流了一千公里，接着还要继续东流入海的大河，而是拍那道只有三十多米高、数十秒过程的瀑布。几乎没有人回过头去看一看瀑布之后的河流，更没有人愿意为这条已经委屈成小河沟的黄河留下照片。天下黄河啊!

　　暮色四合,我最后望一眼瀑布,离开时脚步竟有些沉重。

京口北固山

到镇江，访北固山，自然是因了《三国演义》的故事。刘备为了联吴抗曹的政治需要，亲自前来东吴，在这里的甘露寺与孙权的妹妹成亲，于刀光剑影中演绎了一场英雄本事，传为千古佳话。小时候读到《三国演义》的这一段时，脑子里便会出现一座想象中的雄崎长江边的北固山，以及重檐迭瓦、楼阁繁绮的甘露寺。其实，《三国演义》中关于北固山的描写并不多，甘露寺也罢，多景楼也罢，狠石也罢，在书中都只是影影绰绰，读者难见其详。或许，身为山西太原人的罗贯中并未亲临镇江，当然不可能作具体的描绘。然而，这座长江边的小山，却随着三国动人的故事走入我的心中。

后来读辛弃疾的《南乡子·登京口北固亭有怀》，对这座"天下第一江山"更是憧憬不已。向往着有一天，也能登临北固山，如千百年来的文人墨客那样，拍遍栏杆，揽胜抒怀，临风一唱。

这个机会来临的时候，已是2001年的初夏，我到江苏吴江的同里参加一个全国性的散文笔会，散会时，我独自前往镇江，就为了想圆一个少年时的梦。

刚下汽车，我就向街上的行人打听到北固山的路。道路沿江岸伸展，此时的北固山隐隐约约地突起在一处江边，浩浩东去的江水，正伸出壮健的臂膀，动情地拥抱着它。

拾级登山，站到山顶上，才真正感到这座远看并不起眼的小山，气势不凡。北固山位于镇江东侧的长江边，高53米，为镇江三山金山、焦山和北固山之首，向有京口第一山之称。其以山壁陡峭、形势险固得名。相传梁武帝曾登山顶，北览长江，故又名"北顾山"。北固山与雄踞江东的孙权关系最为密切。孙权在巡阅长江时注意到了这一带的江山形势，于是在北固山前峰修筑了一座城堡，依古意"丘绝高曰京"名京城。镇江便又被称作京口。自建安十六年（211）孙权将都城迁往秣陵（后改建业即今南京）后，京口的地理位置便显得特别重要。杜佑在《通典》中这样评述："京口因山为垒，缘江为境，建业之有京口，犹洛阳之有孟津。自孙吴以来，东南有事，必以京口为襟要。京口之防或疏，建业之危立致。"

孙权在北固山多有经营，最重要的当是"铁瓮城"，顾名思义是一座坚固如铁的军事堡垒。然而千百年来没有人对历经殊死拼战的铁瓮城感兴趣。人们念念不忘的还是那座东吴大将周瑜设温柔计和暗埋甲兵的甘露寺，是寺庙后吴国太相婿的

多景楼和寺前洪波滚雪、白浪掀天的壮阔江景，由此刘备引发
"天下第一江山"的慨叹。不过，今天游人所见的甘露寺和多
景楼已是数百年后的建筑，且经过多次维修，早已失去原貌。
至于狠石亦是后人仿造之物，让人空生一段怀古之幽情。

　　甘露寺是一处紧贴着悬崖的建筑物，由于地形的限制，屋
舍都十分狭窄，且偏处江边一隅。我真怀疑当年的原址不在这
里。然而牌匾上"古甘露禅寺"的字样似乎不容辩驳。不过，
其作为吴蜀联姻的重要场所——刘备的大婚之地则绝对不可
信。查陈寿的《三国志》以及《华阳春秋》等史籍，均未见有
刘备曾娶孙权妹妹孙尚香的记载。似此看来，刘备东吴招亲的
故事纯属民间编造，而被罗贯中先生演绎成了一段色彩纷呈的
英雄情事。

　　匆匆在甘露寺转了一圈，难免有一种被伪故事捉弄的
感觉。

　　然而埋怨不得《三国演义》，它毕竟是部小说；也埋怨不
得罗贯中，它不过是个说书人。只是千百年来谁也估量不到小
说竟有这样大的魅力，将历史改造得面目全非。

　　下山时意外地发现了鲁肃墓。这是一座用青石砌就的圆形
墓冢，朴素的墓园里静静地歇着一颗恬淡而智慧的灵魂。到北
固山的游客很少有人顺道来这里凭吊。一个原因固然是今人知
道鲁肃其人的不多，即便知道，也因为《三国演义》，对他的

形象大打折扣。在《三国演义》中，鲁肃被描写成一个忠厚而又颟顸的人物，成为诸葛亮大智大勇的反衬，这实在是对历史的曲解。事实上，鲁肃是三国时期一位非凡的人物，没有他，三国的历史就要改写。三国局面的形成，取决于孙权和刘备联手打败曹操的赤壁之战。而在这场大战前后，积极穿梭于孙、刘之间，分析形势，指陈利弊，同时有效协调两家关系，最后导致战争胜利的就是这位鲁肃。

在鲁肃取代周瑜执掌东吴军政大权期间，由于鲁肃的大义和忍让，吴蜀维持着友好关系。而鲁肃一去世，这层友好关系就被粗暴地扯去，先是吴国大将吕蒙白衣渡江，袭取荆州，导致关羽兵败走麦城。接下来，则是刘备兴起大兵伐吴，却在彝陵被吴国小将陆逊火烧连营七百里，大败而归。在吴蜀关系中鲁肃起着不可替代的作用。

可是，古往今来，多少诗人词客登临北固山，他们吟咏那场惊天泣地的战争，吟咏叱咤一时的战争英雄，有横槊赋诗的曹操，有雄姿英发的周瑜，有诸葛亮，却独独没有鲁肃。滔滔江水，竟忍心淹没这样一位旷代英雄。

将鲁肃埋葬在北固山下，不知是他本人的遗嘱还是后人的意愿。但对东吴百姓来说，鲁肃曾经就是他们的北固山。

不去想什么甘露寺了，也不去想有关三国的是是非非。毕竟，我来到镇江，见到了一座实实在在的北固山。

山水的交响

周宁在云上。

这里到处是千米以上的山峰，重峦叠嶂，绵延不绝。鹫峰山一声呼啸，竟集合起百千座冈峦，如同一个个山的巨汉，比肩而立，威风八面。那一派雄浑苍茫直逼天穹的气势，让人仰视不迭。山是周宁人引以骄傲的风景，你随便往哪里一站，背后就是一座大山，雄阔苍翠，气象万千。

那么水呢？周宁的水，昂立之姿，丝毫不逊于山。在周宁的大山里行走，往往不经意间，就能邂逅一道流水，有的从岩隙间涌出，睁着明亮的眼睛，探头探脑地看世界，像一个个天真的稚童；有的在草棵里静静地漫步，悠闲自得，如三两个栖身山林的隐士。更让人赏心悦目的当然是悬挂在山崖前的大小瀑布，它们是大自然的歌者和舞者，在天地间尽情展示它们的姿采：或神情放达，或步态优雅，或歌喉嘹亮。一道道瀑布，就是周宁一张张会发声的名片。

其中，最雄奇壮观也最动人心魄的当属九龙漈瀑布。

九龙漈位于鲤鱼溪下游，在地面上充其量只是一条不起眼的小溪。看它在浦源村徘徊时，显得那样从容不迫，悠哉游哉，泛起粼粼波光，映着蓝天白云，让人流连不去。溪中的鲤鱼，更是乐得其所，嬉戏在天堂一般的梦境里。这当是这条小溪最闲适、最快意的时光。然而，既是溪流，就不会停止它们的脚步。当它离开世外桃源般的浦源继续前行，一路穿岩过峡，备尝艰辛，而不曾回头；及至从高高的圣银楼山麓跌落，跌成九折，跌到一处深谷，就成了一条虎啸龙吟的壮美瀑布。

一道断崖，是水的绝域，也是水的新生。断崖改变了溪流的模样，但断崖也一样改变不了溪流前行的意志。"穿山透地不辞劳，到底方知出处高；溪涧焉能留得住，终须大海作波涛。"前人的这首《咏瀑布》诗应该是九龙漈最好的注脚。由是，一条柔曲溪水化作九叠瀑布，它将自己的生命高高悬起，而后义无反顾地向下，再向前，直至最后冲出崇山峻谷。

这是一条流水的颠覆，也是一种规则的改变。平行的水一旦变成直立的水，失去溪岸的规范，同时也失去前方的目标，顿时变得狂放不羁，犹如溃决般汹涌迸溅。瀑布就兹诞生。瀑布将溪水长途跋涉的艰忍和积蓄已久的热情，在一瞬间释放。尽管是一瞬间，展示的却是一条溪流的全部生命内容。

断崖是九龙漈瀑布的诞生地，而断崖下的峡谷，则是它轰轰烈烈的表演舞台。

　　雨季来临的丰水时节，九龙漈展现它最壮美的一面姿采。在听涛阁上，盈耳都是哗哗的水响，如同大海的涛声，呼啸回旋于天地山林之间。步下石阶，但听耳畔风声雨声一阵紧似一阵，当你来到观瀑台前，一股股狂风骤雨已不由分说地扑面而来，那铺天盖地的强大气势，让人不禁向后趔趄几步。此时，倘要和瀑布合影一帧，需要勇气，更需要灵巧。否则，兼天而至的大雨，不仅会打湿你的照相机镜头，还会将你浑身上下浇得透湿。

　　干旱时节，宽阔的瀑面顿时收窄，原先隐于水帘后面的崖石，也露出各自的真容。它们乐于在这些日子里晒晒太阳，看看蓝天白云，呼吸呼吸新鲜空气。毕竟，藏在瀑流后面的日子，太过阴冷，也太过压抑。而此时的瀑布呢，倒更像一条卸去厚装的游龙，身姿矫健，一跃而入深潭。

　　这是九龙漈的第一道瀑布。它是国内最大的瀑布之一，高46.7米，宽75米，盛水期可达83米，如同一把水做的巨梳悬挂于山前。同时它也是国内最长的阶梯瀑布，在长仅一公里的流程中，落差却达到300多米。而不同身姿、不同个性的瀑布正藏身于这道300米深的大峡谷中。

　　只有走下峡谷，走在一个个瀑布的近旁，才能领略九龙漈的全部姿采。

　　顺着峡谷上下现在有了一条环形栈道。沿栈道绕行一圈，足健者，不要一个钟头，即可走完全程。更何况，栈道上，还建有许多休息亭子，既可让游人歇脚，更可坐揽飞瀑奇观。

与一条瀑布同行，看瀑布，听瀑音，自是一件人生乐事。

九级瀑布，如同九位不同性格的山间女子，有的体态丰腴，豪爽侠气；有的苗条娟秀，温柔多情；有的性情刚烈，落地有声；有的细致灵巧，曲折多姿。其实，刚也罢，柔也罢，既是流水的姿采，也是人生的形态。你看着她们，仿佛看着一群朝气蓬勃、天真无邪的少女，或调皮地与潭水嬉戏，发出朗朗的笑声；或艰难地穿越坚岩锐石的围困，步履踉跄；或慵慵地躺在大石块上晒太阳，尽情享受激烈搏斗后的安静时光。

这是一道瀑布的历程，也是一座峡谷的生意。崖壁上的红花绿树，映衬着白练般的瀑流，动与静，刚与柔，竟是这样和谐自然，一时你会觉得，这才是天地间最美丽也是最感人的画图。

这是一条流水的活路，也是一面大山的呼喊。雄浑的大山，从此不再沉默。每一道水声，欢快的，痛苦的，憋屈的，惬意的……都会得到大山的共鸣和呼应。你这才明白，山和水原来是这样须臾不可分。

你在不同的季节，来看九龙漈，都能领略一番不同的景象，还会收获一份不同的心情。

周宁在云上。九龙漈恰像一条云中的游龙，自九天而下，带来风声雨声，还有这许许多多让人徜徉不尽的遐想。

缘起山中雨

不大不小的雨，落在天心岩上，落在绵绵芊芊的松枝上。雨珠落处，听不到从接堞的屋瓦上响起的那样一片生脆而急骤的乐声，却弹起了淡淡的烟雾。千树万树，在雨中轻轻地摇晃，仿佛正沉浸在一阙优美乐章的旋律中。氤氲的云气似乎便是此时从每一片舞蹈的叶子间飘浮出来，在树梢聚止，然后升腾而去。于是，一片片淡如棉花的浮云，便粘在远近的峰峦上，粘出了一幅烟雨迷蒙的图景。

我们是经天心岩往观大红袍的。出门时，天虽然有些阴，但不像有雨。没料到，山雨说来就来，簌簌地拍打着每一位游客的肩膀，令人不得不加快了脚步。但因此，却添了一段机缘，得以在永乐禅寺古朴的僧寮下躲雨。

寺僧泽道法师已在禅堂迎候。他双手合十，将雨声轻掩于寺门外。法师亲自把盏，为我们上茶。茶是寺庙自产的老丛水仙，甫开盖，即清香四溢，仿佛有一群妙龄女子，正从我们身旁飘然而过。呷一口茶，顿觉齿颊生香，回甘绵长。大家都说

"好茶！"法师微微一笑，于是，一段佛茶的因缘故事在氤氲缥缈的茶香中向我们走来。

唐初，有僧人入武夷山，在五曲溪边的云窝建石堂寺，为了维持生计，他们于寺旁峡谷间开辟茶园。因石堂寺生产出的茶叶品质卓佳，吸引了大批文人前来斗诗赏茶，此地遂被称为"茶洞"。寺院也借此得以生存。

唐德宗兴元元年，禅师百丈怀海，整顿禅宗戒律，著《百丈清规》，不但鼓励出家人参加生产，还对禅门饮茶作出专门规定。武夷山佛院的兴盛，便得益于茶。当是时，武夷山三十六峰，峰峰有寺，寺寺种茶。武夷山寺茶还被当地官员作为礼品进献京城，获雅号"晚甘侯"。佛寺中设有专门的茶堂，进山的道中建有茶亭，众僧中也有"种茶僧""制茶僧""茶头""施茶僧"等分工。而坐禅饮茶更成了僧俗交流的千古雅事。赵州和尚有句著名的禅语："吃茶去"，说的便是平常是道，茶中有道。可见唐时佛院中喝茶已为常事。

"清代僧人释超全是永乐禅寺著名的茶僧，他在《武夷茶歌》中这样写道：'积雨山楼苦昼间，一宵茶话留千载。重烹山茗沃枯肠，雨声杂沓松涛沸。'僧人的苦乐其实都在茶中了。"

在泽道法师娓娓的讲述中，万千禅机似在一盏盏琥珀色的茶汤中隐约闪现。

山雨渐歇。我们重拾行程，踩着湿漉漉的石阶，回头一望，永乐禅寺就像两朵并立于绿色湖波中的莲荷。临别，法师递给每个人一张永乐禅寺的介绍图片，上面便有佛家的"缘启"二字。"缘启"即"缘起"，法师意味深长地说：譬如下雨，看是雨兴雨止，其实，雨才是开始。

道路穿由一处峡谷迤逦而行。这是一条新辟的小道，两旁都是森森的峭壁。雨后，空气格外清新，看不见，但感觉得到原始的野气在身边流荡。幽寂的峡间，忽然有了脚步，传来人声，大峡谷似乎还来不及收拾停当，一副匆匆而就的模样：野藤还垂在树梢，乱草还爬在崖前……

峡谷的草木一样被云气轻笼着。看来，云并非都凝结在树梢，更多的云还蛰伏在岩穴间酣眠。大概被雨声敲醒，懵懵懂懂地一窝蜂涌了出来。于是林中生成的云，岩穴涌出的云，渐渐地聚成云团，汇成云阵，而后浩浩荡荡地簇拥出峡。那云阵出行的壮观场面，让人见了怎么也忘不了。

峡谷里的风景似乎是被这场不期而至的朝雨给激活了。路边一弯凝碧的流水，忽然发起性子，冲得水草前俯后仰，迭皱的波痕，像是有几艘快艇同时犁过水面。三两只冬眠的青蛙，迷迷糊糊地跳上石头，互相对视着，有些不知所措。

一不留神，一条壮实的瀑布从悬崖霎然而下。那神气十足的模样，让人想到一位洒脱的舞者在自娱自乐。仔细看，周围崖壁上，似乎没有水流的痕迹。那么，这条瀑布究竟从何方来，为什么选在这处游人稀少的峡谷，选在这个冬日阴冷的早晨？也许是一时迷了路，但也许，只是山雨的即兴之作？

而因了这场朝雨，一切都在不经意中发生，在不经意中成为风景。

小心翼翼地踩着涧中的石磴，而后，又穿过一道逼仄的石门，眼前豁然开朗。这里便是九龙窠，大红袍的原产地。崖壁上的六株大红袍老丛，被雨水洗得碧绿晶莹。一道陡壁，锁住了得天独厚的岩韵清香，同时也幽囚着340年的悠悠岁月。什么时候，它们已然走下峭崖，同时走出地老天荒的故事？崖下分明就是一畦畦大红袍的新丛，挂珠滴翠，生机勃发。

我们坐在九龙窠的茶寮里饮茶。四围草木的清新气息，让人醺然欲醉。三巡茶毕，胸怀大畅。此时再揣想适才泽道法师说到佛家的"缘起"，顿觉回味无穷。

茫荡山随笔

一

人类的最初栖息地在高山、在森林，大约因为孤独吧，才移居平原，只有平原才容纳得了数目如此庞大的群落。时至今日，绝大多数人依然追求城市生活。尽管城里人一样摆脱不了孤独感。但城市的车水马龙和熙来攘往，确实给人带来一种虚幻的满足，人类的真正涵义，归根到底是离不开更多的人。

但在人们的内心深处，却蛰伏着一个挥之不去的呼唤，那是初民数十万年，对森林耳濡目染的积淀，且代代相因，以致穿透现代都市生活的重重束缚，森林对人们的诱惑，依然如此强烈。

可是现代文明却又一步步地远离城市。人们只好到很远的地方去看森林，坐火车，然后换乘汽车，然后再走路；汗流涔涔，腿脚发颤之际，向导依然遥指对面青山。你绝不能抱怨什么，是人类自己用斧斤把森林一步步地逼向高坡峭崖的，倘再逼紧一步，森林便消失了，人类的好日子也就到头了。所幸的是，这最后一步，人类终于没有迈出。于是在远离城市、远离坦途的地方，还保留着一小片森林，同时，也保留了与森林息息相关的小村庄。

这些小村庄应该是森林和人类能够和睦相处的佐证。小村庄，同时也是森林最后几处不设防的堡垒。

能够和这样的森林小村庄结识，应该说是一种缘分。关山重沓。若是没有情缘相牵，你断然不会舍弃大道，去攀援一条被称为"三千八百坎"的崎岖古道，自然，也走不进这座远离尘嚣因而被森林钟爱着的村庄。

这里曾是出入闽的要津，也曾出过一些学者名士，但这对于今天的村庄却无关紧要。总之，当现代化的大道取代了它的地位，它便重新滑入大自然的怀抱，原始森林接纳了它。繁复的草木藤蔓拥抱了石砌的盘旋古道。风自峡间来，将森林的气息一层层铺向村头饱经沧桑的廊桥，使得这座人工意味最浓的建筑也因缀满草香而野趣盎然。

村庄仿佛受了森林的感染，幽寂且恬淡。古朴的房舍、和煦的阳光、静静的炊烟，映衬着四周绿色，结构了一幅没有纷争的平和画图。

村庄的一切都是那样平淡无奇。岁月缓缓流驶，很难得在这里激起一道波澜。然而，村文化室墙上那一帧十多年前拍摄的照片，却令每一个外来者见了心灵为之震颤。照片上，七八位耄耋老人相挨坐在一面土墙下晒太阳。这场面，人们在穿过村巷时已经亲历目睹，只是由于照片上十多年别无二致的情景，才一阵阵掀动人们的心澜。

只要不是阴雨风雪天，这七八位老人笃定在同一个时刻来到同一处墙边晒太阳，而且，他们总是按一定的排列顺序次第而坐。无情的岁月不断地雕刻着他们的容颜，但多少年来，他们总是保持着一样的姿势，一样的表情。即使其中的一位悄然辞世，他（她）的位置依然被神圣地保留着。他们就这样静静地坐着，沐浴着阳光和森林的气息。他们间已经很少说话，他们只是相挨而坐，彼此的心意已然相通。

这场面让人见了刻骨铭心。人们之间的依存关系原来就是这样直接、明白，任何动作和语言都是多余的，只是依存，人和森林，人和人。

人离不开自然，离不开森林，离不开动物，而首先，是离不开人。

然而，为什么世界上每日每时都在发生着战争，发生着人与人的争斗，发生着戕害动物和破坏树木的行为？

人们不可能再回到高山，回到森林，回到森林的小村庄，但每个人的心里都应该悬挂这样一帧照片，让照片上静静挨坐着的老人们注视着你的生活，告诉你一个再简朴不过的生活道理。

从此，你便记住了这个美丽的森林小村庄，它同样有一个美丽的名字：宝珠村。

二

到茫荡山，是参加一个笔会，我们住在茂地乡政府招待所。

附近的一座水库，乡人美其名曰"天湖"，我们曾泛舟游湖一遭。天湖不大，但得益于四围青山，水色格外清幽。因为是人工湖，蓄水时，便有许多树木身沉湖底，那一根根顽强地露出水面的枝杈，无声而悲壮地诉说着一场人和自然战争的结果。湖水平静无波，从船舷看下去，依然可见牺牲前的那一片繁茂葱茏，游湖的兴致刹那间荡然无存。

森林在人类征伐下的退却也许已经到了最后的关头。即使是这一千多米高的崇岭幽谷，自然界可守的山头也屈指可数。一条黄尘滚滚的公路正绕过天湖，在重山间探头探脑地延伸，它是现代文明的先驱，同时又是人类戕伐大自然的前导。当村民们兴高采烈地通过公路用一片片树林的代价换取彩电和冰箱，换取现代化生活，你很难用一种简单的否定抑或肯定来表达自己的感情。但森林的萎缩和物欲的膨胀带来的反差如此强烈，人们的心还能平和吗？

我便不再到天湖去，我不忍再看到那无望地伸向天空的树枝，我向往一座完整、强大，足以和人类互为依存的森林。循着清亮的鸟鸣，于是，我来到人和森林的接缘。人和森林的界限是分明的，其间隔着一条峡谷。一座廊桥静静地卧于两峡间，这是一座通往原始森林的桥。傍晚，我常常沿着村后的小路散步至此。但我总不想轻易就穿过整座廊桥。更多的时候是，静静地在廊桥的长凳上坐着，什么都不看，什么也都不想，就只是坐着。

在我的心目中，它绝不是一座普通意义的桥，这是架于人和自然之间的桥。从人间的喧嚣浮躁，走向大自然的宁谧、平和，非有一座桥梁不可。

我怀念那些个在廊桥小憩的日子。信步踏上桥身，便听到脚下响起几声吱呀吱呀的叫唤，接着就是一阵轻微的震动，仿佛有一些小精灵正悄悄地向森林传告："来了！来了！"这情景，不由得你不把脚步放轻。随便找个位置坐下，一定是干净的，殷勤的风早把它清扫过了。森林的气息被暮雾裹着从峡谷深处悄悄地潜来，你的身体被沐浴着，极其恬美、舒畅。不再有身外的劳攘，也不再有心内的烦忧。此境界绝非语言能够描述，只是感觉：真静，真好！

古人云："偷得浮生半日闲"。一个"闲"字里很有文章。这里的闲，决不是身闲，而是心闲。多半人，身虽闲，心难闲。俗务纷扰，愁烦丛生，心田里哪儿存一块静土？而心闲。才是最大的休息。

也许，在廊桥上小坐的那些日子，心是真正地闲适过了。

直到离开茂地的那一天，我才想起，还没在白天好好看一眼廊桥。然而，车子却早早地就开了，从车窗里向四外眺望，怎么也找不到它的身影。多情的大森林，早把它拢在自己的怀里了。

我只记得那杉木构筑的桥身，如同一艘巨大的航船。我的心曾随它泊在那儿。由此岸到彼岸，也许近在咫尺，其实何止万里之遥！

风里浪里海坛岛

整座海坛岛的形状就是海风和波浪雕塑成的。

这里的风多，却一点也不温柔。天空中，难得有一朵安静的云彩，不是被堆成黑云压城般的阵势，就是被扯成棉絮似的长条。

你在岛上住下，最先来和你寒暄的就是风。当你听到窗台上风钩在吱呀吱呀地响，房间的门不推自开，便知道风来了。风是不用客套的，它爱来就来，爱走就走。高兴了，它轻抚你的面颊，留一段缠绵的絮语在你的耳畔；不高兴了，它掀掉你的蚊帐，扫除桌上的一切，把它不羁的性格深深地印在你的脑海里。从内陆来岛上度假的，开头几天，或许有人闹肚子，那就是风的恶作剧。不过领略了这个"见面礼"，你就可以放心地和风嬉戏，享受大自然粗犷的抚爱了。

这里的风，不但听得到声音，看得到踪影，而且摸得着形状。偌大的海滩上整齐地划着一道道辙印，如同有谁用巨梳细心地梳理过。不用说，这就是风的足迹了。当你绾起裤管，一踏上沙滩，小腿肚便有细沙密密袭来，顿时一阵麻酥酥的微疼，那是风在和你亲昵。在海边，风和沙是须臾不可分的。没有风，沙只是一些没有生命的石头粉末，沉默而驯顺。可是风煽起了沙的原始野性，风沙在岛上纵横穿行，呼啸有声。在岛上旅行，处处可以看到对风沙的警戒。渔村的屋瓦是特制的，每片有半寸厚，上面沉沉地压着石块。山坡上的树是偃生的，挤挤挨挨，盘缠交柯，似乎正严阵以待一场场即将与风发生的战事。

风主宰着海岛的天空，恣意描绘着海岛的性格。可要是没有风，没有风沙，没有风带来的这一切，海坛岛只是汪洋大海里一块普普通通的石头。身量颀长的少女喜欢让海风吹动她们的披肩秀发，虎背熊腰的船老大喜欢让风鼓起他们的灯笼裤，风给千年古镇涂抹上苍茫的色调，风让木麻黄树林奏起一支支迷人的小夜曲，在盘陀小巷低回不尽。而当数十上百座形态各异的风车在猎猎的海风中轮转，那该是多么壮观的景象！你会感觉到整个海坛岛充满了力量，似乎就要御风飞升。

对岛民生活有如此重要影响的除了风，便就是浪了。人们见面的第一句话大多是关于风和浪的询问，下海捕鱼，进岛出岛，浪主宰着海上的道路。在海岛的自然环境中，最生动、最美丽的是浪，最多情、最有耐心的也是浪。浪是大海献给岛屿的鲜花，殷勤备至，四时不凋。到龙王头海滩赏浪，犹如置身于一座天然的艺术舞台。深邃、湛蓝的天穹和广袤、皓白的沙滩之间哗哗涌来黑色的浪涛，阳光抑或月光，令大海变幻出橙红、金黄、银白、深黛各种色彩，交响乐四起，波浪的优美律动，会使你感到，整个有生命和无生命的世界都在同一个强大的旋律里起舞。这或许就是宇宙力吧！

石牌洋的浪，则是另一番景象，一排排巨浪恰像一队队艨艟巨舰正不断向着岸礁隆隆进攻，让人望而生畏。石牌洋，顾名思义，有巨石高耸如牌。茫茫海涛中，陡然生出两颗石卵，高的30多米，低的10多米。有人说，它们像一艘双桅船，命其名曰"半洋石帆"；也有人说，是原始人的图腾，谓之以："石笋擎天"。然而，很少有人知道，这稀世奇观，却是浪花雕就。这是我国迄今发现的最大的花岗岩海蚀石。可是海浪为何能把巨石雕塑成这般模样，则留下一个千古之谜。世界充满了奥秘，每一个谜都是一个美丽的诱惑。在海坛岛的风光图册的封面上，这两棵奇妙的石笋令多少人心驰神往？

波浪真是个最有毅力又最富创造性的雕刻家。海坛岛上，处处可见它的精美杰作。著名的三十六脚湖就是一个海蚀岩的集中发生地。泱泱三湖，伸出三十六只触角，形似海星。湖畔，布满了海蚀穴、海蚀洞、海蚀柱、海蚀牙、海蚀蘑菇、海蚀风动石，形形色色，姿态万千，简直就是一座浪刻博览馆了。

还有仙人井，大自然的鬼斧神工让人见了心头不禁发颤。海浪什么时候竟掏空了如磐巨石的身躯，形成一口深达43米的大井。汹涌的海水不时从三个洞口涌入井内，犹如条条蛟龙相搏嬉戏，腾起冲天浪花，涛声震耳欲聋。

浪不但劈开巨岩，雕刻出壮观的石林奇景，而且还淘制出比小米还均匀、比面粉还细腻的硅砂，这岛上取之不尽、用之不竭的宝藏。浪淘沙哟浪淘沙，当你看到面前绵延数十里的巨大砂藏，才真正体会到这著名词牌里所蕴含的哲理意味。于是一年一度的海峡沙雕节应运而生。从世界各地来的雕塑家们，用水和沙，更用他们对世界的热爱，对和平的关注和对美好的憧憬，再现历史、演绎神话，畅想未来……是平潭湛蓝的海、平潭洁白的沙，还有平潭变化万千的天空，给了他们无限的艺术灵感。

而最让人难忘的是当你告别海滩时，总有那么一片浪花，好像恋着友情，返身跃出，而后轻轻地打湿了你脚下的沙地，伴着一声动情的耳语，于是你便永远记住了这风清沙白、波浪盈盈的海岛世界！

有一个地方叫感德

有一个地方叫感德。感德出好茶。

这座深藏于戴云山中的小镇，过去很少有人知道它，更不用说走近它的身旁。大概是因为这里生产的铁观音茶，鲜爽醇厚、香气悠长，渐渐博得人们的赞誉，于是小镇的名字一遍遍被赫然印在茶叶的包装袋上。感德自然而然成为铁观音茶的一个重要地理标志。但一个深山小镇，为什么要取名"感德"，确实让我颇费思量。

到感德的那一天，下起了雨。而且雨越下越大，天地间一片白茫茫，无论远山近树，都笼罩在稠密而又有耐性的春雨中。

这当然是茶农们不想要的坏天气。阴雨不利于春茶的采摘和晾晒。我已经看到一丝丝忧郁盘结在他们的额头。但一听说我们是为写感德茶而来的，便一下都兴奋起来，似乎忘记了漫天大雨带给他们的烦忧，争着要领我们上山去看一块元代的茶王碑。

　　我们踏着雨水登上一座小山头。从这里俯视，但见四周青翠的茶园层层叠叠，直上云天。村人领着我们寻到一处坡坎，果然看到一块简陋的元代石碑，上面刻有茶王字样。这块不显眼的石碑可是茶农们的圣物。据说，每年采茶之前，当地村民都要聚集在这里祭拜茶王，小小的山头上，站满了四乡的茶农，一个个神情肃然，香烟缭绕、鞭炮齐鸣，十分热闹。

　　感德种茶已有七百多年的历史。感德茶，始终铭记着一个人的名字。

　　当地人尊奉的茶王公其实就是南宋爱国诗人谢枋得。这个谢枋得自是一位文学家，但一直不以文学闻名，而是以其凛然大节为世人所钦。谢枋得是江西弋阳人。中进士后入朝做官，因指斥贾似道奸政误国，遭贬谪。南宋将亡，谢枋得在江西招谕使兼信州知州任上起兵抗元。他率领一支缺乏训练的义军与元军的虎狼之师血战经旬。宋恭帝德祐元年（1275）谢枋得兵败入闽，他隐姓埋名，转徙山间10多年，从武夷山一直来到戴云山深处的感德里。他在这里参道讲学，一时弟子云集。感德本是一个荒僻之地，山高水寒，田稻薄收，百姓生活十分清苦。谢枋得细察当地水土，鼓励民众开垦荒山，广植茶树。谢枋得对茶情有独钟，在他创作的诗歌里，就有不少关于闽茶的描写。他不仅精于品茶，而且深通茶性。他亲手培育出优质茶苗，提供给村民，还将铁观音茶的传统制作方法进行了改进。

感德的种茶业因之兴盛。

因为茶，感德吸引来了四方的商贾；也因为茶，谢枋得引起当地官府的注意。元至元二十五年（1288），谢枋得被建宁总管撒的迷失骗到城内拘押。但谢枋得不为高官厚禄所动，坚拒元朝征召，因而被押送到燕京。他宁折不弯，慨然赋诗："义高便觉生堪舍，礼重方知死甚轻"。到燕京后，绝食而死。

而茶山上的那块元代的简陋石碑，正是感德的乡亲们听到谢枋得死难的讯息后在山头上悄悄立下的，这一立，就是七百年。

一直到了明成化五年（1469），为了世世代代感念谢枋得，感德槐植村村民集资修建了一座茶王公祠，塑正顺尊王金身供奉。此后，每年春季，槐植茶农都会举行隆重的正顺尊王金身巡境活动，祈求风调雨顺，茶运绵长。

一段让人追思不尽的历史，一个感恩尚德的故事，就发生在这里。

七百年后，感德茶终为世人所知。而谢枋得，也已经化身为茶农们敬仰的茶神公，他天天看着这片他挚爱的土地，看着这群他深爱的人们，看着满山的茶树散发着沁人的香气，飘出山谷，看着戴云山山间的这座小镇随着茶香发生的变化。

有一个地方叫感德。感德出好茶。感德茶中铭记着一位诗人，一段气节。

石牛之舞

汽车驶离永泰县城，渐渐进入戴云山区，也越来越大。人在车厢里，尽管紧紧地抓住扶手，仍被汽车左右回旋的惯力不住地拽过来又甩回去。就在这剧烈的摇摇晃晃之中，汽车扶摇直上。可以看到，原先傍着公路与我们一路同行的宽展奔放的大樟溪，突然一下就变得细小了，变得安娴了，小到如一条蓝色的缎带，弯弯曲曲地无声无息地躺在深深的峡谷中。左右都是山，都是拔地千仞的高峰，你简直分辨不出这座山和那座山的区别。汽车尽管开得飞快，但几个钟头下来，也就只是从这座山的胸脯转移到另一座山的怀抱而已。

这就是戴云山脉。整个戴云山给人的最初印象是那样雄浑又是那样质朴。那一座座高耸峭拔的山峰，没有什么特别新奇的造型，好向世人夸耀；而且峰峦时常被云雾缭绕，山的面孔便有些朦胧，似乎要着意隐藏起些什么。

这次，我们是去探访戴云山脉的两座著名山峰：九仙山和石牛山，它们都在德化境内。

　　登一座山，便如同拜访一位素昧平生的朋友。山是有性情的。有的，你甫到山脚，未及拾阶，便一目了然；有的，你即便爬得腿脚乱颤，浑身汗漫，仍未得其详。

　　戴云山似乎不类这两者。

　　比如说九仙山吧！因为山巅有座气象站，所以公路可以一直通顶。沿公路盘旋上升，几乎可以说周围没有多少可观的景色。随着海拔升高，云雾也越来越浓。此时，汽车仿如一条鱼，正缓缓地潜入雾的深渊。

　　然而当汽车戛然停下，刚拉开车门，身子便不由地一颤。不仅仅是因为山风扑面，带来一股轻寒，更因为头顶上兀然出现的这一座巨岩，翘然凌空，形同搏翅的大鸟。这座巨岩的名字也非常特别，叫作"尺五天"，这是怎样大胆而又逼真的想象？

　　距"尺五天"不远，还有一座由三块巨石叠垒而成的岩峰，上镌三个楷书大字："只有天"。"只有天"似乎是山顶的绝处，三面都是高不可测的悬崖，只有一条小路与"尺五天"相连。站在这里，确乎感到天是那样近，近到几乎可以与岩峰对接。这完全是石头自己营造的意境。朝阳下，天空蓝得透亮，没有一丝云彩，云层似乎全铺在了我们脚下。

　　不可思议的是，九仙山的风景是在峰顶展开的。由峰顶向南，岩丛中依稀现出一条游山的小径。这是从岩石间开凿的道路，石头自然便是这里的主人。你沿着小径漫步，众石无语，却顾盼含情。于是，你会因此感受到，大自然造就的生命灵性，不仅仅在人，在动物和植物，而且还在石头上。而石的生命形态则更深刻也更有力。那形形色色的造型，不由地拽住你的脚步，令你一步三回头，只想多望它们几眼。

一座真正意义的山，是不能没有石头的。石是山的脊梁，没有石头，山便挺不直身躯，昂不起头颅；石又是山的灵魂，没有石头，山便露不了个性，显不出精神。看着这一块块或独立傲世，或相携互衬的巨大裸石，你会想到希腊和意大利的雕塑。它们是裸体的维纳斯、裸体的赫尔克力斯、裸体的大卫，那是美，是强壮和力量的象征。由此，你还会想到，古代艺术巨匠之所以选择石头来表现生命美的极致，应该不是偶然的吧！

就在这石头筑就的小道旁，隐藏着一个九仙洞。洞内有一尊由天然巨石雕成的弥勒佛，那憨态可掬的模样，浑如天成。据说，巨石原来形似张果老。于是，群仙常在此聚饮，日夜奏乐。唐开元年间，僧无比来到九仙山，在洞旁修真，厌其聒耳，遂使工匠改雕成弥勒，仙乐遂息，仙人乃遁迹海外。这个传说，实际上反映了九仙山由道山皈依佛门的经过。但十分有趣的是巨石由张果老改雕成弥勒佛的情节。那不仅是一种超乎寻常的想象，更是对石头生命的深层感悟。

这一点，在石牛山展示得特别充分。

石牛山是戴云山脉的第二高峰，高1781米。而石头的生命氛围，则是在1600多米的高处逐渐浓郁起来的。由这里向上，树木开始后退，最后，只剩下一些低矮的松树和茅草，疏疏落落地长在岩缝间。石头却像摆脱了羁绊似地活跃起来。这些石头都有形似的名字，或曰：飞凤，是一块飞来之石，头、翼、尾均悬空，只有腹部微微着地。那腾挪欲飞而又动弹不得的痛苦之状，显示着生命的无常；或曰：寿龟，其蹒跚的步态和龟背上深切的纹路，则似在诉说岁月的无敌……当然，这些比拟都还只是俗象，也许，还不能表现出石的真正生命形态，但盈目俱是活生生的石头，已是意象纷呈，应接不暇了。

继续向上，连最后的松树也望而却步了。忽然，满天云彩辉映下，跃出一匹雄健的石牛，那低角奋蹄，直指天穹的气势，让人为之震慑。随着攀登角度的变化，那石牛山也在不断变换姿势：或弓身行跃，或卷蹄疾走，或仰天长啸……偌大一个蓝天，成了它独步的舞台。石头的生命形态，在这里被表现得如此淋漓尽致。

终于站到了石牛峰巅。那是一块布满了凹陷，表面黢黑而且非常粗糙的岩石。或许，这才是大自然不加掩饰的原色。这里正是牛背的弓尖处。四周无遮无拦，不用说树，连一棵草也没有。

　　没有温暖的牛舍，没有香软的青草……而有的，只是无尽风霜雨雪和炎炎烈日粗犷的抚爱。然而，就在这高山之巅，就在这天地之间，石牛用它奔放的舞姿，将一首自由自在的生命之歌描述得多么动情，多么壮观！

　　抚摩这粗糙、黢黑的石面，一种原始的野性，似乎正透过手心，渐渐地漫过全身。隐约感觉得到脚下的岩石正在颤动，那该是石牛奔舞的节奏吧。

武夷三昧

乘竹筏自九曲溪漂流而下，当然是一种享受，没有亲身经历的人很难想象那种身不由己的愉悦。身下是一湍激流，你便坐在水面上，任峡谷的风把你轻轻托起，任身后的水波推拥着你向前。竹筏就在半推半就之中，跌入幽谷深深的怀抱。溪流清清浅浅，水汽氤氤氲氲，筏作逍遥游。两岸是变幻无穷的丹崖奇石，或如跃起扑球的雄狮，或如小心探水的乌龟，或如举步维艰的骆驼，或如仰天长啸的大象，全都生动得似要破壁而去。倘有兴趣，不妨听梢公用一根湿淋淋的竹篙将它们点化成一个个美丽动人的传说。这时的你，犹如《一千零一夜》里的国王，那样富有，那样满足。过险滩时，浪花如敌情掩至，容不得有丝毫的防备，便溅得你满脸满身。那一份有惊无险的刺激，那一阵无论老幼尊卑都脱口而出的畅怀大笑，令一切烦恼和忧愁在刹那间化为乌有。

盈盈一水，折为九曲，每一个曲折，都是一个新鲜幽奇的天地。一口口深不可测的碧潭，一座座临水兀立的丹崖，都蕴含着无人知晓的秘密和难以形容的美丽。只有人们心间那一丝颤动，或许能感知一、二此间的神秘氛围、流水无情，不容你作太多的停留，便推拥着你飘然离去。舍舟登岸，站在二曲滩头，你还会好一阵回首。登天游，沿着紧贴山脊的"之"字形蹬道攀登，自然也是一种享受。山不高却险，路不危而悬。要不是道旁粗粝的石扶栏给人一种信任感，中途蓦然回首，恐怕不少人会失去攀登的勇气。然而，每攀登一段，都有更上一层楼的感觉，五曲溪一带胜景，渐渐拢来。二百来米的山峰，半个多小时的脚功，却使你如同步入云天胜处，看四围峰峦皆匍匐下伏，清溪如带，宛绕其间。先前坐在筏上仰之弥高的巨岩、参天古木以及汤汤流水，这时看却如摆在案几上的一处盆景，不由豪爽之气，荡胸而起。

攀大王峰则并非人人都能胜任，其对游客的诱惑也在于此。根本没有路，所谓登山之径，就是从山顶裂开的一条缝隙，木梯垂架其间。你便是沿着裂缝攀援而上。好几处狭若鸡胸，只能侧身屈腿，手足并用。如此艰难的提升，却不容你有任何退缩的念头。因为你的头顶是人，你的脚下还是人。你不能堵住下面人的上升之路，无论疲惫也罢，胆怯也罢，既入其间，便只有全身心投入，不顾一切地往上攀爬。这时的你，什么欲望都置之度外。只有当你通过险途，从洞口探出身来，才如释重负，感到洞外的世界原来是这样亲切、轻松。而山下的观者早已为你捏了一把汗。

你几乎不假思索，紧接着又踅入"一线天"更为艰苦的游程。位于二曲溪南的"一线天"因岩体纵裂而成。从伏羲洞进入，初时，尚有一线天光，而后便陷入似乎没有尽头的黑暗，其狭、其陡、其长，使你顿感人生的磨难漫漫无期。你只有一个思想，快快走出黑暗，快快结束磨难。可是当你气喘吁吁、腿脚颤抖地从洞口爬将出来，却又惊喜地听导游小姐介绍附近乱石丛中那一个险象环生的螺丝洞。武夷山准确无误地告诉你，何谓人何谓人生。

坐在水帘洞瀑布旁品茗，更是一种享受。经过数里的跋涉，你已经额汗津津，双腿也有几分疲乏，这时，一壶茶香，胜过人间的百千种诱惑。茶是武夷山特有的"肉桂"，用的水当然是崖顶那道悬瀑了。崖上镌有"活源"二字，于是那满壶满盏的茶水，也就有了生命。雨季来临，瀑布犹如养壮了的矫龙，跃然入潭，那声威，那气势，震得群山为之动容。干旱时节，当瀑布瘦成一根根能被风吹断的游丝，乡民便用一条草索自崖顶垂下。于是，亮晶晶的泉水便爬满绳索，而后调皮地不情愿地被拽入茶肆的敞口水缸中。用这活泼跳脱的泉水烹茗煮茶，不用揭盖，早已清香四溢，仿佛壶中的水始终在泼泼地跳着。水如此，茶也不示弱。"肉桂"可耐沸水冲泡八九遍，其味不减。一杯入喉，齿颊生香，胸怀大畅。

茶和武夷山是那样密不可分。如果你到武夷山旅行，那么你就看吧，那山坡上层层叠起的翡翠塔是什么？还有，在野风晓畅的山路旁，那围着古老的八仙桌的一群，他们喜形于色地举杯啜饮的是什么？还有，那一座座带有明清江南风格的典雅楼肆，斜插一面三角旗，里面出售的又是什么？那就是茶，那使武夷山的文化色彩更其鲜明、更为浓郁又更加神奇的岩茶。古人誉之"臻山川精英秀气所钟，品具岩骨花香之胜。"也许，杨廷宝教授正是从武夷山独具的茶韵中获得启发，设计规划了简约秀雅却意味深长的武夷山建筑风格。

你在武夷山，看不到一座摩天大厦，也不见鳞次栉比的楼群。那绿树掩映间星星点点、错落漫布的每一个建筑，都像是从岩土中自然萌发的茶丛，与宛转澄碧的溪流，与雄奇竞秀的诸峰，和谐相对，浑然天成。每一处建筑都是一件艺术品。一座座高低层叠、变化有致的富有明清江南韵味的楼阁庭院，施以现代的装饰，让你感到历史文化的延伸。

最使人陶醉于这种文化氛围的还是大大小小枕山襟水的茶室。这里的茶室本身都相当朴素，因为再华丽的装潢也盖不过好山水。推开窗户，就是一座座擎天拔地、顾盼自雄的山峰，朝晖夕阴，春云秋雾，四时变幻，仪态万千，让你久看不厌。茶室里不需用三用机，盈耳尽是溪声，如雨、如风、如歌、如琴……世上还有什么音乐比它更动听？你轻轻啜一口茶，茶里便有如许山水的滋味。茶室的墙上，或挂着苏轼"武夷溪边粟粒芽，前丁后蔡相宠嘉"诗句的条幅，或写着"雅人深致清如水，仁者高标浑是山"的对子，甚而以巨幅照片牵来水帘洞那两道飞瀑。你若在这样的环境里饮过茶，那茶味的鲜醇甘活，自然历久难忘了。

巴蜀阅雨记

　　第一次领略蜀雨豪壮的气势，是抵达成都的当天下午。我们游罢杜甫草堂和武侯祠，当地的朋友提议到附近的茶馆喝茶。这是设在一处公园里的露天茶馆，有现成的石桌石凳。几乎每张茶桌上都有人在品茶聊天。人们说，在成都能感觉到生活的闲适，确实如此。等了片刻，才在一棵大树下找到几张空座位。这棵在四川到处可见的黄桷树，形状很像家乡的榕树，虽然没有垂地的长须，但仍然给我一种亲切感。不过即便坐在树荫下，也并不感到凉快，只觉得身上汗津津的，有一种挥之不去的燠热。这时我们是确实感到渴了，几杯茶水匆匆入喉，也品不出是什么滋味。天忽然暗了下来，黄桷树的枝叶在风中不安地摇动着。朋友说，这天怕要下雨。于是我们急忙钻进一辆出租车。还没坐稳，只听得"哗啦"一声，根本没有任何商量的余地，大雨便倾盆而下。这一切，就只在几分钟之间发生。雨扯起了一张大幕，眼前一片白茫茫，任雨刮器怎样卖力工作，也无济于事。司机嘟哝了几句，只能放慢车速，凭经验踽踽而行。雨势太大，马路上已经积水，车轮过处，掠起阵阵水花。不过，雨来得急去得也快。正当我们为怎样下车担忧，雨却不打一声招呼就戛然而止。站到宾馆门前，大家不禁都吁了一口气。

其实，对于我们这趟巴蜀之行来说，这仅仅是支序曲，真正的惊天大雨还在后头。那是在青城山。

我们几乎可以说是被诱上青城最高峰的。进山门后先乘高架缆车至月城湖畔，然后过渡，舍舟登岸，眼前又是一条上山索道。于是，就这样不断地买票不断地变更交通工具，直到凌云山庄。而真正意义的登山，则是从这里开始的。上山的石阶很好，两旁林木青翠。每一拐弯处，都可领略到青城幽奇变化的景致。层峦叠翠中掩映着数不清的宫观亭阁，与山林岩泉浑然一体，充分体现了道家崇尚自然的意趣。而这每一拐弯，又是一个个无穷的诱惑，引领我们不断向上攀登。到了上清宫，一般游人至此即打道回府，可是我们却被上清宫里张贴的一张广告所吸引。这张道观广告别出心裁：由此向上500米为青城第一峰，是全山最佳观景处。

尽管时候不早，天也眼见要变了，但没有什么好犹豫的，于是我们再买了景点票，拾级登峰。

山顶最高处矗立着一座气势恢宏的老君阁。阁高五层，木制中空，供奉着一尊老子骑青牛的巨大塑像。我们顺着木梯登阁，一口气直上最高层。站在这里纵目四望，只见群山如波浪般连绵起伏，奔腾而来，却都又止在老君阁下。"万派随它去，群山向我来。"青城山上这一副气势不凡的对联正是眼前景象的写照。

大雨恰在这个时候降临了。这是我平生第一次在1800米的高山之巅观雨。

雨是从山坡向上移动的。都说"山雨欲来风满楼"，可是，这时的风却还在雨的后头。没有风的干扰，我得以从容地站在窗前观看这场奇特的山雨来袭。滚滚而来的雨云就像古代士兵进攻的方阵，自远而近，由低坡向着高峰，正从四面八方朝着老君阁挺进。雨阵过处，扬起白烟。周围的树木开始战栗，老君阁的木窗也发出低低的吼叫，仿佛预感到将要来临的一场恶仗。

雨过来了，先是疏疏落落的一阵，似乎是雨的前锋在作试探性的佯攻。这时，木窗中止了吼叫，树木也都肃然不动，一切有如大仗前的短暂沉寂。果然，只过了片刻，暴雨呼啸而至。先是从一个方向，如万千铁骑，齐头并进，雨脚过处，草木冒起云烟。风紧随而来，由于风的加入，雨变得格外疯狂。狂风暴雨开始从各个方向攻击老君阁。风雨破窗而入，穿堂登室，肆意扫荡，直把我们几个游人逼退到阁中央的老君塑像旁。抬头看一眼老君安详自若的神态，大家才惊魂稍定。

天色向晚，我们从老君阁冒雨下山。巨雷夹杂着闪电不断从天空劈下，已经看不清路，我们几乎是循着急泻的流水，跌跌撞撞地摸下山的。

三天前，刚到成都时遭遇的那场暴雨，我们还只是隔帘看花，而在青城山，我们算是真正领教了蜀雨的豪情。

这之后，是去重庆。经过蜀雨的洗礼，脚上的鞋还是湿漉漉的，真希望在重庆能有一个好天气。然而天不遂人愿，从成都到重庆一路无雨，可是当班车在菜园坝刚刚停稳，热情过头的巴雨便迫不及待地前来欢迎了。雨扑簌簌地打在车顶上，像炒豆般爆响。雨大得我们几乎下不了车，等到下了车又过不了马路。路面上的积水已经没过了脚面，形成一条条湍急的小河。好不容易才找到一辆三轮车，载上我们冲破密密的雨帘，向数百米远的宾馆驶去。雨整整下了一夜，也让我好好地体会了一番巴山夜雨的意境。

第二天早晨，打开窗户，看到天灰蒙蒙的，雨还在不紧不慢地下。此时的巴雨，虽然不像蜀雨来得暴烈，但却下得坚决而有耐心，看不出有一丝放晴的意思。我们的心里都坠上了一块铅，因为我们在重庆只有宝贵的一天时间。可是善解人意的主人却已经为我们作了妥帖的安排。一辆重庆产的奥拓汽车载着我们从朝天门沿着长江滨江路直到沙坪坝，而后又顺着嘉陵滨江道来到市中心的解放碑。整整一天，湿漉漉的车轮吻着湿漉漉的马路，湿漉漉的雨伞拥着湿漉漉的天空，我们得以认识了一座雨中的重庆。一座古老而又年轻的城市在缥缈的雨雾中正向我们款款走来。尤其是当薄暮降临，那密密簇簇、层层叠叠的万家灯火与漫天翔舞的夜雨交织出一幅奇特的瑰丽绝伦的图案，让我怎么也忘不了。

当我们乘坐的东方明珠号游轮在晨曦中离开奉节码头，驶向三峡四百里水道时，最后一场巴雨前来为我们送行。纷纷的雨丝在船头射出的灯柱中轻盈地舞蹈着，极尽柔美之姿。这让我们看到了巴蜀豪雨温柔多情的另一面。

在如此丰盈的雨水之后，长江的水一定是涨了。于是，游轮在如酥的细雨相拥中，不知不觉地就滑进了夔门，驶过瞿塘峡的百丈峭崖，巴蜀风雨已然留在身后。

闽西有山曰冠豸

　　冠豸山本是个隐秘的地方。元以前，这山叫东田石。

　　把山称作石，抑或把石称作山，大约都因为这山、石奇秀可爱。宋朝名将、开国侯彭孙晚年归田连城，就在东田石上筑庐隐居。这里有太多的风景，山也罢，洞也罢，泉也罢，似都远远地脱却尘凡，漾动着一股隐秘的气息。经历了沙场上的血肉厮杀和宦海里的浮沉蹭蹬，也许会特别渴望有这样一方得以息心敛影的净土。也只有那胸间藏有雄兵百万的沙场宿将，才有那样的气魄和雅量，将一座深邃的山峰玩味如同几案上的一块石头。

　　其实，与那些动辄千米的巍峨大山相比，冠豸山也只能算是一块大石头。从山脚到峰巅不过二百多公尺，脚力健的人，不用一个钟头即能登顶。但它平地拔起，不连岗以自高，不托势而自远，在弯曲多姿的文川河盆地上，分明是一匹昂藏的雄山。

　　只有步入其间，才能领略冠豸山那独具的性情和独特的韵味。三百级石阶、数十面翠屏，如同一扇扇渐次洞开的山门，掩映着苍峡幽谷、翘石隐洞以及一个个联翩浮想。

明末著名学者林赤章于是选择是山辟洞卜居，潜心研究心性学。就像彭孙抚山为石，揽云自娱，以山色岚气涤荡胸中的豪情，林赤章则耽情幽僻，从每一处苍苔衍生的岩穴间，细读出山的隐秘和深奥。他卜居的洞口，悬泉如线，错落有声。林赤章如闻天籁，多少灵感，便来自这若近若远的泉声，于是命其洞曰："天上来"。

在冠豸山结庐倡学，林赤章不是第一人。他的前面，有着一长串读书人的身影。是他们的足迹，踩出了一条条通幽的小道。于是冠豸山沿着这一条条弥散着书香的小道，向世人走来。山水和书卷，原来是这样密不可分。

与林赤章同时入山的还有童日鼎、李森和董若水，四人且自号"冠豸四愚"。四愚结伴，攀鲤鱼背，赏朝霞晚烟；游三叠潭，沐春风夏雨；汲莲花洞，品清泉甘露。长歌短啸，寻幽探胜，留下一段令后人徜徉不尽的山林佳话。

与众多名山相比，冠豸山不以山势巍峨称雄，不以香火鼎盛闻名，但却以书院众多而自豪。自南宋丘鳞、丘方叔侄劈茅入山，结庐读书并先后考取功名后，冠豸山便与读书人结缘日深。星星点点的书院、草堂，成了冠豸山一道道耀人的风景。宋代建的"二丘书院"，元代建的"樵唱山房"，明代建的

"东山草堂""修竹书院"，清代建的"五贤书院"……不绝于耳的弦诵之声，在静静的峡谷间流淌传唱，滋润着一代代文章诗赋，也滋润着冠豸山的风骨精神。

清道光甲申年初夏，林则徐应连城籍同窗谢邦基的邀请，登临冠豸山。当他过半山亭，登丹梯云栈，赏滴珠岩石刻，而后行至"一线天"时，耳畔忽闻琅琅书声，循声觅路，步入东山草堂，但见谢邦基之弟小田正率众子侄在草堂攻读。他不禁为之动容，索笔展纸，挥毫而书："小田年弟，偕群子侄，读书弦诵于东山草堂，风雅名流，不愧为乌衣之族，因题赠曰"下面是遒劲的"江左风流"四个大字。落款为："清道光清和穀旦，少穆林则徐题。"

在这之前，清代著名学者、《四库全书》总纂纪晓岚在任福建督学期间，慕闽西客家崇文尚学之风，专程来访冠豸山，留下"追步东山"四字，抒写他游山的心迹。

一座山，如果没有文化濡染，也就只是一块没有生命的石头。冠豸山历数百年书声熏陶，自然出落不凡。清代连城县令秦士望在冠豸山主持修建"五贤书院"时，特地撰写了一副楹联："渡大海而来，舟车所至，耳目所经，到此林泉，殊觉标新立异；登东山之上，风月为朋，烟霞为友，入斯佳境，俨然脱俗超凡。"好个脱俗超凡，那是冠豸山和千万客家学子，经年累月，彼此仰慕、互相陶冶的结果。

说到冠豸山，不能不提到最早赋予它文化色彩的元末连城县尹马周卿。这位儒雅倜傥的诗人，上任伊始即在县治大兴儒学。对县城东郭这座远可观赏、近可把玩的奇秀山峰，他心仪已久。亲往踏勘后即率千人入山开辟景区。这是一位山水艺术大师，面对一方巨石，早已成竹在胸。何处开路，何处筑亭，何处勒石，都安排得恰到好处。而后缘景命名，刻于石壁之上。山水和书卷一样，需要点化，需要理解和想象。嵯峨群石间，中开一谷，为"苍玉峡"；陡崖峭壁上，凿磴数百级，为"丹梯云栈"；山腰筑一窈然小亭，为"半云亭"；石上流泉，垂如秋露，为"滴珠岩"；山腰一巨石，壁立端正，拟其状为"冠豸"……此一番整理润色，成就了前山十三景。命景既罢，马周卿复登峰巅，见四面山形，似莲花舒瓣，于是临风挥笔，把山名"东田石"改为莲峰山。

但不久，莲峰山名就被邑人以"冠豸"二字所取代。獬豸，是古代传说中的异兽，见人相斗则以独角顶触坏人。因而法官的帽子称为"豸冠"，以示其公正不阿、除邪扶正之意。

把一座散发着浓厚文化气息的山，称作"冠豸"，且流传至今，依然津津乐道。由此可见，此山标新立异和脱俗超凡之谓果然不虚。

大海中长出的路

深沪，在东海边。从地图上看，就像渔人一只正踏浪而行的脚拇趾，微微翘起，脚趾上沾满了黏湿的沙粒。海水从大洋深处走来，一道波浪推揉着另一道波浪，一路寻觅着，发出殷殷的问候。

有了这只脚趾引路，海水便长上湾沃，而后，长上陡峭湿滑的石壁，长成了逼仄弯曲的渔街的路。一级又一级石磴，一个又一个拐弯，渔街的路，曲曲弯弯，悠悠长长，穿过崖壁，登上岩头，钻进深巷，如同一条只知向前而忘却归路的海浪。于是，那带着几分咸味的海水的脚印，便永远湿漉漉地留在了渔街的路上。路是从崖壁上凿出来的石栈道，早让渔人的光脚板磨得溜滑。咸湿的海风从曲里拐弯的巷道上通过，像在自家的走廊上悠闲散步。

海水不仅长出了路，还长出了街市，尽管那街市只有丈把宽，街两边店铺里的人甚至可以隔街聊大天，但那街市直通大海。渔船返航时，大大小小的船只驶向港湾，樯桅接天，螺号声声，那是深沪渔镇最壮观的场面。接着，一大篓一大篓渔货被从船上卸下，而后用小舢板运上码头，摆满街市。倘若渔船在夜间返航，那么，老远就会看到街市上高擎着的簇簇火把，一下温暖了渔人的心。在人们的嗅觉里，街市上流淌着的永远是海的鲜香。且不说，那在竹篓里使劲地蹦跳着的鱼虾蟹鳖，让人感受到海的丰盛馈赠；单看街边熊熊的炉火上，乳白色沸腾的汤锅里上下翻滚的鱼丸子，谁也忍不住要咽口水。深沪鱼丸，才是海的杰作。它选用优质的鳗鱼、嘉腊鱼为原料，做出来的丸子色泽雪白，或圆或方或呈鱼块状，咬一口，筋韧味厚，特别鲜美。这道著名的闽南小吃，成了多少人的口腹之欲，以致只要一提深沪庵宫口的鱼丸子，就会引发海外游子强烈的思乡情绪。

和路一块长大长长的还有渔人的房子。那高低错落、层层叠叠的石瓦房几乎是贴着山坡长出来的。说不清是先有路还是先有房，就像说不清是先有下面人家的屋顶还是先有上面人家的房基。有房子的地方一定有路，哪怕那路窄到仅容一人通过；有路的地方，两旁一定有房子，哪怕那房子小到只能摆放一张八仙桌。对渔人来说，再大再长的船也只是风浪中一根漂浮的芦苇；而再小再窄的房子也是一块坚定不移的陆地。渔人的房子是他们生活的起点，也是他们生命的归宿。海上的打拼，充满了艰辛和风险，只有这片屋顶下的岁月才是他们快乐的时光。更何况，这屋子里还有深沪女子特有的温柔和灵巧。渔人的屋子虽小，却因女子的殷勤洗刷而总是一尘不染。而她们用肉丝、小鱼干、香菇和葱珠当作料焖出的油饭，则更让出海的汉子念想不已。一壶滚烫的黄酒，一海碗香喷喷的油饭，加上一个柔情万般的女子，让渔人原本单调的生活显得那样有滋有味。

和路一块长大长长的还有渔人的日子。那日子连着海上的波涛。最初，先民们只在海滩上编列竹栅网鱼晒盐，古语"沪"就是捕鱼的竹栅；日出而作，日落而息，一天的光阴，便包含了渔人日子的全部内容。后来人们开始驾船到深海捕捞，于是，深沪有了泊船的渔港；一个个鱼汛让渔人的日子变得匆忙也变得有些漫长。再后来，深沪出现了多家船行，日子仿佛一下就被拉长了许多。海上贸易靠季风送迎，每年三四月船队趁南风运走白糖、大米和瓷器；八九月趁北风载来棉花、布匹和杂货。船只一年才往返一次，岸上的日子似乎也被海上的日子拉长了。而今，渔人的儿女们已经走得更远，让家中老人牵挂的日子也就越来越长。

渔人的日子还在拉长着，因为，海水中长出的路，还在延伸……

和平豆腐最相宜

我有豆腐情结，每到一地，就想品尝当地的豆腐。应该说这个习惯缘于20世纪80年代。那一年，我随郭风先生到沙县出差。因火车晚点，到站已是21时，宾馆的餐厅当然早已收摊。接待我们的当地文联朋友遂建议就在车站附近的一家小餐馆用晚餐。第一道菜上的就是沙县的油煎豆腐。郭风先生品尝后情不自禁地说了这样一句话：任何一个地方的菜肴，说到底，还是豆腐最好吃。于是，我记住了这句话。

后来，到上杭古田，在古田会址纪念馆用晚餐，席间一道红烧豆腐，鲜嫩可口，大家赞不绝口。我想起郭风先生说过的话，心想，夫子之言，诚是哉。以后，吃得豆腐多了，发现各个地方的豆腐制作方法和味道其实并不相同。中国制作豆腐的方法相传是西汉时淮南王刘安发明的。这位因阴谋叛乱而被逼自杀的封王不仅是一位文学家、思想家，写过《离骚传》，编撰过《淮南子》，而且还是一位美食家。他对中国饮食的贡献，尤其是豆腐的发明，让国人足足饱享了两千多年的口福。

　　刘安虽然伏诛，但豆腐无罪，而且很快就走出淮南，游走四方，直至海外。做豆腐乃至烹煮豆腐的方法经过何止千万人手，自然也已千变万化，各领风骚。但始终恪遵淮南豆腐古法的恐怕已然不多。而邵武和平是一处。

　　去年秋杪，到邵武参加一次文学活动，返程时，我提出由和平镇出口上福银高速，主要是想到和平古镇看看。这是我多年的愿望了。

　　和平，古称禾坪。自然是因为这里地势平坦，禾稻蕃熟。加之这里自古即是闽北要津，福建出省的三条通道之一的"愁思岭"就在和平境内。因而也是历代兵家必争之地。

　　我先到坎头村拜谒黄峭公祠。让人一见就心头发热的便是峭公祠两旁的那幅对联："常来而不拒，久间而不疏"。黄氏子孙，不论是谁，不论离别故土多久，也不论多少代多长日子没有来往过，只要现在到了黄峭公祠，就是回到了家。

　　黄峭就出生于和平的坎头村。黄峭的父亲从河南到邵武做官时，发现和平水向西流，非同寻常，便把家安在了和平的坎头村。黄峭少时即十分聪慧，及长更是文才武略，曾任后唐工部侍郎，52岁时弃官归隐，回到故乡，创办了"和平书院"，课族中子弟读书。和平书院也是中国历史上最早的民办书院之一，从这里走出过一大批让乡人引以自豪的杰出人才。因此有人这样说："'和平书院'的一脉书香至今仍氤氲在乡民的衣袖间"。

至今，我仍能背诵那首黄峭公的《遣子诗》："信马登程往异方，任寻胜地振纲常。足离此境非吾境，身在他乡即故乡。朝夕莫忘亲嘱咐，晨昏需荐祖蒸尝。漫云富贵由天定，三七男儿当自强。"面对子孙满堂，峭公清醒地意识到"燕雀怡堂而殆，鹪鹩巢林而安"。80大寿时他给自己的21个儿子每人一匹马一套家谱一份资财，让他们驰骋四方择地安身。这在当时确实是非凡之举。我最欣赏这句："足离此境非吾境，身在他乡即故乡"。我想，正是这种胸襟和远见，让黄氏儿郎四海为家，苗裔绵延。至今海内外峭公子孙已达四千多万。

带着这份沉甸甸的情绪，我们游览了和平古镇。和平古城建于明万历二十年（1592），至今已有四百多年的历史。古城内有三百余幢明清民居建筑，是我国保留最好、最有特色的古民居建筑群之一。就在一条浸润着四百年风雨的古街上，我第一次品尝到和平油炸豆腐的独特风味。这是一家名为"黄氏豆腐店"的街边作坊。老远就闻到油炸豆腐的香味。新鲜的游浆豆腐经油炸后，色泽金黄，外韧内嫩，香软可口。经过的路人往往禁不起香味的诱惑，于是便纷纷站在街边炉旁，手捧刚刚出锅的炸豆腐，饕餮一番。一般豆腐须用石膏或卤水点聚，但和平的游浆豆腐却是以老豆浆作酵母，发酵而成。加工豆腐时将豆浆倒入特制的锅里，加进适当的母浆，再把豆腐脑舀起分成若干板，压干制成豆腐。这种古法豆腐的制作十分费时，仅用木瓢在豆浆上来回游动就需一个多小时，而从磨浆到出豆腐则要四五个小时。因此，每天的豆腐都是定量制作。

午餐主人特地为我们安排了一个完全的豆腐宴，所有的菜肴都是豆腐，有红烧豆腐、油炸豆腐、泥鳅豆腐、排骨豆腐、铁板豆腐……煎、煮、炸、烩、烤……真是一种豆腐，百样做法，百种风味，让我大开眼界同时也大快朵颐。

耐人寻味的是，面前这一块块鲜嫩的豆腐，无一例外都含有昨天的老豆浆。今天、昨天、前天……千年的光阴便这样由一缕缕老豆浆接续下来了。难怪和平的民谣这样唱道："一块豆腐百年酵，一口咬下味百年"。确实，和平的每一块平平常常的豆腐里，都牵系着千年根本，游走着千年风云。

世间难道还有什么比豆腐更柔软又比豆腐更坚韧？千年游浆不断线的是豆腐，百菜尝遍觉得最好吃的还是豆腐。

望着满满一桌黄、白、红、绿、紫五色杂陈的豆腐宴，我不由想起了黄峭公的《遣子诗》，想起书声悠远的和平书院，想起黄峭公祠前千年络绎不绝的前来拜谒的子孙们。

不再漂泊的家园

　　因为战争，还是因为战争，让成千上万个家族和难以计数的家庭含泪一步步离开他们熟悉的土地、熟悉的家园。簪缨世族子弟、钟鸣鼎食之家和引车卖浆者流一起，在尘土弥漫的路上，最后望一眼烽烟滚滚的中原大地，而后掉头向南，向东。他们只想尽快地逃离战火，可以说，他们中的大多数人，并不知道他们此行的终点。战火在绵延，他们无法就近停下，在吱扭作响的牛车声中，他们憧憬着、祈盼着、跋涉着。他们未来的家园注定在飘渺的远方。一次又一次炽烈的战火，一次又一次颠沛流离的逃亡，从太湖、洞庭湖、鄱阳湖，直到武夷山南麓。他们一路走来，就像被大风刮起的种子，纷纷散落在一程又一程的土地上。

　　只要还未找到能够接纳他们的土地，他们的希望便在前方的路上。在路上，成了客家人惊魂难定的潜意识。于是，发明了擂茶。其取料为老茶树叶、山梨叶、大青叶、淮山叶等野生植物，都是山野中信手可摘之物。茶叶里又揉进了青草药，还有花生、豇豆、糯米，乃至猪肉丝。因此擂茶不仅能解渴祛病，还能果腹充饥。这是长期艰难跋涉中的食品。于是，诞生了走古事。家族的男子们齐上阵，披戴古装，用最形象的形体表演，告诉后代一段不能忘怀的家国历史。于是，红土丘陵中，出现了大大小小、或方或圆的土楼。

土楼，不仅是一种建筑样式，一种生活方式，实际上，它已经成为客家人精神的象征。最初的土楼，当是"在路上"的客家人，落地生根的最后决心。由是，一座座或圆或方的土楼，带着客家人的从缥渺微茫到逐渐踏实下来的愿想，扎根在这一片红色的土壤上。土楼不仅可以挡风蔽雨，防范外来袭击，让族人得以将息，还是一个团聚族人、延续文化的理想居所。

土楼的一个主要功能自然是防御。但一座座在山谷里延伸的土楼同时也是客家人不断前进的脚步，从这个意义上来说，土楼的建立也意味着对脚下土地的占有。因为对于原住山民来说，他们只是一群来自远方的客籍。毋宁说客家是自称不如说是他称。当然，许多时候，这种占有是以和平的方式来完成的。中原人用携带的大量财物和先进的生产工具向山民换取生存的空间。但这过程中一定发生过流血的战事：有贪婪的欺骗，粗暴的占有，抑或争夺水源光照的械斗，自然也会有报复的袭击。否则，就不会出现堡垒式的居所。一座土楼就是一座微缩的城堡，高耸的敌台，四望的枪眼，不是为了对付外来的打击，还能是什么？然而土楼的基本功能还是生活，而且还容纳了生活的方方面面。从中原辗转而来的客家先民，便是通过建筑土楼，逐渐淡化了"山一程，水一程"的路上意识，而强化了"从此他乡即故乡"的住下意识。

不知道最初入闽的客家先人，他们的落地住宅是否已具有土楼的雏形。但已有资料考证表明，唐代，有关土墙的先进夯筑技术已经在闽西南客家人群中流传。自宋元明清近现代乃至当代，土楼建筑在闽西南山区中世代延续，从未中断。据不完全统计，闽西南现存土楼达数万座，其中仅永定就有各式土楼2万多座，并以此构成了大约1800多个自然村，居住人口达30多万的大规模的土楼居住群体。这些土楼造型各异，有圆、半圆、椭圆、方、五角、八角、八卦、五凤、交椅形甚至不规则形等许多种类。这是它们与赣南的客家围屋不同之处。赣南围屋集家、祠、堡于一体，与闽西土楼有异曲同工之妙。但围屋基本上是方形屋，屋形少有其他变化。因此形制多样、风格迥异的土楼，更令人赏心悦目。

若从闽西客家先民跋涉的路径来说，赣南曾是他们的必经之地。客家先民较大规模地进入福建是在唐末黄巢起义时期，大批中原家族辗转来到赣南，又从这里翻越过武夷山南段，而后进入福建宁化的石壁。石壁因此成为客家的祖地。北宋末年金人南侵，之后蒙古人入主中原，引发了更大规模的中原难民潮。客家人源源不断地涌入赣南，进入福建，在石壁汇合后，又沿着数条溪流陆续向南迁徙，其中一部分抵达汀江流畔的永定山区，并在此定居。

中国民居建筑受风水学说的影响很大，一般都讲究相地，建宅多经风水师觅龙、察砂、观水、点穴而后选定。特别在山区，更讲究山势龙脉。然而闽西不少土楼的选址并不按照风水地理所规定的住宅模式，一些楼址甚至选在山谷、斜坡、崖畔乃至孤立的小山顶上。这正证明了客家先民当初立足的艰难，他们身下的每一寸土地都得来不易。建造土楼，一为保护族人安居，二为便利生产劳作。因此，安全因素和生产需要往往决定了土楼的位置，同时也决定了土楼集住宅和城堡为一体的重要特色。

自北宋之后到明代，中国建筑受佛教影响较大，开始出现了圆形、六角形和八角形的建筑样式。在文化观念上是从"地方"到"天圆"的转化。圆楼的出现，大约也在这一时期。圆楼暗合了天人合一的思想。客家圆楼最令人惊叹。其以生土夯筑为承重墙，可达五层之高，圆径最大者超过70米，俨然城堡。这种聚族而居的堡垒式民居十分坚固，其圆周形的夯土墙可厚达一米，土里掺上少量细沙、石灰、卵石、竹片以及红糖、糯米饭，经过反复揉、舂、压后再以夹板夯筑而成。圆楼一般可分三层，底层作为烧炊、储藏、圈养家畜之用，不开窗；上两层为住房，向外开窗，其内侧设廊，贯连全楼。圆楼的中心有天井，并建有平屋，设祠堂、学校，是家族的公共活动场所。

客家人将圆形土楼称作"圆寨"，将方形的土楼叫作"四方楼"。其实，圆也罢方也罢，土楼的整体功能和内部格局并没有大的差别。

五凤楼则是有别于圆楼和方楼的一种府第式的土楼住宅，它实际上是把城堡和院宅一体化了。"五凤"之名出于《小学绀珠》，原为东、西、南、北、中五方配五色所引申的五行意义。五凤楼的主人多为达官贵人或富商，因此讲究装饰，雕梁画栋，十分精致。

交椅楼的建筑形式与方形楼大致相同，但其前排房稍低，为平房或二层楼，而左右两边稍高，酷似座椅的扶手；后排房最高，可达三层以上，如同座椅的靠背。整座楼望去仿佛一把交椅，故俗称"交椅楼"。这样造出的土楼，前低后高，错落有致，便于阳光照射、空气流通，居住十分舒适。

土楼让客家人不再漂泊，土楼让中原文化在不再漂泊中生根、传承、发展。土楼自身的建筑风格也随着生活的安定和生产的发展在不断发生着变化，一座座环环相依、方圆结合的土楼，镶嵌在青山绿水之间，与蓝天白云遨游，仿如大自然的雕刻，美轮美奂。

永定湖坑镇的洪坑村建于山间的一块小盆地，也是土楼最集中的地方，称得上是土楼建筑的天然博物馆。这里名楼汇集，有被誉为土楼王子的振成楼，有府第式土楼——福裕楼，有宫殿式方楼——聚奎楼，还有袖珍式圆楼——如升楼。土楼样式的变化，也使人看到了土楼建筑的发展步履。

聚奎楼始建于1834年。楼宇相叠，气势宏大，整座楼与背后的山脊连成一体，远看有布达拉宫的气势。其中厅高、两厢低，让人感到一种森严的等级。年代稍晚些的福裕楼是永定府第式土楼的杰出代表。它占地7000平方米，按高中低三落、左中右三门布局，外形像三座山，隐含楼主三兄弟（林仲山、林仁山、林德山）三山之意。福裕楼似乎更强调居住功能，土楼的防御作用已经退为其次。实际上，稍后建筑的土楼，都以居住舒适为要务。比如最小型的土楼如升楼楼底直径8米，小巧玲珑，形同客家人量米的米升，故名。楼内仅住有六户人家，家居紧凑，自成风格。而建于1912年的振成楼更以建筑精致扬名。它由内外两环楼构成，外环楼高四层，每层48间，按《易经》的八卦图布局建造，单层分为八卦，每卦6间为一个单元，专设一部楼梯；卦与卦之间筑青砖防火隔墙，隔墙中开设拱门，关门则自成院落，开门则全楼相通，十分科学。内环楼分两层，当中仿西洋式装修的中堂大厅，是一个多功能厅，也是全楼人举办婚丧喜庆和族人议事聚会、接待宾客或演戏、观戏的地方。振成楼设计奇巧、建造精美，外土内洋，中西合璧，将大量现代元素融入传统的土楼建筑中。这当是振成楼最大的特色。

一部土楼史是一部艰辛的客家家族史，也是一部辉煌的中华建筑史，更是一部瑰丽的世界艺术史。因为躲避战火而举族迁徙，因为生命安全而聚族围居，因为辗转漂泊而诞生土楼。历经冰霜雨雪，而风姿卓然，不再漂泊的家园——客家土楼由是让世界瞩目。

朝夕波罗的海

　　维京号游轮拉响起航汽笛时，已是傍晚时分。巨大的游轮徐徐驶离位于斯德哥尔摩国王岛东南角的码头，驶出狭窄的萨尔特湾，踏着层层波浪，直向海天相接处而行。斯德哥尔摩，连同它的湖光山色和花园宫殿渐渐远去。

　　斯德哥尔摩，瑞典语意为"木头岛"。因木头而成就一座岛城，这与意大利的威尼斯有几分相似。不同的是，威尼斯原是海中低地，是用数十万根木桩打入浅海中矗立起来的城市，至今，涨潮时圣马可广场的地面仍会被海水淹没。而斯德哥尔摩则是梅拉伦湖入海口斯塔丹岛上的一座小镇，因屡遭海盗侵扰，人们便用巨木修建城堡，并在水中设置圆木栅栏，以便抵御外敌。城市也因此得名。七百年间城市渐渐扩大到十四个岛屿和一个半岛，由七十多座桥梁把市区连在一起。波光粼粼的梅拉伦湖犹如一面镜子，倒映着两岸造型美丽而又精致典雅的建筑，帆影塔尖、花园雕塑，都随着湖波轻轻荡漾，美不胜收。

　　游轮便是从这如诗如画的童话世界中轻轻驶过。

　　海岸却始终缠绵不尽，紧紧相随着游轮，一会儿是沙滩别墅，一会儿是古堡岩礁……仪态翩跹，风情万种。波罗的海是世界上含盐度最低的淡水海，正因为此，它的万千岛屿，格外绿意葱茏。而每一座小岛都是一座富有个性的海上花园，既有现代气息浓郁的别墅景观，也有中世纪的古堡园林。看着这一座座不同风格的海岛建筑，也许猜得出它们各自主人的身份。海风轻轻吹拂，带来深秋的凉意。但甲板上还是三三两两地站着游客，谁也不愿意离去，似乎还在等待着什么。这一刻却来得特别突然。夕阳的金色余晖，如同一柄利剑，刺破云层，直扑大海，仿佛要在瞬间将海面一劈两半。这时，原本安静的波罗的海忽然激情四射，海水如同沸腾一般，燃烧起来。这是黑夜降临前最壮观的一幕景象，也是波罗的海奏出的最激昂的一曲乐章。于是，无边的夜幕在海上轻轻地合拢。

　　一觉醒来，看看表，时针指向六点。天开始发白发亮。经过一夜行驶，游轮大概快接近芬兰海岸。但这仅仅是地图上的测算。实际上，目力所及还是浩淼无垠的大海。

　　晨曦中的波罗的海宁静温柔，像是一位刚刚沐浴过的少女，容光焕发，身上还飘散着一缕热气。淡淡的阳光透出云层，铺洒在宽阔的海面上，海水泛着细细的粼光，悠然自得。看不到翻卷的波浪，海平静得就像一面湖。这是和平的时刻，恬静的时刻，让人忘却烦忧，忘却旅思。六层大舷窗旁的沙发上，不约而同地坐着来自各个国家的旅客，他们中便有俄罗斯人、丹麦人、芬兰人和瑞典人。此刻大家全都用一种姿势、一种神态凝视着大海，晨光中的波罗的海，这一刻，令人沉醉。

大西洋有两座神奇的大海：地中海和波罗的海。这是两座被大陆深深地钟爱着的大海。你只要看看地图：在地中海，有小亚细亚半岛、亚平宁半岛、伊比利亚半岛；在波罗的海，有斯堪的纳维亚半岛、日德兰半岛。这一只只长长的手臂是那样热烈而忘情地拥抱着蔚蓝的大海，但同时，战争的烈火也由此而生。一千多年来，德国人、丹麦人、波兰人、俄罗斯人、瑞典人和挪威人的战舰在波罗的海的海面上追逐争战。征战的目的，就是为了独占这一份美丽和富饶。于是，炮火和鲜血染红了波罗的海的天空和海水。

瑞典皇家瓦萨号战舰而今正静静地躺在位于斯德哥尔摩市郊动物园岛上的瓦萨船博物馆。1628年8月10日，瓦萨号战舰初航。这是瑞典国王古斯塔夫二世为称霸波罗的海而建造出的艨艟巨舰，船长69米，船上装备了64门大口径舰炮，船尾还雕刻着一只奋蹄怒吼的狮子，可谓威风凛凛。可是巨舰在两岸欢呼的人群和震耳的礼炮声中刚刚行驶出一千多米，便遭倾侧。海上突起的一阵狂风将这一艘美轮美奂的皇家战船吹倒了。这是瓦萨号的不幸，也是瓦萨号的大幸，它因此逃脱了血腥的海上杀戮。是波罗的海成全了它并保护了它。三百多年后，瓦萨号重新浮出水面，连同它船上的精美木雕，重现了中世纪造船史上的一段辉煌。

波罗的海终于安静下来了。骚动的人心终于安静下来了。只有用平和的心看着平静的波罗的海，才知道海有多么美丽，才知道和平有多么美丽。

游轮的两旁出现了岛屿，这些几乎相连的大大小小的岛屿像是挂在赫尔辛基胸前的一串串绿翡翠。这些岛屿都属于私人，但芬兰法律规定，每座私人小岛都必须向旅游者无偿开放，而且还规定，岛上所有房子的高度都不许超过树木，于是，你一眼望去，只是葱葱郁郁的树木，而见不到房屋。一群群白色的水鸟，一会儿紧贴着水面掠飞，一会儿在绿岛的树林间嬉戏。游轮似乎受了感染，小心翼翼、悄无声息地从这一颗颗绿翡翠中穿过，驶进风和日丽、水光潋滟的芬兰湾。前方，在海鸥翔舞之处，就是维京号游轮此程的目的地——赫尔辛基。

沉默的荒原

当我们乘坐波音737飞机从拉斯维加斯起飞向东航行，整整一个多小时，便是飞行在荒漠上空，飞机舷窗外的景色单调而寂凉，目力所至，阒无人迹，不见一片绿色。先是灰蒙焦渴的大漠，惨白的阳光下如同一大张被烤得半生不熟的面饼。远远地现出一道弯且长的裂缝，不用说，这便是著名的大峡谷了，它像一条被随意丢弃的草绳，静静地躺在荒凉的科罗拉多高原上。这之后，出现了大片大片褐红色的岩石，连绵千里，高高的落基山脉正从机翼下展露峭拔的身姿。

这数万平方公里的荒凉，像一片膏药，牢牢地贴在美利坚合众国的下腹部，撕也撕不掉，遮也遮不住。但美国人却偏爱这片荒凉，不仅于此，他们还常常将这一大片荒凉引以自豪。

美国人的偏爱或许有几分道理，因为他们认为，这一片荒漠，其实是造物主为自己在地球上保留的少数最后几片领地之一。这就值得敬畏和景仰。

在这片荒原上，所有的生物都只能是另类。只有星星点点的芨芨草战战兢兢地匍匐在旱魃的脚下，如同高速路上触目皆是的警示标志，告诉世人，这里拒绝进入、拒绝绿色、拒绝生命，更拒绝生活。荒漠绵亘千里，它用干旱，用严寒酷暑和沙砾碛石，筑成自己的一道坚固防线。迅驰如野马、敏捷如羚羊、耐渴如骆驼，亦不得不在荒漠边缘止步；即便在高空中游弋的鹰隼，也远远地避开这片不毛之地。从飞机上一次次播撒的绿色种子，转瞬间即被旱魔吞噬，而荒漠却始终不动声色。只有一批被放逐到这里的人群，从19世纪中叶开始，才像唐·吉诃德战风车那样，一代接一代顽强地与荒漠展开搏斗，一百多年过去了，人类的斗争，有了一些结果，荒原边上出现了依稀可数的寥寥几处村镇，荒漠还网开一面，破例允许细线般的道路从它的腹地穿过。

雄奇神秘的科罗拉多大峡谷便深藏在这一片荒漠之中。昨天，我们刚刚从大峡谷归来，走的就是穿越荒漠的道路。清晨从拉斯维加斯驱车，在近五个小时的驰行后，于中午时分抵达大峡谷城。中间经过著名的胡佛水坝。水坝建成于1935年，以当时的美国总统胡佛的名字命名。当我们乘坐的大巴在灰蒙蒙的群山间盘旋而上，正感到沉闷乏味时，忽然车窗里飘进一泓碧蓝，蓝得让人心醉。这便是米德湖，也是西半球最大的人工湖。它像一枚晶莹澄净的翡翠，别在苍茫大山的胸间。223米高的胡佛水坝，是米德湖的创造者，正是它拦截了从遥远的落矶山脉流出的科罗拉多河水，聚成这座美丽的人工湖。也因此成就了一个沙漠中的奇迹。

从胡佛水坝到大峡谷城足足还有四个小时的车程，汽车在看不见尽头的荒漠中，孤独得就像是一只受惊的小动物，正慌慌张张地择路而行。荒原广大而寂寥、坚定而沉默，地上没有一棵树木，天空没有一只飞鸟，只有背阴的坡地上疏疏落落地蜷缩着一蓬蓬枯黄的小草，在风中轻轻颤抖。让人真真切切地感到，生命在这里只是大自然的点缀，点缀而已。

终于，前方出现了一片稀疏的树木，还有几簇低矮的房舍。司机告诉大家，大峡谷城到了。车厢里登时一片兴奋。大峡谷城说是城市，其实，除了一个小型机场就是几座旅馆、餐厅和商店，而且几乎没有固定的居民，有的只是临时聚散的游人和大巴。因此，中午前后的三四个钟头是大峡谷城最热闹的时候。当太阳西下，游人纷纷离去，大峡谷便成了一座空城。

过去在没有汽车的年代，很少有人到过这里。1869年，美国南北战争结束后不久，一个名叫约翰·卫斯莱·鲍威尔的独臂炮兵少校带领一小队人，分乘四条小船，经科罗拉多河来到大峡谷探险。急湍的水流打翻了他们的半数船只，而艰险和饥饿使得这一小队人马几乎全部葬身在大峡谷底。少校死里逃生的经历，让世人知道了大峡谷的存在，也知道了深藏于这一片荒凉中的雄奇。

1903年，美国总统西奥多·罗斯福千里驱车来到内华达，当他看到茫茫荒原上豁然中裂的大峡谷时，不禁发出这样的感叹："大峡谷使我充满了敬畏，它无可比拟，无法形容，在这辽阔的世界上，绝无仅有。"

看大峡谷，也成了每一个去美国的游人的热盼。因为去过科罗拉多大峡谷的人都说，大峡谷才是美国真正的象征。

实际上，我们此行在拉斯维加斯只停留两个夜晚，真正的目的地则是大峡谷。为此，我们一天中在荒原上来回驰行了近十个小时。

我们抵达的是大峡谷的北缘，这里设有两个主要了望点。亚马贝点是观赏日出的最高点，而摩哈夫则是观赏日落的最佳位置。在如此雄浑壮阔的大峡谷面前，我才真正理解了什么才是边缘。此时我们正是站在大自然的边缘，抬头望一眼群山，渺无边际；低头看一眼峡谷，深不可测。边缘的位置，也便只能是了望的位置，向往的位置。

太阳很好，这是大峡谷里最平常的日子。阳光像一只神奇的巨手，轻轻抚摩着阶梯状的岩层，累累相叠的岩石立刻变幻出五颜六色的光彩。最上面是一层深黛，然后是大片的绛红，再下来是灰白，谷底则是一带浅绿。

是造物主假科罗拉多河这个得心应手的天然工具，精心雕刻成如此粗犷浑朴的艺术杰作。不同地质年代的岩石，像数亿卷层层叠叠的图书，展示在人们眼前。还有一列列山峰，如同古堡的废墟，透出满目沧桑。

大峡谷是造物主自娱自乐的作品，就像孩子玩弄泥团一样，弄出层层叠叠的起伏，弄出变化万端的形状，弄出赤橙黄绿的色彩，弄出苍苍茫茫的景象，让渺小的人类为之瞠目，为之惊叹，为之沉思。而对于宇宙来说，人类的几千万年，只不过是转眼即逝的瞬间；大自然的奇观，更不过是妙手偶得罢了。

下午四时，我们乘大巴自大峡谷城返回拉斯维加斯，走的还是来路。没有树，没有水，没有村庄，有的只是遍地碛石和芨芨草，周围的景色单调而乏味。天色渐渐黑了，沉默的荒原上，只有孤独的车灯发出微弱的光芒，如萤火虫般在茫茫夜海里游弋。

车子骤然停住，司机打开车厢里的灯，上来了一位年轻警察，他边和司机说着笑话，边飞快地巡视了车厢一遭，打了个手势下车了。原来又要到胡佛水坝了。这是例行检查。也因为这位警察，让沉默已久的车厢里顿时有了生气。

从胡佛水坝下山，听车轮和道路的摩擦声音感觉车速正在加快。黑夜里看不见水坝的雄姿，但急速盘旋的道路，依然使我们再次感受到大坝的险拔。

渐渐地，前方天际上现出一条光带，光带越来越宽也越来越亮，不一会儿，一大片密如繁星的灯火跳动着变幻着出现在眼前，耀如白昼。拉斯维加斯像一群盛装的仙女正从大海一样的沙漠中飘然而出。

经过近十个小时的荒原行旅，此时，车厢里的游客全都长长地舒了一口气。

人类创造了一个拉斯维加斯，一个荒漠中的奇迹。然而，对于数万平方公里的浩瀚大漠来说，它只是人类活动的一抹痕迹，被涂写在荒漠的边缘。这一抹痕迹当然改变不了荒原的根本面貌。荒漠归根结底还是荒漠，它严峻而大度，沉默而坚定。就像我们刚刚经历过的峡谷之旅，其实，除了少数几个观察点，除了依稀明灭的蛛丝般的小径，人类又能影响大峡谷什么？

被幽囚的呼啸

未到美国之前，我只在照片上看过尼亚加拉瀑布，马蹄状汹涌下泻的水流，激起腾腾烟雾，天地间一片苍茫混沌，不辨万物。只有水，怒吼着狂泻的水，冲决画面，直扑眼帘，让人的心也随之摇荡不已。这是何等壮观的景象。因此，我想象中的尼亚加拉瀑布，自然是旷野中任性咆哮的激流，挟风雨雷电，千里奔进，及至临渊奋然一跃，惊天动地，声震云霄，那当是五大湖的仰天长啸。

可是，当我自纽约驱车七百公里，来到安大略湖畔的水牛城，却丝毫感受不到一点瀑布的气息，听不到来自旷野的激情呼唤，更看不到飞流直下的逼人气势。四围一片幽静，让人疑心的幽静。这大自然的奇观究竟藏在何处？旅游巴士载着我们在落英缤纷的林荫道上轻轻地驶过，车轮发出的沙沙声，很快就消失在树林深处。为看瀑布，我们却无端走进了一座充满森林气息的公园。不说破，大概谁也不知道，举世闻名的尼亚加拉瀑布就藏身在这座公园中。

终于，我们看到了瀑布。最先出现在我们眼前的是一段平流，顺着流水的方向，大约几百米的地方，一派烟雾蒸腾。我们便朝着这烟雾走，水汽越来越大，水声也开始响亮起来。忽然，平静地涌流的河水像是遇到了什么，一下收住了脚步。定睛一看，满床的河水几乎就紧贴在我们的身旁陡然向下滑落，形成一道美丽的瀑布。这就是位于美国一侧的亚美利加瀑布。由于隔着山羊岛和浓浓的水雾，暂时还看不到加拿大一侧更为壮阔的马蹄形瀑布。只是我绝没有想到，第一眼中的尼亚加拉瀑布，竟然是这么一副温和驯顺的模样。

曾几何时，一道原本应该在天地间自由奔腾的壮阔瀑布，竟然就这样被幽囚进公园里，如同一群不羁的野马，陷身于动物园。那情景，让人见了不免有几分悲哀。

"尼亚加拉瀑布，世界最伟大的奇迹之一。它是北美五大湖的共同杰作。尼亚加拉河从伊利湖蜿蜒流出，一路波平浪静，临近安大略湖时，河面陡落48米，水流立脚不住，垂直下泻，形成一千多米宽的巨瀑，发出冲天怒吼。"

这是亨尼平笔下的大瀑布。1678年，比利时出生的传教士、探险家和作家亨尼平来到尼亚加拉瀑布面前，在目睹了天地间的这一壮观景象后，他用鹅毛笔战战兢兢地记录了"惊骇轰鸣的水击之声"，还画了大瀑布的第一幅速写。他成了身历其境并描写尼亚加拉瀑布的第一个欧洲人。

随着大瀑布的被发现，人们从世界各地纷至沓来，他们中有作家、诗人、画家，也有投机商和江湖骗子。爱尔兰诗人穆尔为瀑布而歌："我拜望大瀑布，令人惊心动魄，神移魂飞……如近神灵，如入仙境……挥尽笔墨也无法描绘它的宏伟壮丽。"而嗅觉灵敏的商人们更是感觉到了瀑布蕴藏的巨大商机。瀑布周边的土地开始成为一些人竞相争逐的猎物。

两百年后，瀑布加拿大一方的土地已全部落入开发商之手。为了保护瀑布资源，1885年，纽约州政府在瀑布美国一侧修建了第一个国家公园，两年之后，对岸的安大略省也修建了维多利亚皇后瀑布公园。从此，在旷野中自由自在地奔腾了几千万年的瀑布，完全被幽囚进公园中。由于纽约州的范围很大，其西北地界直达与加拿大交界的尼亚加拉河，所以尼亚加拉大瀑布有一部分属于纽约。但此前，这里还是一片荒凉之地。因为大量游客的涌进，由此诞生了一座新兴的尼亚加拉瀑布城。

瀑布还成为杂技演员最惊险的竞技场。征服大瀑布，成了他们扬名世界的终南捷径。1859年6月，法国钢丝表演家布朗丁在上万名观众的喝彩声中，从容地横穿过瀑布上空。一个月后，布朗丁又创造了在狂风中背着人走钢丝过瀑布的记录。但是，并非所有的钢丝表演者都像布朗丁这样走运，瀑布激流无情地吞食了一个又一个"征服者"的生命。

尼亚加拉瀑布牵系着世界上许多不安的良心。1880年，一批同时代的著名文学家联名发出呼吁，请求采取措施保护大瀑布和它的尊严，他们中有英国著名作家狄更斯。狄更斯这样写道："看到瀑布时，我觉得和上天多么靠近。我长久地站着，面对雄伟的壮观，首先感受到和平安宁，感受到恬谧娴静，而毫无阴郁恐惧。"经过了无数烦琐的立法程序，加拿大安大略省政府和美国纽约州政府终于在1912年宣布禁止在瀑布上空举行这类惊险表演。

不过，此时的瀑布周围，早已不是幽静的旷野，尤其是在加拿大一侧，高楼林立，商场鳞次栉比。

今天，能够让游客近距离地亲身感受瀑布的是尼亚加拉河上的"雾中少女"游船，游船溯流而上，渐渐地驶向一个风雨交加的水世界。也只有在狭窄的尼亚加拉河上，在这条被命名为"雾中少女"的游船上，才能真正感受到瀑布惊天动地的壮阔气势。

瀑布公园的景观十分美丽，与美国的许多城市公园不同，那些公园大多设计平平，且一览无余。而这座公园不但占地面积大，森林繁茂、花草葳蕤、河水潺潺，还透出一派悠闲自在的田园气息，很令人喜爱。可是，我看着被幽囚在其间的尼亚加拉瀑布，心里还是感到一种说不出的悲凉。

火红的马六甲

我不知道，为什么马六甲要把整座城市涂成火红色，不仅仅是市中心荷兰人建造的教堂和博物馆，闪耀着血般的鲜红，就连周围的住宅和商店，也一律是红墙红瓦。在湛蓝的印度洋边，红色的马六甲城就像一支熊熊燃烧的火炬。也许，这红色只是为了那些远航的船只。经过长长的马六甲海峡，由于单调的蔚蓝而滋生的寂寞便会爬满每个船员的心头，因此当他们远远地望见一团鲜丽的火焰在天边升腾时，总会发出一声欣喜的欢呼。

航船对于马六甲确实意义非凡。在市中心广场附近的马六甲河口上就停泊着一艘巨大的古代商船，灰色的船身让人很自然地想起一段历史。船首高高地仰向天空，似乎正在怀想过往的辉煌岁月。这是马六甲城的骄傲。早在15世纪初，马六甲城即为强盛的满剌加王国都城，也是中世纪东南亚的贸易中心。我国明代著名航海家郑和率船队七下西洋，五次在马六甲停泊、休整并补充给养。由于马六甲为东西交通孔道，地势十分重要，明政府对满剌加王朝优抚有加，满剌加国王也曾亲到北京觐见明成祖。郑和下西洋即以马六甲为中途站，在这里设立仓库和军事基地。至今，马六甲还保存着三保山、三保庙和三保井等与郑和有关的古迹。它们是当地华人的圣地，受到很好的保护。

三保井位于港口旁的升旗山下，本身就是一处要塞，周围一圈敷以红瓦的围墙上，不仅排列着整齐的射击孔，还有一个硕大的前后洞穿的炮眼，显示这里曾发生过惨烈的战斗。井身不高，护栏略显残破，钢制的井盖则是新安上的，上面放着一个小小的用中、英、马来三种文字书写的标示牌。围墙的入口处树立着一尊形态古朴的郑和戎装塑像。跟我所见过的许多塑像不同，一般伟人的塑像大多十分高大，而这尊塑像却只有一米高，连底座加在一起也只及我的肩膀。然而塑像的大小，丝毫无损人们对这位伟大航海家的崇敬之情。

真正意义的要塞就在附近不远处，这就是历经战火洗礼的圣地亚哥城堡。巨石垒就的城堡，弹痕累累，浑身透出岁月的沧桑；拱形的堡门上方镌有精美的浮雕，虽经风雨洗刷依然清晰可辨。城堡前则是一片火红的地砖，摆放着一门中世纪的大炮。赤铜铸造的炮身，已被游人抚摸得十分光滑，不禁让人想起这座小城所经历的血腥故事。葡萄牙人、荷兰人、英国人以及日本人都曾将这座小城踩在他们囊囊作响的军靴下。火红的记忆无言地流淌在每一座静静的建筑物上，让过往的游人格外生出一番思古之情。

不过，这座美丽的小城也确实炽热如火。我倒不是指这里的气候，临近赤道，马六甲的气温常年都在摄氏三十几度，热自不待言。但海风不断，在户外倒不觉得特别燠热。让人觉得格外热烈的是这里的民风。马六甲是一座旅游小城，同时也是一个多民族的聚居地。印度人大多经营餐馆，华人也有经营餐馆的，但更多的是开杂货店，当地的马来人则在地摊上出售旅游纪念品。华人见到中国游客自然格外亲热，尽管他们自幼便生长在这里，对祖国已经十分陌生，但一听到华语，便会纷纷走上前来，询问一番家乡的情况。印度人则显得有几分矜持，他们不太招呼人，但他们一看到顾客便会露出一口洁白的牙齿对着你微笑，然后像表演似地抓起一团面在案板上拍打几下，扯出长长的面筋，身子和手臂跟着幽雅地舞动，一眨眼间，便像变魔术般地煎好了一只鸡蛋面饼。你不能不被他们优美的动作所吸引，不知不觉地便坐在了餐桌前。至于马来人，他们兜售商品的技巧丝毫不比华人或印度人逊色，你只要在他们的摊位前停留片刻，他们就有办法让你掏出钱来。他们用有限的几句华语，以及不厌其烦的热情，使得你感到却之不恭。

说到马六甲的华人，只要略跟他们接触，便不能不对他们热爱中华文化的精神所感动。我们曾在路旁一家华人开的小杂货店问路。杂货店的老板年近70，满脸风霜，衣着简朴。他已说不清自己的祖籍地，因为他一家在马六甲已经居住了好几代了。杂货店门面不大，收入显然有限，但他居然担任了附近华语小学的董事长。为此，他捐献了辛劳大半辈子的全部积蓄，全家的生计便只靠这间小杂货店维持。"不能让孩子们忘记祖先的语言。"做了这一切，他就只说了这样一句平平淡淡的话。真看不出来他那瘦小的身躯里竟蕴藏着如此炽热之情。

马六甲城内有一条著名的荷兰街，全长400米，道路狭窄得只够通行一辆汽车。然而，这条街两旁却是地道的华人住宅区。行经荷兰街时，当地的朋友特地放慢车速，好让我们从容地看看街景。完全是中国古典式的建筑：厚重的对开大门，门两旁贴着红纸对联，门内依次是宽敞的庭院、厢房和后花园。即便在国内，也很难找到这样完整而典型的古典建筑群。然而，在马六甲，一切都顺理成章地保存下来了。华人也罢，马来人也罢，都执着而自豪地辉耀着各自民族的文化色彩。就连殖民时期的物事，也一任如初，而作为历史的见证，正如市区中心那一幢幢荷兰人修建的火红的建筑物。

赤热如火的马六甲，就这样美丽地燃烧在蓝色的印度洋边，给每一个从她身边走过的游客点燃一段如诗的怀想和火般的激情。

静静的维拉小镇

　　此次欧洲之行，凡住宿，都在小镇。静静的欧洲小镇，像一位位匆匆邂逅的朋友，或器宇轩昂或潇洒倜傥或娴静优雅，仪态万方，各秉情性。初逢乍识，便让人心头眷眷，但来不及道一声珍重，已自天涯一方。

　　维拉，便是这众多小镇中的一个。这座奥地利的美丽乡村小镇，位于阿尔卑斯山脚下。镇区中央有一座白色巴洛克式的教堂。高高耸立的钟楼，如同一支巨笔直指蓝天。似乎那一大片纤云不粘的蔚蓝就是这支巨笔画出来的。碧绿盈盈、水波不兴的德劳河从镇上穿过，两岸绿荫如盖。终年披着白雪的特里格拉夫峰静静地守候在小镇身旁，像它的一位忠实伙伴。

　　昨天我们翻越阿尔卑斯山到达维拉小镇时已是晚上9点，在黑黝黝的大山里驰行四个多小时，看到面前一片璀璨的灯光，确实让人心头一阵欣喜。但早早来临的寒夜给维拉小镇抹上一层冷清的色彩，街上阒无一人。汽车驶过小镇空荡荡的街道，碾碎一地寂静。虽说商店已打烊但橱窗里依然灯火通明，我们像是闯进了一个熠熠闪光的童话世界。由于今天一早就要动身，所以赶在黎明时分，起来到旅馆周围转悠转悠，看看我们下榻的小镇。

太阳还没有出来，德劳河上飘着一层淡淡的薄雾。仔细看，栏杆上、屋顶上、树梢上也都挂着雾花，晶莹欲滴。它们是黎明时分的主人，正安然自得地享有一个短暂的时刻。这时候，在维拉小镇当然很难见到一个行人。正是初冬季节，小镇的道路上洒满了金黄的落叶，像是为土地披上一层层繁复的冬装。没有人打扫它们，也许落英缤纷，对小镇的居民来说，正是大自然的赐予，呈现的是自然之美。在欧洲的公园里和广场上，到处可以看到无人打扫的落叶。铺满土地的黄叶，自成一种风景。落叶或许让人感到生命飘零，但其实也是一种成熟的证明和愉悦的回归。

偶尔，有辆汽车在我面前悄无声息地滑过，就像一条鱼在海里快捷地翔游而后迅速地消失在茫茫的波涛中。即使是在僻静的乡间小道上，仍然听不到喇叭声，只是车轮不小心在落叶上轻轻擦过时，会发出一声微弱的呻唤，那一定是树叶被擦痛了。也许是听到了那一声轻唤，一片片金色的落叶在晨风中纷纷欠动着身子，似乎在着急地寻找、在关切地问讯。于是，一份殷殷的关爱之情在这个薄雾的清晨被传递得很远很远……

忽然教堂里响起一道悠扬的钟声，一下、二下……钟声划破黎明的幽静，穿过田野、河流，直向静穆的群山而去，一会儿，从高山那边，依次传来了回声，我知道，那是小镇和山峰在互道早安。千年的光阴就在这互诉衷肠的应答声中悠悠流逝，渐渐迷失在远山和旷野之间。小镇的居民们总是静静地聆听着圣洁的钟声传递着岁月的呼吸，醺然陶醉于这美妙清丽的音色里，从年幼直到白头。

碎石铺就的古老镇街逶迤向前，街两旁依次站着同样古老的风灯。天长日久，风灯的玻璃罩已被灯火熏得微微发黑，铸铁的灯座更是油漆斑驳。望着它们，如同望着一段久远的历史。每一盏风灯后面都是一户独立的宅院，木栅栏围着一方宁谧，一方黛绿，也围着百叶窗里庋藏着的一个个布满沧桑的往事。院子里花木扶疏、藤蔓绕墙，轻轻吹拂的晨风穿行于草木间，仿佛在寻觅一份失落的苍茫。只要向这些爬满青藤的宅院望一眼，心便感到澄静而幽远。每座宅院的设计和房屋外观都不相同，洋溢着造屋者的个性和审美情趣。我甚至想，也许，就从这一座座寻常的宅院里，走出过一位出色的画家、音乐家，乃至一位美丽的公主。

小镇是最靠近大自然的地方。阿尔卑斯山的雪峰是小镇终年不变的天然背景，点点雪水汇成溪流，带着山林的气息和花草的芬芳滋润了小镇四周的沃野膏壤。小镇怡然于山水之间，得天地之灵秀，享四时之风韵，出脱得静穆而恬美。

这个静静的清晨，没有其他的行人。我独自享有这异国的小镇给予我的一份短暂宁静。我甚至听得到自己独行的足音在空气中传得很远很远。

而今，面对着一叠照片，我无端又忆起了那一个静静的异国清晨。哦，维拉小镇，你听到了我殷殷的问候吗？

慕尼黑啤酒屋

欧洲的冬天，日照时间很短，而且阴晴变化无常。我们下午三时从德国巴登——符腾堡州首府斯图加特出发到巴伐利亚州首府慕尼黑，二百公里的路程，按说不算太远。何况这里的高速公路路面既平整又宽阔，如同一匹匹巨大的黑色绸缎起伏延展在平缓的巴伐利亚高原上。路边是一望无际的树林，色彩斑斓：金黄的、火红的、淡紫的、深黛的，参差变化，让人赏心悦目。欧洲人对道路绿化树的选择，与房屋建筑一样，追求个性和差异，充分体现了他们的艺术审美观。

但谁想到行车还不到一小时，天色骤暗，车窗外的景色顿时模糊成一片，似乎还下起了小雨，司机把车速给放慢了。然而就在这时，眼前出现了一个奇异的景象：高速公路上来往的车灯交织出两条汹涌澎湃的激流。德国是世界上三大汽车生产国之一，拥有奔驰、宝马、奥迪等众多著名汽车品牌，路上车多一点不奇怪，但如此壮观的车流，见了依然令人咋舌。德国政府规定，无论是白天还是夜晚，汽车在高速路上行驶都必须开灯。因为车前灯发蓝光，而车尾灯发红光，于是导游不无幽默地介绍说，对面来的是数不清的蓝眼睛，前面走的则是望不尽的红屁股。不过，尽管车子多，德国的高速公路上却很少发生车祸，那是因为德国的司机都能遵守交通规则。这当是日耳曼民族的一大优点，但有时泥规守制竟刻板到了不近人情的地步。

下了车，我们徒步进城。慕尼黑裹在一片细密的雨帘里，除了冷冷的拉长了身影的街灯，路上见不到几个行人。虽说刚刚傍晚六时，这座德国南部最大的城市却静得似乎正在细雨的催眠中悄然睡去。这不免让人心生疑窦：那么醒着的充满活力的慕尼黑又究竟在哪里？

慕尼黑是一座由僧侣们建起的城镇，德语慕尼黑意即"僧侣之地"。迄今，该市的市徽图案仍是一个长着副娃娃脸的修士，被称作"慕尼黑之子"。八百年前，这里还只有一座修道院，由于巴伐利亚公爵"狮子"亨利一道建桥的命令，诞生了一座城市。修士们当然不可能预知他们兴建的僧侣小镇，会成为20世纪世界史上的瞩目之地。

我们一行几个人共撑一把伞跌跌撞撞地穿过一条条静谧的街巷，来到老城区的一家啤酒屋。啤酒屋外并不耀眼的霓虹灯光在铺满雨水的街道上淌出红、蓝、绿三道柔和的光流，给人带来一股暖意。而屋内已是灯火通明，人声鼎沸。原来慕尼黑的人们早早地就来到了啤酒屋。

都说日耳曼民族是世界上最爱啤酒的民族，他们离不开啤酒就像离不开阳光和空气。但这仅仅是书本上的认识，只有走进慕尼黑，走进遍布全城大大小小的啤酒屋，你才真正感受到德国人和啤酒的关系。我们进的这家HB啤酒屋，面积并不大，只是一间开敞的大屋子，摆着几排木制的长条桌凳，大约可容纳一百多人，这时已是挤挤挨挨坐满了顾客。店主人是位小个子的和善老人，事先已为我们留了一张空桌子，此时正端了只大酒杯，兀自坐在边上啜饮。一开始，我们并不知道他是店主，我们只是看到一张桌子上有空位，便都涌了过去。啤酒屋里热气腾腾，老人于是示意我们墙上有衣钩，可以挂大衣；接着又示意我们桌上有菜单，却始终没有开口说一句话。

啤酒分大杯和小杯两种，德国人都用大杯；但就算是小杯，也已是大得吓人，足有一尺高。我们每两人点了一个小杯，想多要一个空杯子匀酒，但老人只是轻轻地摇头。德国人就是刻板，怎么说都不行，要杯子就得再买一份。酒端上来了，是冰镇过的，酒呈麦黄色，上面浮着一层白沫。我们先向老人敬酒，和他碰杯。酒杯是细腰型的玻璃制品，透明的杯上还刻有浮雕式的图案，握在手里沉甸甸的。德国人碰杯得用杯底碰，而且眼睛得看着对方，以示尊重。这时店主人便笑了起来，和大家喝了几口后就悄悄地离开了。

抿一口酒，凉丝丝的，只觉得满嘴麦香，一直沁入心脾，回味无穷。德国酿的啤酒清香可口、气足泡密，酒味特别醇厚，与国内喝过的啤酒，味道完全不同。这除了酿造技术外还和巴伐利亚盛产的大麦和啤酒花质量有关。德国啤酒酿造的历史可追溯到五千年前。据说是一位健忘的面包师无意中把做面包的生面团长时间忘在太阳下暴晒，生面团逐渐变成了液体并开始发酵，而且香味浓郁，由此产生了啤酒酿造术。

吧台旁的乐池里有一个七人的管弦乐队，正在演奏《多瑙河之波》。见有中国游客来，便改奏中国乐曲《地道战》，旋律一下变得轻快、跳跃。啤酒屋的热烈气氛，正是音乐点燃的。

坐在长条凳上的德国人，仿佛听到音乐精灵的召唤，全都兴奋起来，他们手牵着手，随着音乐的旋律，耸动肩膀，像波浪般起伏摇晃。乐声愈加激扬，长条凳上沸腾了一般，波浪连成了一片大海，就连中国游客也情不自禁地加入到波浪的行列。这时我看到那位小个子的德国老人正卷在波浪之中，满脸洋溢着抑制不住的笑容，还不忘朝我们挤眉弄眼，一改刚才的严肃状。确实，在这样欢快的时刻，置身于这样热烈的氛围里，什么烦恼、什么忧愁、什么疑虑，自然全都烟消云散。这情景，谁见了都会激动不已。当音乐和酒注入一个民族之魂，会幻化出怎样的精神翔舞。

　　我们来时已经错过了慕尼黑最好的季节，10月，是慕尼黑的啤酒节。据说，那时的慕尼黑，到处张灯结彩，热闹非凡。酒香逾街越巷，四处漫溢。这是巴伐利亚的狂欢节，也是整个德国的节日。日耳曼人爱喝啤酒的传统如今已成了国家的象征之一。也许，对于严肃刻板的德国人来说，一天的劳作后，到啤酒屋可以略略放松一下身心，而一年一度的啤酒节更是他们精神的彻底解放。

　　这个中世纪静谧的修士之地，却成了放浪形骸的啤酒节的故乡，此间的变化，真是耐人寻味。

斯堪的纳维亚的彩虹

在斯堪的纳维亚半岛上旅行，车窗外几乎是纯自然的景色：低平的山冈、广阔的牧场、蓊郁的树林，还有时聚时散的云彩，时鸣时歇的禽鸟。而在半岛西头的挪威，似乎离尘嚣更远，生活气息也显得更加闲适、散淡。眼下已是挪威的秋天，气候凉爽宜人，而且一天中的温差几乎没有变化。这里的秋天特别短，也特别令人怀念。只是雨水多了些，一树树红叶、黄叶在风中雨中尽情地摇曳，像是演员在舞台谢幕时的殷勤挥手。毕竟，严严的冬天很快就来了。

而这个季节挪威的天空也特别富于变化。大概在高纬度地区吧，天幕垂得很低，夜晚的星星仿佛就闪耀在你的头顶，伸手可摘。倘是晴天，阳光格外耀眼，却一点也不灼人。不过每天的天气最难用阴晴云雨一个词来表达。你说是晴天吧，明明下过几阵雨；说是阴天吧，中午的阳光却亮得晃眼。在这里，关于天气的经验都是靠不住的。

那天我们去维格兰人体雕塑公园。出门时还是一碧如洗的响晴天。可就在临下车前的一刹间，乌云骤集，接着就噼里啪啦地下起了雨。这阵劈头盖脑、倾盆而下的大雨，把猝不及防的游人打得晕头转向，在偌大的公园里四处奔窜，三五成群地蜷缩在树下躲雨。

大雨以席卷千军的气势，在公园里恣意扫荡。不见游人的雕塑园渐渐还原本色，雨似乎在催生一种精神，当身上的凡尘被豪雨洗净，不着一丝的男女雕像们倒显得更加从容自在，他们或立或跪或睡或相拥而坐，将人生百态演绎得尽情尽致。这是挪威雕塑家古斯塔夫·维格兰毕其一生的巨制。他花了19年的时间，雕刻了192组的650尊雕像。描绘了人类从胚胎孕育到成长、死亡的各个时期的情形。这里其实就是维格兰心中的伊甸园，他以一份崇敬和虔诚之心，想象着、模拟着这些本来源自造物主的作品。

急雨如箭，公园的路面一下盛不住，溢出一汪汪水塘。一行人前进不得，后退不能，只是远远地看雕像们沐浴在雨中的万千姿态。透过雨幕看雕像，却仿如看天上的伊甸园。本来，走近了看是石头，隔着一层想象才是生命。

不过，这雨来得急去得也快，刚刚还铆着劲地狂倾暴泻，可是说停就停，连声招呼也不打，就消失得无影无踪。时候不早，我们便转去蒙克美术馆。在美术馆前，迎面又是一排造型生动的人体雕像，让人忍不住驻足端详。

　　我看到奥斯陆到处是雕像，它们或矗立在广场上，或斜欹在商场的门脸旁，而更多的，则静静地站于屋檐路边、林阴草丛，看星星、赏月亮，同时冷眼看在它们身旁发生的如棋世事。从国王、将军、作家、艺术家到平民百姓，众多的人物雕像已经成了奥斯陆市民队伍中不可或缺的一员。走路的时候，总能遇上雕像，有时甚至说不清，刚刚看到的究竟是真人还是雕像。说实在的，在车少人稀的奥斯陆街头，倘没有这些个神情逼真的雕像，该有多么冷清、寂寥。

　　挪威大部分国土位于北纬60度以内，冬季长达8个月，漫长的冬夜，给人们的心理带来深重的压抑。更何况，这个民族天生的沉默内向，在挪威人高大威猛的外表下往往深藏着一颗柔弱而纤细的心灵。尽管维京海盗曾经是挪威的代名词，公元9世纪，善于航海的挪威人向北征服了冰岛，向南，穿越英吉利海峡，直到葡萄牙和西班牙。但这个北欧小国很快就由盛而衰，长期以来一直受到丹麦和瑞典的统治，二战期间，又被德国占领。在世界大舞台中，挪威总是扮演着弱者的角色，这自然给国民的心灵造成伤害。但这却是一个艺术的国度，挪威人无法在政治军事上一逞英豪，但他们却将自己丰富而细腻的情感通过雕塑、绘画、音乐和戏剧表现得淋漓尽致。你不能不惊讶，这个只有四百多万人口的国家，诞生了易卜生这样的戏剧大师和蒙克这样的绘画天才。

易卜生自不待说，一部《玩偶之家》，足以让他和挪威国家剧院一块站到了世界话剧的巅峰。人们从国家剧院门前走过，最先看到的就是易卜生的铜像。一百多年过去了，国家剧院，这座方形弧顶的传统建筑物，依然完好如新，而易卜生也依然静穆地站在剧院门前，用他解剖刀一般犀利的目光打量着熙来攘往的人群。

蒙克早期的作品，人物都充满了悲哀和痛苦。他将奥斯陆画成了一个幽灵的城市，男人和女人全都穿着黑色的衣服，帽檐压得很低，脸色惨白。对蒙克来说，他们如同"活着的死人，由弯弯曲曲的路径走向坟墓"。蒙克于是离开这个阴郁的城市，搬到柏林和巴黎居住。蒙克后期的画作，却一改阴沉的色调，常常以强烈的色彩铺满画面，传递出一种攫人的艺术魅力。对遥远故乡的想望，化成了浓烈如酒的意绪，徜徉在画布不忍离去。望着大块如虹霓般的鲜丽红艳，我们竟一时屏住呼吸，也和画中的人物一样为之沉迷，如痴如醉。

车子重新上路，忽然，厚重的云层渐渐裂开，天边出现了彩虹，先是一条，接着又是一条，鲜艳绚丽，七彩斑斓。虹桥下是蓝天、云彩，还有森林和红房子，似乎那里就是最美的伊甸园。全车的人都高兴得欢呼了起来。大家纷纷掏出相机，对着彩虹，将斯堪的纳维亚最美的一幕摄入镜头。不像在国内，彩虹的出现，总是带着一份矜持，有时，还蒙着一层面纱，羞答答的，让你始终看不清它的真容。往往还未等你回过神来，虹影已倏然不见，斯堪的纳维亚的彩虹，却不同，来了就久久地待在天空，而且竟是那样大方坦然地展示它们的美丽，不作任何遮掩，让你看个够，让你拍个够，也让你想象个够。

斯堪的纳维亚的彩虹，那是蒙克忘情涂抹的生命之舞，是维格兰精心雕塑的人生百态？谁又忘得了它们。

夏威夷的太阳雨

最奇妙的莫过于夏威夷的太阳雨。那一根根带着阳光的透明晶亮的雨丝，在空中飘飘洒洒，织出一道道绚丽的彩虹，而后刷拉刷拉地落在你的脸上、手臂上，凉丝丝的，亲切而温柔，像是来自海洋的一声声问候。大概是地处太平洋中心的缘故吧，这里终年阳光朗照，天天都是好天气，可是从不缺雨水。天空蓝得出奇，瓦蓝瓦蓝如蓝宝石一般，让人直想伸出手去抚摸一把。常常在晴空万里之际，忽然有几朵好奇的云彩，嬉笑着探头探脑地上岛来了，它们看着在风中摇曳的椰树林，看着高速路上漫淌不尽的车流，看着沙滩上纵情欢乐的红男绿女，相顾莞尔，轻轻地洒下一片笑声，又倏忽飘逝，回到浩淼的大洋。

这便是夏威夷的太阳雨，它说来就来，说走就走，从来用不着和谁打一声招呼。夏威夷的居民们倒也习惯了这些不速之客，他们总是不管不顾地该做什么照做什么，最多只是将一把头上脸上的雨水，笑眯眯地看一眼已经偷袭成功正要匆匆溜走的云彩。

与透明晶亮的太阳雨一样招人喜爱的是行驶在通往海滩上的一辆辆彩虹车。彩虹车髹漆着艳丽的色彩，响着叮当的铃声，欢快地在夏威夷的满天彩虹中穿梭。这种车的车厢后部是完全开敞的，便于游客看风景，因此，车后部总是座无虚席。看着彩虹车上堆满笑容的游客，我们的心里也禁不住欢快起来。

彩虹车的终点是怀基基海滩。弯弯长眉似的沙滩和沙滩外蓝得醉人的海水，让夏威夷成了世间的乐园。一年四季海滩上总是布满了游人，细细高高的椰子树下，到处散落着彩色的浴巾。有的围坐成一圈聊闲天；有的趴在沙滩上，亮出光光的脊背晒太阳；有的干脆纵身入海，将自己化作一条欢快的翔鱼。

夏威夷地处北太平洋，由8个较大的岛屿和无数珊瑚礁小岛组成。夏威夷也是世界上有居民居住的离大陆最遥远的岛屿，这里距日本约4000公里，距美国西海岸也有2400公里之遥，自旧金山飞来的航班单程一趟就要三个小时。每天从世界各地来夏威夷度假的游客络绎不绝，因为这里的气候得天独厚，由于地近赤道，又在大洋的中心，一年四季感觉都是凉爽的夏天。大海源源不断地送来享之不尽的美味，海岛上又盛产多汁的瓜果，还有葱郁的树木和娇艳的鲜花。当健美的少女们在蓝天下大海边跳起热情如火的草裙舞，你会觉得这里就是

《圣经》里描述的伊甸园。

我们抵达夏威夷首府火奴鲁鲁时，北京时间已是翌日凌晨2点，可是当地则还是早上8点，整整晚了18个小时。我们是从香港起飞，在东京成田机场后转机再飞火奴鲁鲁的。尽管连续飞行了10多个小时，但大家毫无倦意，是因为夏威夷清新的空气和明媚的阳光，以及扑进眼帘的无边无尽的绿色；还是因为，我们正一步步接近珍珠港。天空中有几团黑云翻卷而来，大颗大颗的雨点随之打在汽车的顶棚上，一片炒豆般的急促声响，如同机枪的爆鸣，让人不禁想起64年前发生在这里的一场血战。

将这样一处近乎天堂般美丽的地方和血腥的战争联系在一起，本来是很难想象的事。但战争还是发生了。珍珠港位于瓦胡岛南岸，从空中望去，珍珠港就像一棵树，树干的根部伸进太平洋，树枝则匍匐在瓦胡岛上。由于战略位置重要，在20世纪初，珍珠港就成为美国的军港，同时也是美国太平洋舰队的主要基地。孤悬海外的夏威夷因此被称为美国一艘永不沉没的航空母舰。

然而，在山本五十六指挥的日本联合舰队的袭击下，只用了大约一个小时的时间，被视为坚固堡垒的珍珠港居然灰飞烟灭。

在一处名叫大风口的地方，司机停了车。据说这里有雨则无风，有风则无雨。下了车，刚才还在沥沥地下着的雨果然不见了。好一场大风，扑面而来，吹得人踉踉跄跄，根本就站不稳脚跟。当地朋友介绍说，当年日军飞机正是从这里进入瓦胡岛，而后直扑珍珠港的。日机以大风口旁边的尖峰作为航标，一架架鱼贯而入。而麻痹大意的美国人，还以为是自家飞机在作飞行演习呢。

这可不是调皮的太阳雨，这是一场真正意义的军事袭击。为此，日本海军作了精心策划和无数次演练。夏威夷岛上布满了日本间谍，美国人日常的一举一动都在日本人的观察之中。粗枝大叶、自以为是的美国人为此付出了何止是血的代价。

往事不堪回首，但美国人偏爱回首。珍珠港从此成了美国败战的永远纪念馆。我们受邀观看一场珍珠港罹难的记录片。实际上，这部片子每天都在不间断地播放，每场大约四十五分钟。放映厅外的长凳子上每时每刻都坐满了等待观看的游客，排在队伍后头的，便只能站着。游客中大多数来自美国本土，而且主要是年轻人；还有小学生，由教师领着。而这些来夏威夷度假放纵身心的美国人，到了这里，竟然一改常态，神情特别严肃。

夏威夷至今仍生活着许多日裔居民，岛上的不少商店也都是日本人开的。那场血腥的战争似乎并未对日侨的生活产生多大影响。二战结束后，岛上立刻恢复了宁静、和平的秩序。日本人、美利坚人、夏威夷人、菲律宾人和华人，又重建家园，重新开始富足悠闲其乐融融的生活，尽情享受着蓝天、白云、绿树、鲜花、沙滩、太阳，当然，还有奇妙的太阳雨，还有太阳雨带来的种种欢乐。

太阳雨，飘飘洒洒的太阳雨，温柔体贴的太阳雨，缥缈不定的太阳雨，说不准什么时候就落在你的肩头，落在你的心田，同时也落在你永不能遗忘的记忆里。

意大利印象

说起意大利，脑海里便会浮现出一个浪漫的地图图案。这个国家的国土形状与众不同：在蔚蓝色的背景中，一条穿着长筒高跟皮靴的细腿正忘情地踢着一只三角形的足球，充满了喜剧的意味。

这里是角斗士斯巴达克斯揭竿而起的地方，是恺撒大帝率领强大的罗马军团征服欧洲的原点，是天主教皇挑选的圣地，也是欧洲文艺复兴的发源地。但丁、达·芬奇、米开朗基罗、拉斐尔……群星璀璨，照亮了世界的艺术天空。而薄伽丘的《十日谈》、莎士比亚的《罗密欧和朱丽叶》《威尼斯商人》以及电影《罗马的假日》更为这片洒满阳光的土地涂抹上一层多情的色彩。

意大利被描绘成"欧洲的天堂和花园"。多变的地形和宜人的气候塑造了意大利人鲜明的性格。北面是千年积雪的阿尔卑斯山，左边是亚得里亚海，右边是利古里亚海和第勒尼安海，还有威尼斯湾、热那亚湾、塔兰托湾，还有西西里岛、撒丁岛……走到哪里，都是热烈的阳光、湛蓝的海水，还有热情如阳光、波动如海水的意大利人。

意大利人是有巨大创造力的民族。他们两次给欧洲文化带来重大影响，一次是古罗马时期，一次是文艺复兴时期。

不过，隔着高高的阿尔卑斯山，意大利人似乎和他们的欧洲伙伴有着明显的性格差异，在许多方面反而与东方的亚洲人有几分相近。

只有在意大利才可以看到这样的景象，三五成群的小伙子或站或蹲在马路边旁若无人地高声谈笑，有的还用直勾勾的眼睛盯着行人。宽大的街边骑楼摆满了形形色色的小摊，摊主不住地向路人叫唤兜售；窄窄长长的街巷里，未听到喇叭声，却忽然风驰电掣地驶来一辆摩托车，让你闪避不迭。在法国、德国、比利时、荷兰都看不到的高速公路收费站和进城收费站这时也出现了，造型划一、火柴盒状的屋子密密簇簇地挤在公路旁。这时你会恍惚置身中国南方的某座城市。

我们在威尼斯老城的咖啡馆前拍照，刚站好位置，身后立刻伸出一只只擎着咖啡杯的手臂，现出一张张快活而调皮的脸孔，他们也都要加入到照片中来。这就是意大利。

我们在狭窄的罗马街道上等候绿灯过街，这时，一辆火红色的摩托车飞驶而来，旁若无人地闯过红灯。车上是一位打扮时髦的妙龄女郎，而站在路口维持交通的年轻警察居然还微笑着向她挥手致意。这就是意大利。

我们从热那亚充满地中海情调的骑楼下走过，头缠白布帕的阿拉伯人、装扮艳丽的吉普赛人纷纷围拢过来，争先兜售着他们手中的各种工艺品，稍不留神，一串项链就套在了你的脖子上。不由分说，只能乖乖交钱。这就是意大利。

在意大利的日子里，老是有人提醒我们注意扒手，因为旅游团队遭窃的事件屡屡发生。有时甚至到了草木皆兵的地步。那天，我们到佛罗伦萨，夜幕很快降临。看过广场，有人提议去看看附近的老桥。这是阿尔诺河上最著名的一座古桥，据说当年大诗人但丁经常在桥上散步。年轻的但丁在桥上遇到一位美丽的姑娘贝雅特丽齐。诗人终生爱着她，却最终未能结为眷属。这样一座充满浪漫情调的古桥，能不去看吗？然而只因为导游多了一句话，大家要走在一起，防备吉普赛人抢包。结果，团友们纷纷打退堂鼓，老桥终于没看成。

在罗马乘电车，中途，上来两位吉卜赛女孩，当地导游便说，这两位肯定是扒手，大家要小心。于是，全车人的眼睛就呼地一下盯在这两位女孩身上。她们显得很不自在，只过了一站，就下车了。

到了意大利，全程陪同我们的领队（导游）便暂时"失业"了。因为意大利文化部规定，在意大利，只能用本国的导游，这样做有几个好处，一是能正确讲解意大利的历史文化，二是增加就业岗位。在旅游点要是发现外来导游讲解，便要处以很重的罚金。这样，每到一处，便要聘用当地的华人导游。这些导游大多来自台湾，都有很好的中国文化背景，他们是因为热爱意大利文化而留在了这里。对他们来说，当一名中文导游，在中国文化和意大利文化中穿梭，不啻是一次次赏心乐事。

因了这些个热心肠的导游，我们在意大利几个主要城市短暂的逗留，才得到如此丰厚的收获。

在罗马老城，导游不住地提醒我们注意地上，因为你每一步都可能踩在古迹上。这座建在七个山头的古城，不因为现代化的进程而减弱它的古老魅力。罗马的不少古建筑已历经两千多年风雨，成为人类历史最宝贵的遗产。罗马以广场著称，每一个个性飞扬的广场，既是一段历史，也是不同建筑艺术的展示。

走进佛罗伦萨老城区，眼前就是一个活生生的中世纪。无数狭窄的巷道从沉沉历史中延伸到脚下。导游在昏暗的街灯下，仔细辨认着门牌，为我们数说门牌后的人物故事，那虚掩着的镂花铁门后面，也许便藏着一个显赫的家族，从天鹅绒窗帘透出的灯光，曾照亮整个地中海乃至大西洋。

英俊强健的大卫雕像矗立在可以俯瞰整个佛罗伦萨城区的南山坡上。为了赶在下午五点太阳下山前到达山顶的米开朗基罗广场，在当地导游的要求下，司机略略超了些车速，这在欧盟其他国家是万万不可以的。可这是在意大利，只要想得到，便没有什么不可能。大巴抵达山顶停车场时，导游禁不住鼓起掌来，为司机、为全团游客，同时也为自己。我们纷纷跳下车，兴奋地看到了金色夕晖下的佛罗伦萨。

我们是由罗马经阿姆斯特丹飞返香港的。事前，导游告诫大家，意大利人的办事效率如何如何地低，服务质量又是如何如何地差，叫大家要有心理准备云云。但事有例外。当我们抵达罗马机场时，才知道，原来电子机票的时间打错了。本来我们是提前三个小时到达机场，而现在实际上离该航班起飞时间已不到半小时。罗马机场紧急为我们开辟绿色通道，仅用十几分钟，我们就顺利通关，上了飞机。如此高效率的服务，让我们对意大利的印象一下大好。

秋意墨尔本

　　秋的翅膀掠着墨尔本了。淡淡的阳光落在肩头上，竟感不到多少暖意。细细的风吹来，像一只只柔软而微凉的手，抚摸着你的脸颊，向你轻轻地耳语：是秋来了，这里已经是秋天。

　　墨尔本位于南纬38度，是澳大利亚最早进入秋天的城市。不过，南半球的秋天似乎要温和得多，没有凛冽的寒气，更没有肃杀的氛围。放眼处，依然草木茵茵，只是，树上树下多了一些黄叶。树叶在秋风的细吟中一片一片落下，那姿态十分优雅。不像是凋零，倒像是去赴一场游戏。它们竟像顽皮的孩子，一层覆盖着一层，于是偌大的公园里，黄叶成了当然的主人。好似它们的生命还在，只是变换一种颜色，变更一个位置而已。早晨的阳光从树隙间洒下，照得公园草地上铺着的落叶发出灿灿的金光。当我们从落叶上轻轻走过，那一片片原先无声无息的落叶似乎都在欠动着身子，它们也被吵醒了么？它们又想对我们说些什么？

　　在墨尔本，让我惊讶的是城市中央竟有这样多这样大的公园。清澈的亚拉河穿城而过，河两岸是一座接一座绿草茵茵的公园：亚拉公园、奥林匹克公园、皇家植物园、富克诺公园、阿尔伯特公园……直到圣科达海滨。公园绿地占了市区面积四分之一还多。

不像一些国家的公园，进门则照壁假山、水榭回廊、奇花异木，设计得繁复精致。澳大利亚的公园大多自然粗犷，而且完全是敞开式的，四周无遮无拦，除了几尊雕像外，就没有什么人工雕琢的痕迹。草是天然的澳洲草，细密坚韧，无论怎样踩踏也无妨；树是天然的澳洲树，参天如盖，树下置一张长凳，让人或坐或卧，尽享安宁。没有人来打扰你，除非是近前觅食的鸽子。

当然，伴随静谧的或许是寂寞。毕竟，常来光顾公园的大多是退休老人，他们中有夫妇，更多的则是单身一族，他们在公园的长凳上一坐就是大半天。即便是夫妇，也言语不多。他们眼睛微闭，只露出一条缝，痴痴地看蓝天白云，痴痴地看绿树草地，也许什么也没看，喧嚣的世界对于他们来说，已是昨天的故事。他们今天的生活，就是这一片草地，这一片宁静，还有对往事的丝丝回忆。

而在他们身边，是一座活力四射的现代都市。高耸的天空之塔直薄苍穹。联邦广场的建筑群以抽象的超现实模式展现在世人面前，其中，让人眼花缭乱的是创意无限的维多利亚艺术中心，还有布满露天咖啡座"可以欣赏别人，同时也可以被别人欣赏"的雅皮士街，散发着波西米亚风格的布朗斯维克街、充满新鲜诱惑的阿克兰街……

墨尔本是一座因金矿致富的城市，所以又被称为新金山。1929年之前，曾一度成为澳大利亚的首都。不过，除了仅两万人口的那一小片中央商业区商店鳞次栉比、街道车水马龙外，我再看不到一般城市里那种紧张、繁忙的景象。宽阔整洁的街道中央徐行着有轨电车。墨尔本也是澳大利亚唯一保留着有轨电车的城市。这种舒缓而有节奏的交通工具已被许多新兴城市舍弃，但墨尔本的有轨电车仍如一位位心定神凝的白发老人，从容且自信地走自己的路，而心无旁骛。尤其是当淡蓝车顶、赭红色车身的有轨电车缓缓行驶过有着120多年历史的温莎公爵酒店时，这场景真让人着迷。当年，不爱江山爱美人的爱德华爵士正是在这里叙写了一段感天动地的爱情故事，至今被人津津乐道。

圣派翠克大教堂与温莎公爵酒店隔街相对，像两位世纪老人被人一块景仰着。这座大教堂建成也将近120年，而且一直是墨尔本市民的精神中心，与他们的生活息息相关。大教堂于1897年正式启用，是一座最具代表性的哥特式建筑。不过，教堂的三座高103米的尖塔一直到1939年才全部完成。教堂体现了墨尔本人精益求精的工作态度。走进高敞的教堂，精美细致的彩绘玻璃，巧夺天工的木雕，还有肃穆庄严的气氛，都让人一时屏住呼吸，心也变得宁静透亮起来。

教堂的附近就是著名的费兹罗公园，公园里有一座库克船长的小屋。小屋门口的小径旁，立着库克船长的紫铜雕像。这是第一个来到澳大利亚的英国人。正是他将一面英国国旗插在澳大利亚的土地上，宣布一块土地的新生。1934年墨尔本建市100周年时，澳洲实业家拉塞尔爵士出资将库克船长在英国约克郡的故居买下作为礼物送给墨尔本市民。这位伟大航海家始终是墨尔本人心目中的英雄。

这座城市里还有许多百年老街、百年老屋、百年老店。人们精心地守护着它们。它们以不凡的历史以及不变的品质，书写着墨尔本固有的精彩。

墨尔本也是世界上兼有河流和海的城市。水滋润着墨尔本，滋润着草木，滋润着空气，也滋润着人们的心灵。

亚拉河上，是一艘艘正在练习的划艇，起伏有致的划桨，好像在叙述一个娓娓动听的故事；不时，一辆自行车从你身旁飞驶而过，尽管骑手戴着头盔，仍能感受到他们心中的愉悦；还有健足者，在步行道上鱼贯而行，发出如微风般的啸声，串成一支美妙的音乐，他们都成为这座城市不可或缺的风景。

墨尔本已进入秋天。淡淡的阳光渐次歇在公园里、道路旁那一尊尊雕像的肩膀上，于是，这一个个不同年代的象征，都被镀上了红铜般的颜色，益发生动起来。秋的意味渐深渐浓。
的确，很少有哪一座城市，像墨尔本这样，将秋天的韵致演绎
得这样深沉，这样丰富，让人徜徉不尽。

等待日出

我们从新西兰的奥克兰乘早班机到澳大利亚的布里斯班。
天空十分晴朗，可以看到机翼下一片浩淼的蔚蓝色大海。感觉
中，四个小时的航行，就都在海面上。这片海域以荷兰探险
家艾贝尔·塔斯曼命名。此时，大海波平如镜。舷窗外棉絮般
的朵朵白云，似乎也在凝视着这蓝得让人心醉的塔斯曼海。眼
前顿时幻化出370多年前那一支在大洋中游弋的探险船队的身
影。这支队伍中，有年轻的水手、生物学家、职业军人，每个
人都抱着自己的憧憬而来。他们将生命和前程全部托付给大
海，那是希望之旅、快活之旅，但也是生死之旅。

这是一个探险和征服的年代。帆船、火炮加上航海术和勇
气，足以让一个个名不见经传的水手一夜之间成为家喻户晓的
英雄。

但海上的日子单调而漫长，有时数月天空不见鸟影，海面
不见船迹。事实上，连船长自己也不知道目的地在何方，何时
能够到达。因为感到绝望，麦哲伦因此死于暴动的船员之手；

因为失去耐心，哥伦布也险些遭遇不测。大海茫茫，等待茫茫，成了每一个航海人心头的郁结。

一艘又一艘航船载着年轻的生命和希望消失在波谲云诡的海洋中，但航海和探险从未因此中断。

艰险的求索、漫长的等待，终于有了结果。1492年，哥伦布发现了西印度群岛，西班牙人为之欣喜若狂。150年后，大洋洲也出现在世人面前，而且还包含一个面积700多公里的新大陆。英国民众骄傲地称之为"南部的土地"。

澳大利亚开发很晚，悉尼、墨尔本、布里斯班建城都还不到200年，在澳大利亚已经称得上是老城了。还有更年轻的城市，黄金海岸就是一座因海滩度假而诞生的新城。

黄金海岸，顾名思义，由北及南，分布着数十个金黄色的沙滩，大大小小的沙滩，绵延竟达42公里。这里沙质细腻、松软，海水湛蓝洁净，看一眼就让人心醉。澳大利亚人喜欢海滩，在他们的生活中，不能没有大海，他们本来就是海的子民。而沙滩，更被看成是造物主对他们辛勤工作的赏赐。他们有的在沙滩上撑起一把遮阳伞，花花绿绿的遮阳伞，将宽阔的沙滩装点得色彩缤纷。有的干脆连伞也不打，裸着黝黑的上身晒日光浴。有人下海游泳，有人冲浪滑水，有人在沙滩散步，还有的人什么也不做，只是静静地看着大海发呆。

在黄金海岸，我们下榻于滑浪者天堂酒店。这座设施完备的四星级酒店离海滩不远。因为从新西兰过来有个两小时的时差，一觉醒来，看看表才凌晨4时。再睡不着，忽然想起，这里已是澳大利亚的最东边，面对着南太平洋的浩淼波涛，这个时候，正可以到附近的海滩看日出。

旅游团的团友们都还在酣睡，我们夫妻俩蹑手蹑脚地起床，乘电梯下到大堂。此时酒店大堂里只有一位印裔服务生，看着脚跋拖鞋的我们，一脸茫然。我们费了好大的劲，才让他明白了，我们起个大早，是要去海滩看日出。

其实，出酒店大门，拐一个弯，走不到10分钟就是黄金海岸的布罗德海滩。借着朦胧的月色，我们高一脚低一脚地走下松软的沙地，海就在我们面前，轻卷着，呼吸着，像泅游了一夜的泳者，刚刚放松身体，却了无倦意。海的晨课舒缓而惬意，清新的空气，随海浪袭来，沁人心脾。

偌大的海滩上空荡荡的。常来海边走的人，哪里在乎一个清晨，一次日出。他们享用大海的奢侈，真让人羡慕。只有我们在静静地等待着，等待日出的到来。

时间似乎过得很慢，我甚至听得到手表指针的行进声，但也许只是幻听。我知道这是等待的原因。尽管海水已经带来了黎明的消息，但浓密的夜色依然不肯轻易褪去。白天和黑夜，总是遵循着严格的法则，那是一道铁律。我们无权打破它，只有等待。人生总是在等待，年轻时常等待，中年时也等待，而今步入老年，还有所等待。品咂等待的况味，或许也是一种别样的享受。

但海有耐心，一层波浪卷过来，轻吻着沙滩，而后优雅地退去；又一层波浪卷过来……再退去。

天色渐露微曦，海水的颜色也开始变化，由黑渐渐变蓝，上面则翻卷着白色的浪条。南太平洋的波涌正自天际层层叠叠而来。海浪的激情被黎明鼓起，那排山倒海的气势，震人心魄。但一团团乌云紧锁天穹，好像是得到谁的指令，寸步不移。对即将到来的日出，它们竟然无动于衷。听得到海的呼吸急促起来，似乎整个大海都在奋力挣脱一种束缚。乌云越来越浓，波声也越来越响。这时，天已经完全放亮。我看了看腕上的手表，时针已指向6时，心想，今天十有八九是看不成日出了。尽管心中生出一些懊恼，但我们并没有放弃最后的等待。

6时15分，一团火焰忽然跃出海面，沉沉的乌云也被镶上灿灿的金边。只是一瞬间，圆圆的日头驱散乌云，以它华丽的姿采挂在海天相接处。那一轮初起的太阳鲜红柔润，露出灿灿的微笑，看着大海，也看着我们。翻腾的大海霎时平静，与我们一块静享这日出的辉煌一刻。

很快，乌云重新聚合，像舞台的大幕刚刚开演就被粗暴地拉上。但我们已经心满意足。因为我们的等待终于有了结果。

离开布罗德海滩时，回头一望，虽然看不到整颗太阳，但一道道光芒正透出浓密的乌云射向天空，照耀着整个大海，每一道波涌上都洒满了点点金光。浪涛的呼啸声一阵高过一阵，那是海在欢呼。

听听，和我们一起等待日出的还有塔斯曼海。

塞纳河你对我说

　　站在埃菲尔铁塔上，似乎听得到巴黎的呼吸，轻如微风，细若游丝。于是，金黄色的树木，绿毡般的花园草坪，蓝缎似的河流，或许，还有我们自己的心跳，在这一刻都融入了一个活泼泼的城市身体里。这里已是276米的高空，但还只是铁塔的第二层。当年，工程师居斯塔夫·埃菲尔，受命为庆祝法国革命一百周年建造一座永久性的纪念建筑。这位法国建筑业的怪杰毫不犹豫地选择了铁塔，因为他认为只有高入云天的铁塔，才能表达世界对巴黎的景仰。在一片沸沸扬扬的反对声中，高塔历时二十多个月终于耸立于塞纳河畔，但却被法国国会定为临时建筑物，将于1910年拆除。只是后来铁塔被当作无线电转播塔使用才得以保存下来。埃菲尔当初绝不会想到，在他辞世后的一百多年间，作为巴黎一道最壮美的风景，已经有两亿多不同国籍不同肤色的人登上铁塔。站在埃菲尔铁塔上的每一位游人，望着梦幻般走进自己眼帘的华彩巴黎，都会发出同一声赞叹，同时也听到了自己的脉搏和巴黎的脉搏跳在了一起。

铁塔被人亲切地称为"云中的牧羊女"。因为她秀美的身姿高入云端，巴黎人抬头便能看到她穿行在云中的亭亭玉影，风晨月夕，毫不懈怠。而在游人看来，她殷勤放牧的倒似乎是一条美丽的河流。从铁塔下视，最撩人心魄的就是这条蓝黛色的塞纳河，在照相机的镜头里，蜿蜒的河道，就像是一位婀娜舞者款款旋转身影的瞬间定格。尽管在高空，但谁都能感觉得到河水的潺湲流动，于是，铁塔上所有的目光，所有的赞美，都紧紧跟随着这一道美丽优雅的舞姿渐行渐远。

塞纳河，没有哪一个游人不为你陶醉，也没有哪一个游人能够拒绝这样一份邀请，坐在你的怀抱里，听你对巴黎充满柔情的述说。

那么，就坐上塞纳河的游船吧，在河水的呢喃声中，让巴黎的历史风情一页页从我们面前翻过。游船徐徐启动，首先进入我们眼帘的是桥梁，是各式各样、色彩缤纷的桥梁。塞纳河上每隔500米就有一座桥，整个市区共有36座桥梁。说它们是桥梁，当然是因为它们连接着塞纳河两岸的道路。但如果把它们说成是一座座露天艺术馆也一点不过分。而且，巴黎的每一座桥梁都有属于自己的生命和性情。它们的历史长短、规模大小、建筑式样都不相同。其中百年以上的就有26座。比如这座亚历山大三世大桥，建于1896—1900年，是为庆祝俄法建立同盟关系而修建的。海神形象是这座大桥的装饰主题，桥上的盏盏华灯都由带翅膀的小爱神托着，在阳光下熠熠生辉，大桥两端入口处的立柱上分别有象征塞纳河和涅瓦河的雕塑。整座大桥被装饰得金碧辉煌、美轮美奂，从游船上望去，像是横亘在塞纳河上的一道金色彩虹。

1944年8月，占领巴黎的德军溃退时，希特勒曾下令炸毁塞纳河上的所有桥梁，工兵们也已经将炸药安放在桥墩上。但驻巴黎的德军司令冯·肖里茨将军对这道命令犹豫再三。之后，他驱车来到一座座大桥，神情肃穆地注视着它们。因为在他眼里，它们都不是普通的建筑桥梁，而是一件件人类的艺术珍品。它们是有生命的。炸桥的命令最终没有得到执行。塞纳河，你对我说，今天，我们还能看到这一座座美丽的桥梁，是人性和良知胜利的结果。

水色悠悠之中，西岱岛正袅袅婷婷地向我们走来。巴黎便从这座小小的岛屿上诞生，它的每一寸土地都是以岛上的圣母院为起点而发展起来的。巴黎的名字正是来自最早在这座小岛上生活的"巴黎西"人。实际上，直到12世纪末，巴黎城的范围才越出小岛向塞纳河两岸扩展，西岱岛因此又被人称作城岛。

塞纳河从来就是巴黎沧桑的见证。这座美丽的大都会，历史上曾几次被围困。公元8世纪末，北欧的维京人乘着海盗船，向着欧洲大陆蜂拥而来，其中一支丹麦大军溯塞纳河而上，一举包围了巴黎，围困时间长达一年。没有谁能挽救巴黎，包括法国国王查理。但是巴黎人最终瓦解了敌人，他们用的不是武器，而是富饶的土地和美丽的女人。维京人的首领罗洛娶了贝朗吉伯爵的女儿波帕，而他的五千战士也都分别娶了巴黎当地女子。他们接受了法国国王封给他们的领地，并且改变了宗教信仰，而成为法兰西的新诺曼底人。从此，他们用自己的生命为法兰西而战。

从1337年开始并持续了一百多年的英法战争，使巴黎再度遭到浩劫。比战争更可怕的是蔓延了整个欧洲的"黑死病"。然而当巴黎刚刚走出瘟疫的阴影，社会的痼疾使它再度陷入黑暗的深渊，狂热的雅各宾党人罗伯斯庇尔将巴黎变成了一个恐怖的城市。救国委员会的革命法庭随意逮捕和处决人犯，在短短的一年间大约有四万人被送上断头台。

1793年1月21日上午10点，路易十六国王也被押上巴黎协和广场的断头台。他朝着黑压压的人群哭喊："我是无辜的。"但震天动地的鼓声和狂热的呼喊淹没了他的叫声，铡刀随即落下。

巴黎还在继续扮演着激进的世界领跑者的角色。1804年，一个小个子的炮兵军官拿破仑借革命之机登上政治舞台，建立了穷兵黩武的第一帝国。拿破仑军队的铁蹄踏遍了欧洲大陆，巍峨壮丽的凯旋门是拿破仑为自己建造的战争胜利纪念碑，数十万战死者的灵魂被垒进了这座雄伟的建筑物。与凯旋门一块留下的还有金色穹顶的荣军大厦和旺多姆广场上高高伫立着的一位为战争而生的孤行者雕像。

1871年3月，震惊世界的巴黎公社在围城中诞生，这是工人阶级夺取政权的第一次尝试，但72天后即告失败。这一切的一切，都发生在巴黎。也只有巴黎，才允许这样的血与火的尝试。因为倘若发生在伦敦，那就不可思议了。

整个19世纪，全世界几乎每天都在谈论巴黎。巴黎上空的每一道电闪雷鸣，总能让沉闷的日子发出一道道亮光。当然，作为中心城市，巴黎并非完美。这时候的巴黎已是一个拥有六十多万人口的欧洲大都市，但却是一个最不卫生的城市。大概是为了掩饰臭味，巴黎人发明了香水。

作家伏尔泰为此大声疾呼，他在《美化巴黎》一书中这样写道："到处散发着恶臭，街道昏暗、狭窄、丑陋不堪，似乎代表着一个最野蛮的时代。"

巴黎没有在普鲁士军队围城的炮火声中战栗，却为这样的文字而羞愧难当。上自国王贵族，下至平民百姓，人人都在谈论伏尔泰的文章。拿破仑三世终于下决心要彻底改变巴黎城市的交通和卫生问题。法国都市规划师巴宏·奥斯曼男爵受命改造巴黎城建设施，他主持修建了阿尔大市场，植造了布洛涅林苑和万塞纳林苑，设计了壮观的林荫大道，建立了下水道和引水道网络，盖起了巴黎歌剧院和巴黎火车站，同时改造了城区所有的主要街道，从而使巴黎焕然一新。

第二次世界大战之后是巴黎最美好的岁月，政府实施了一项修饰首都所有临街建筑物的大规模计划。接着，大拱门、玻璃金字塔、蓬皮杜艺术中心等一大批现代化建筑在塞纳河两岸诞生，巴黎成了全世界最具魅力的大都市。

在游船上，可以看到塞纳河左右岸风光有很大的差异，社会传统也迥然不同。右岸一直维持着巴黎商业中心的地位，那儿汇集众多银行、百货大楼、航空公司、政府机关和股票交易中心。而左岸，则始终是文化知识重镇。右岸的生气勃勃和左岸的宁静深邃，构成了一个完整的巴黎。

河水潺潺流淌，随着游船的行进，一个古老而又现代的巴黎，在水光潋滟之中，尽情展示它美丽的姿容。每一座建筑物，每一道桥梁，每一棵树，每一片草地，每一尊雕像，在这里都可以找到它们自己的位置，都可以自由呼吸，尽情歌唱。因为这里是巴黎。

塞纳河，你这样对我说。

双城记

莫斯科

如果让我在俄罗斯选择一个城市居住，我可能不会选择莫斯科。尽管这里是俄罗斯的首都，尽管这里有举世闻名的红场，有壮观的克里姆林宫，郊外还有广阔茂盛的森林。当年，一首《莫斯科郊外的晚上》曾让多少人心驰神往。稍后，还有一部影片《莫斯科不相信眼泪》，让我们在见识这座伟大城市的同时，认识了不同于契科夫，不同于陀思妥耶夫斯基，也不同于法捷耶夫笔下人物的新一代俄罗斯人。但是这个民族豁达、坚强的性格，却一脉相承。

法国总统密特朗造访莫斯科时这样说过：不少的城市里面有森林，而莫斯科则是一座森林里的城市。自古以来，这里就生长着大片葱郁的森林。而今，城区的绿化面积达到390多平方公里，约占市区总面积的百分之四十。仅市内就有89个公园，400多个小公园和100多个街心花园。莫斯科人爱树、赏树，这里到处是树，不仅房前屋后路旁河边，林木葱茏；就连一条大马路也会被一分为三，车道中间还夹着一座荫翳蔽天的公园，两边是川流不息的汽车，而行人则悠闲自在地在中间林带漫步。

2010年夏天，莫斯科经历了一场森林大火。大火持续数月，此消彼长，浓烟笼罩在市区上空，久久不去。当历史上一场场特大火灾的记忆被瞬间调动时，人们这才意识到，莫斯科整座城市是建筑在一片泥炭地上。这是高温下大火难熄的一个重要原因。

尽管人可以迁居，土地却是搬不走的。于是钟爱这座城市的莫斯科人就只能小心翼翼地睡在一片泥炭之上了，连做梦都不敢轻言发火。

莫斯科还是一个塞车严重的城市。这不能归咎于马路不够宽阔，而是莫斯科的汽车实在多。俄罗斯人爱车是出了名的，世界上所有的名牌汽车，在这里都能看得到。几乎所有道路的两边都停泊着汽车，只留下中间有限的位置供来往车辆行驶。据说，这是卢日科夫竞选莫斯科市长时为笼络选民，应允私家车可以停泊在任意的马路上造成的。也正是因为这个轻率的许诺，使得莫斯科成了一个大停车场。一次等车的时候，我看到一个十分有趣的现象。这里位于莫斯科河畔，河对岸就是克里姆林宫。这条马路应该说够宽的了，但车流量实在大，所以上下行的车辆要错开通过路口。当警察用指挥棒示意一头的车辆停下时，很快便积聚起的长长的车龙忽然一起鸣响汽笛，高亢整齐的汽笛声表示对交通状况的抗议。同样，当对面的车流被阻停时，也一样鸣奏汽笛。而警察却充耳不闻，他们早已习惯了司机们的这套把戏。

不过俄罗斯司机们的交通安全意识都很强，我们整天在马路上跑，却没有看到一起交通事故。我注意到，每当车子要拐弯的时候，司机一定要等直行的道路上看不到其他的车子才动作。即使时间很紧，也得耐着性子等。也正因为此，马路上车子虽多警察却很少。

莫斯科红场是世界政治生活中出镜最多的景物之一。红场名字的由来却不是因为这个国家曾有过的革命色彩。在俄语中，红场意为"美丽的广场"。这个广场由伊凡三世大公建造，最初的功能是贸易市场。1571年，莫斯科整座城市毁于一场灾难性的大火。广场火势尤烈，因此有一段时间，广场被称为"大火场"。直到17世纪，它才有了现在这个名字。

今天，当人们看到坐落在克里姆林宫正对面的庞大的冈姆购物中心，也许会想起广场最初的商业职能。

红场占地4公顷，略呈长方形。在克里姆林宫的墙角下是一列共产主义领导者的墓穴。从斯维尔德洛夫到加里宁、泽辛斯基、斯大林、克拉拉蔡特金到布里兹涅夫。正中央是列宁墓。这个将俄国旧秩序一把掀翻的小个子巨人已经躺在水晶棺中88年，他当然不知道他的国家正痛苦而缓慢地翻回身去。

2010年3月，一个名叫谢尔盖·卡朋特兹托夫的俄国小伙子来到列宁墓，沿着黑色大理石台阶而下，并掏出一把气手枪，对准水晶棺扫射。谢尔盖因此被逮捕。这个小伙子意在以自己的极端举动让人注意到他的立场：将列宁墓迁出红场，把那里改建成钟楼。

躺在水晶棺里供世人长久地瞻仰，应该不是列宁的初衷，或者只是一个政党的需要。其实，关于是否埋葬列宁的争论，在列宁去世的时候就开始了。先是托洛茨基和斯大林的交锋，托洛茨基主张火化列宁，斯大林主张陈列在克里姆林宫下，供人瞻仰。最后，斯大林占了上风。斯大林死后，也如法炮制，睡进了水晶棺，甚而还占据了列宁墓室的中央位置。但好景不长，1961年，赫鲁晓夫决定将斯大林遗体秘密迁出列宁墓。后来执政的戈尔巴乔夫和叶利钦也都动了埋葬列宁遗体的念头。戈尔巴乔夫说，早晚有一天，列宁墓会失去意义。

这应该也是大部分务实的俄罗斯人的共同想法。毕竟，那个年代已经远离他们的生活而去。

红场南端的圣巴西勒大教堂是莫斯科的象征。这座教堂始建于1555年，是沙皇伊凡四世的军队战胜喀山大汗和阿斯特拉罕大汗的联军后兴建的一座纪念性建筑。八座色彩艳丽顶着洋葱形圆塔的小教堂紧紧地簇拥着中间的圣母大教堂，尖形的圆顶直插云天。它们或成肋骨形，或为棱角形，或如螺旋形，颜色呈橙红、暗绿、粉白、杏黄等，形成一组明丽和谐的图案，造型虽异却浑然一体。远远望去，这个教堂群就像是一簇跳动着的多色火焰。据说，当年拿破仑率军进入莫斯科后，曾将战马拴在这座教堂的院子里，以显示自己的胜利。不过，拿破仑很快就发现，被俄军放弃的莫斯科已被大火夷为平地，见不到一个居民，更找不到一颗粮食。仅仅一个多月后，拿破仑的大军即狼狈地撤离莫斯科。

就在拿破仑的士兵撤退不久，莫斯科人于1813年返回并开始重建自己的城市。现在，市区内许多著名的建筑物就是从那时保存到现在。而莫斯科，从此再也没有失陷过。

红场最让世人瞩目和振奋的是二战期间苏联红军在这里举行的一次次阅兵式。就是这一排排从红场上出发的年轻乃至已不年轻的血肉之躯，最终抵挡住纳粹钢铁猛兽的进攻。一双双踏在红场方石上的军靴声，至今还在人间回响。没有人敢忘记那一场世纪大搏杀，也就没有人会忘记莫斯科红场。

坐落在红场侧畔的克里姆林宫是历代俄国皇帝的宫殿，十月革命后则是国家最高机关的办公地方。克里姆林宫建于1156年，原来是一位公爵的庄园，外面围着高大的围墙，称"克里姆林"，俄语即"城堡"之意。后来，克里姆林宫成了莫斯科大公国的王宫。

克里姆林宫是一个庞大的建筑群，包括众多的宫殿、教堂、广场、花园、塔楼和一道长约200多米的高大宫墙。从平面上看，整个宫殿群呈三角形，一边紧靠着红场，一边濒临莫斯科河，被砖红色、带垛口的宫墙包围着。而宫墙内，实际上是一座美丽的园林建筑。

在环球新闻里，不能少了俄罗斯，自然，也便少不了红场、克里姆林宫和洋葱形的圣巴西勒大教堂。因为俄罗斯的精神在这里，一个民族让世界瞩目的力量也在这里。

圣彼得堡

如果让我在俄罗斯选择一个城市居住，我会毫不犹豫地选择圣彼得堡。

圣彼得堡，是一座来了就不想离开的城市。

由于濒临波罗的海，圣彼得堡一年大多数的日子在雨中。那尽情率性在空中纷纷扬扬地飘着的淡蓝色的雨丝，自身就是一道美丽的风景。

雨让城市的道路更加洁净，雨让公园的树木更加清新，雨让教堂的钟声更加悠扬，雨让海水的呼吸更加有力。

你只要看看那些在雨中行走的人们，他们有的拉上连衣帽，许多圣彼得堡人的外套上都带着这样的帽子；有的打起伞，是那种晴雨两用的黑布伞；有的则干脆光着脑袋淋雨。而且，人们全都步态悠闲，没有人惊慌失措地奔跑，也没有人蜷缩在屋檐下躲雨。雨对于他们来说，是自天而降的可爱的精灵，雨带给他们欢乐，雨也带给他们情趣。况且，还有许许多多美丽而浪漫的故事，都是在圣彼得堡淡蓝色的雨丝中发生。

圣彼得堡本来就是一座水做的城市。整座城市由数以百计的桥梁将一百多个岛屿彼此相接。一座座典雅的教堂和华丽的宫殿就矗立在秀水之滨。岸边的建筑和水中倒影，相互映衬，美不胜收。

这座城市的诞生和沙皇彼得大帝的名字分不开。在彼得·保罗要塞，我看到一尊青铜铸造的彼得坐像，颀长的身躯上长着一颗小脑袋。据说，这尊青铜像最准确地反映了彼得本人的相貌。真难以想象，就是这颗小脑袋指挥下的沙皇军队让强敌胆战心惊。

还在担任王储时，彼得曾经游览过许多欧洲城市，如阿姆斯特丹、威尼斯等。他为这些诞生于海滨的城市着迷。他因此萌生了想在俄罗斯的河流入海口建造一座全新城市的想法。其时，俄罗斯还没有通向西欧的港口。鞑靼和土耳其控制着西南面的黑海口，德国和瑞典控制着西北面的波罗的海口。1700年，北方战争爆发，彼得率领舰队穿过拉多加湖，大败瑞典海军，占领了涅瓦河口。他当即下令在河口的沙哈兹基岛上立下基石，建造彼得·保罗堡垒。

1703年，在彼得的亲自主持下，一个更为庞大的建设工程在河网纵横的44个小岛上展开。1712年，彼得索性将都城从莫斯科迁到这里。彼得用毕生的精力，在涅瓦河口的这一片蚊蚋丛生、让人望而生畏的沼泽地上打造了一座人间的奇迹。

涅瓦河畔，至今还保留着一座"彼得大帝小屋"。这是圣彼得堡创建初期彼得的住所，建于1703年，圆木结构，房子空间很小，里面陈列着彼得当年用过的器具。

来自于全欧洲的优秀建筑师和几十万民工被集中到这里，夜以继日地施工。圣彼得堡在他们智慧而灵巧的手中，缓缓地从波罗的海边升起。

虽然做了两百年的首都，但圣彼得堡在人们的眼里，绝不是一座政治城市，如同莫斯科般威严显赫。她是波罗的海的女神，生来风姿绰约，柔情似水。

圣彼得堡最美丽的建筑无疑是冬宫。这是彼得大帝特为自己心爱的女儿伊丽莎白建造的。冬宫的建设经历了三代君主。1711年，冬宫工程即已开始，但整个设计一直迁延到1754年。此时伊丽莎白已即位俄国女皇。而冬宫建成于1762年，在叶卡特琳娜二世手中完成。这座绿白相间的长条形巴洛克式大厦占地9万平方米，高三层，共有1059个房间和大厅，1886扇大门。这里至少收藏了三百万件艺术品，是世界上最大的艺术博物馆。即使在每件藏品前停留一分钟，不吃不喝不睡觉，也要5年时间才能够全部看完。

其实，从运河对岸，隔着水面看才能显示冬宫最优雅的一面。即便在纷纷扬扬的雨中，也难掩饰那一份华贵，那一份纯美。

还有蓝色的斯莫尔尼宫，那用园林拥抱着一湾大海的夏宫，乃至运河旁巴洛克风格的各式各色的建筑，都是匠心独具的作品。

在圣彼得堡，还有一条不能不去的街道，那就是涅瓦大街。在果戈里、陀思妥耶夫斯基、托尔斯泰、契科夫的小说里，都能看到涅瓦大街以及这条林荫大道上永远存在着的"不变的匆忙"。

"没有比涅瓦大街更为绝妙的地方了……"这是果戈里一篇小说的开头。其实，涅瓦大街也是游客了解圣彼得堡的开头。走在涅瓦大街上，看着街道两旁每一座宛如艺术品般的建筑，各种名牌商店、咖啡馆以及川流不息的红男绿女，谁都会相信，俄罗斯最动人的故事，笃定要发生在这里。

站在涅瓦大街上就能看到一座如童话般美丽的教堂，这就是复活大教堂又叫滴血教堂。整座教堂的外观与莫斯科红场上的圣巴西勒教堂有些相似，但又有明显的不同。不同的是圣巴西勒热烈，而它平静；圣巴西勒俏丽，而它生动。滴血大教堂是为纪念亚历山大二世沙皇被杀害而建。1881年3月1日激进分子格涅维斯基就是在这里刺杀了亚历山大二世。亚历山大二世在俄国历史上被称为"农奴解救者"。由于亚历山大二世在其26年的统治期间给俄罗斯带来了许多的贡献，所以刺杀的行动引起全国上下的不满与指责。为了怀念这位为人民而牺牲的国王，圣彼得堡人在出事地点，兴建了这座具有特别历史意义的纪念堂。

建造教堂的任务交给了建筑师巴尔兰德。他以莫斯科红场上的圣巴西勒大教堂为蓝本，建造了这座教堂。1883年9月14日举行了盛大的奠基典礼。兴建工程历经24年，直到1907年8月19日才正式完工。滴血大教堂内部嵌满了以旧约圣经故事为体裁的镶嵌画。与圣巴西勒大教堂相比，它的模样显得更为纯净、也更为楚楚动人。

站在教堂脚下，所有的人都会被它的美丽所震撼，走近看，教堂的每一处细节，都无比精致。这是圣彼得堡人的又一个值得骄傲的建筑杰作。

然而圣彼得堡给人的惊讶远不止这些。就是这座如童话般美丽、如水般温柔的城市，在卫国战争期间，抵挡住了40多万德军的疯狂进攻。900个浴血不停的日日夜夜，创造了世界战争史上的一大奇迹。

难怪，这里会被称为"俄罗斯人的骄傲。"

穿越阿尔卑斯山

　　车子从德国慕尼黑出发沿着A8高速公路向东南方向行驶，周围的景色渐渐起了变化。道路两旁一直伴随着我们在巴伐利亚高原驰行的色彩斑斓的树林忽然停止了脚步，前方，一列列峻峭的大山带着草坡、森林和云彩如跳华尔兹般正快速地旋转着向我们而来。

　　奔腾起伏的阿尔卑斯山正好从德国南部横过，然而就这么匆匆一横，不仅给了德国一座全国最高峰——楚格峰，而且绘就一幅变幻无穷的风光画图，令人目不暇接。有人说阿尔卑斯山是欧洲最好的风光背景，此言不虚。转瞬间，巴伐利亚最大的湖泊基姆湖已出现在我们眼前。衬着雄浑的大山，基姆湖碧波粼粼，柔情无限。湖中的岛屿，林木参天，掩映着一座美仑美奂的宫殿。湖岸边是一幢幢阳台上挂满天竺葵的别墅，还有洋葱圆屋顶式的教堂，犹如童话里一般。在我们即将告别巴伐利亚的时候，它忽然将深藏着的最美的一段风景展现在我们面前，虽然只有短短的几分钟的时间，却让人滋生一段难以割舍的眷念之情。

　　离开巴伐利亚，我们进入了多山的奥地利。奥地利国歌的第一句歌词便是："山之国土"，可知山在这个国家人们心中的分量。奥地利全境三分之二的国土被阿尔卑斯山脉覆盖，阿尔卑斯山以高耸的山峰和险峻的峡谷，勾勒出这个国家如此鲜明的轮廓：到处悬崖峭立，林木幽深；广袤的山峦间点缀着成百上千个迷人的高山湖泊和田园诗般的水渠。你只要往车窗外随便投一眼，就会被勾魂摄魄：白色的雪山、碧绿的草坡、湛蓝的湖泊、红色的农舍编织出天地间最和谐最美丽的风景。以致20世纪30年代一位著名旅行家约翰·冈瑟感叹地说："奥地利的主要出产就是风景。"

　　静静地躺在阿尔卑斯山怀抱里的萨尔茨堡是一座边境城市，向来有"条顿人的罗马城"之誉。在这座城市里几乎看不到现代化的建筑，但所有的古老建筑都维护良好，城中36座教堂，从外表上看没有一片剥落的油漆；石砌的街道十分整洁，没有一颗乱扔的小石子。萨尔茨堡忠实地保护了所有古老的东西，从而展现出一幅经过精心修饰过的巴洛克全盛时期的城市风貌。

　　在群峰深锁之中，这座阿尔卑斯山下的小镇走过悠悠岁月而古风依旧。电影《音乐之声》正是在萨尔茨堡拍摄的。高山、古堡、森林、绿野，随着那位美丽活泼的家庭教师玛利亚迷人的歌声传遍了世界的每一个角落。

这里本来就是著名的音乐之都。萨尔茨堡旧城的所有大街小巷都通往莫扎特广场。萨尔茨堡是莫扎特的故乡，在这里，莫扎特无所不在。商店橱窗里摆满了印有他头像的巧克力球；每年一月都举办莫扎特周，而夏季的莫扎特音乐节更是吸引了全世界的目光。莫扎特的优美乐章使得这座阿尔卑斯山下的小城名扬天下。萨尔茨堡只有14万人口，然而每年慕名而来的游客就有80万人。

如果说奥地利最美丽的风景是雪山，那么奥地利最伟大的传统就是音乐，无论是城镇还是乡村，每一条街道、每一个咖啡馆的名称，都会令人想起那些音乐伟人。整个夏季，似乎到处都有音乐节、戏剧节和艺术节。往路边瞥一眼，很可能就会看到戴着假发、穿着传统礼服的人在兜售音乐会的门票，从售票人不同的穿着上很容易辨认他们卖的是莫扎特抑或是施特劳斯的音乐会票。

由于莫扎特、舒伯特、贝多芬、海顿和施特劳斯父子，山之国奥地利连同这条欧洲最伟大的山脉就和不朽的音乐联系在了一起。我们一路上穿越阿尔卑斯山，然而，穿越不尽的是那在天地间永远回响的音乐旋律。

维也纳盆地是阿尔卑斯山东行脚步最后停止的地方。人们看到这座山脉的最后身影渐去渐远地隐没在维也纳的森林之中，并悄悄地消失于布尔根兰平原。而就在这里，阿尔卑斯山含情脉脉地目送着多瑙河渐渐远去。这之前，多瑙河与阿尔卑斯山相伴相行一同走了九百公里。它像一条蓝色的缎带萦绕在群山间，穿越森林、田野、城乡，流经城堡、教堂、修道院，流过林茨和维也纳城区，一路乐声悠扬。对于阿尔卑斯山来说，多瑙河的每一道蓝色水波都是唱给它的动听歌谣。

两天后我们从维也纳折向西南，再次与阿尔卑斯山相会。进入山区时，夜幕已经降临，外面什么也看不见，只感觉到车子正不断地盘旋向上而后又穿过一个接一个隧道。忽然，一片白色映入车窗，大家眼睛一亮，不错，是阿尔卑斯山峰上的雪，依稀的雪光中，我们看到陡峭的山崖，参差的树林，以及蜿蜒的道路。我们正在穿越阿尔卑斯山东南坡到奥地利南部的格拉根茨。

第二天一早，晨曦初露，从我们下榻的维拉小镇旅馆的窗户，可以看到阿尔卑斯山的皑皑雪峰正横亘在西北和西南两个方向。这些白色的巨人安详地拱立于天地之间，陡峭而宽大的雪坡成为冬季最好的滑雪场。背衬着高大雪山的小镇，显得那样娴静。发源于大山深处的德劳河水波不兴，从夹岸的林荫中潺潺而流，流出一幅梦幻般的画图。教堂的钟声响起了，悠扬的钟声穿过小镇的天空，直向群山而去，一会儿，从大山深处传来了轻轻的回声，仿佛它们在互道早安。这情深意浓的一幕，真让人感动不已。

这之后，我们到了意大利，在驰骋过整个波河平原后抵达法国的尼斯。在这里，我们又惊喜地见到了阿尔卑斯山。云笼雾锁的山峰，仿佛一条条巨龙腾空直上云霄，而后又深深地楔入蓝色的大海。这座号称"欧洲屋脊"的大山正是从这里，从地中海边雄拔而起，驰骋1200公里后止于奥地利的维也纳森林。亿万年来，阿尔卑斯山就这样高高地擎着欧洲的天空，一头挑着森林，一头挑着大海。

雄伟的阿尔卑斯山曾经是阻隔南北欧的巨大屏障，关山递迢，铁岭逶迤。著名的布伦纳山口、辛普朗山口、圣哥达山口等，自古就是联系南北交通的要道和天然关隘。一个世纪以前，古罗马人也罢，迦太基人也罢，当他们翻越过雄伟的阿尔卑斯山，便以为已经征服了整个欧洲。烽燧的狼烟伴随着耀眼的戟戈，演绎了一场场惨烈的战事。而现在，自由穿行于阿尔卑斯山间的百千条隧道，似乎在昭告世人，一个和平统一的欧洲正在形成。

而从法国的尼斯到意大利的比萨，这是一条穿越阿尔卑斯山的海岸之路。说是路，其实，就是生生地从悬崖间撕开一道口子。不少地段，隧道连着桥梁，隧道连着隧道。于是，我们便穿行在一个接一个的隧道之中，汽车在隧道中驶过，发出空隆空隆的声响，总让我疑心那就是阿尔卑斯山巨大的心跳。

当通过最末一个隧道时，沉默寡言的司机菲利普终于忍不住地说，他仔细数过，一共是167个隧道。

我们就这样穿越了欧洲的脊梁——伟大的阿尔卑斯山。前方，等待着我们的是美丽低缓的亚平宁山地。

在卡罗维发利的长凳上

我们乘坐的旅游大巴沿着山谷盘旋而行。车窗的西面是峻峭的厄尔士山脉，远处的山头上还顶着皑皑白雪，近处山坡上则到处是飞泉流瀑。东面是著名的捷克林地，苍翠的森林，密密遮遮，布满整座山谷。没有人知道，森林的后面是什么，森林的尽头又在哪里。

汽车却不管不顾，径往林深处去。与我们车子同行的是一条清澈的溪流，名叫泰普拉河，也是捷克最大河流伏尔塔瓦河的支流，我们将要和它一块，作一次山谷林间的长途跋涉。

到了河流转弯处。车子停下了，然后转乘当地的公交大巴。但即便是公交车也一样不能进城。卡罗维发利是一座不折不扣的步行城。所有的车辆，无一例外，都在城边止步。

四月末的波西米亚，是一年中最好的季节，冷暖宜人。晨风拂面，清冽而柔和。穿一件薄薄的外套，沿河岸行走，看满眼新绿，听鸟声啁啾，还有风中飘来的花香草香，让人醺然欲醉。

卡罗维发利，来之前，我从未听说过你的名字，更不用说，这里是波西米亚最动人的温泉度假地。

最先发现这里有温泉的是捷克国王查理四世。查理酷爱狩猎，一只小雄鹿被国王射伤，一路狂奔逃进山谷。查理策马紧追不舍。追逐小鹿的国王，看到眼前的一幕让他十分吃惊：受伤的小鹿跃上峻峭的山崖，忽然纵身跳入山下的泉水中，泉水冒着热气，弥漫了整个山谷。当小鹿从蒸腾的泉水中出来，伤口已经愈合，过了一会儿，便消失在丛林中。国王于是令御医舀取泉水样本，送回布拉格化验，确认泉水富含矿物质，同时还有疗伤的功能。不久，查理再次前来温泉治疗脚疾。很快，这里就成为皇家的疗养胜地。从此，这处温泉就被称作"卡罗维发利"，捷克语的意思就是"查理的山谷"。

1522年，布拉格大学出具的一份医学报告，让这个偏僻的山谷声名远扬，吸引了许多贵族、富商和名人前来。他们中就有歌德、贝多芬、莫扎特、肖邦、普希金、果戈里和屠格涅夫。医学报告特别指出饮用温泉水对身体的好处。为了方便饮用，聪明的商贩发明了多姿多彩的温泉杯。而今，走在卡罗维发利的温泉长廊里，到处可以看到手执各种造型和花色温泉杯的游客。卡罗维发利先后开发了17处泉眼，每股泉水上都建有一座长廊，安装各式水龙头，便于游人接饮温泉水。从1881年开始，一座座造型典雅的温泉回廊出现在泰普拉河右岸。一边饮用矿泉水，一边在温泉回廊里散步，这成为当时社会名流的度假时尚。

磨坊温泉回廊是卡罗维发利最华丽的回廊，因为附近有座磨坊而得名，由捷克建筑师约瑟夫·齐特克设计，花费了10年时间于1881年建造完成。回廊由中殿、侧廊和124根圆柱组成。中殿高敞的廊柱下，常年有一支交响乐队在演奏。他们演奏肖邦、贝多芬、莫扎特的曲子，更多的则是捷克天才音乐家德沃夏克的交响曲。德沃夏克曾多次造访卡罗维发利，他在这里获得许多创作灵感。在他的不少作品中，听得到来自这条山谷的风声、林响、鸟啼，以及呦呦鹿鸣、潺潺流水，还有温泉回廊里妙龄少女轻盈的脚步声。

同样建于1881年的莎多瓦温泉回廊，则显秀气雅致。两个青铜圆顶凉亭连接着长长的走廊，凉亭中间，一头是希腊女神雕像，一头是长吐蛇信的温泉座。泉水汩汩而流，氤氲的水汽，沿着廊道，如同一个个舞者，袅娜着腰肢，款款前行。回廊旁则是一处花木扶疏的小公园。据说，当年巴伐利亚的茜茜公主最喜欢这座回廊，常常在这里散步，观赏公园里的奇花异树。

瓦杰狄洛温泉是卡罗维发利喷出高度最高也是水温最高的温泉。水柱直上14米，水温达72度。20世纪70年代，在这里建起了一座玻璃纤维房，让古老的小镇增添了几分现代色彩。

历经600年的沧桑，卡罗维发利已经成为一座颇具规模的温泉城。卡罗维发利的街区沿着泰普拉河两岸伸展。人们在经过瓦杰狄洛温泉回廊后，便会看到河岸两旁相对的两条街道，有意思的是，它们都叫草地街，右侧叫旧草地街，左侧叫新草地街。旧草地街上的不少建筑物可以追溯到17世纪末，其中有歌德当年住过的"三个摩尔人之屋"；而对岸的新草地街，则是卡罗维发利最美的街道，色彩绚丽的巴洛克式建筑，像一幅绵延十里的风景油画长卷，让人徜徉不尽。

临河的一条条长凳上，挤挤挨挨，坐满了白发老人。这是卡罗维发利一天中最生动的景象。老人们相挨坐着，背枕着泰普拉河，平和地微笑。对着四围的青山微笑，对着面前川流不息的游人微笑。也许，什么也不做，只是微笑。他们全都静静地坐着，谁也不说话。岁月从他们布满皱纹的脸上拂过，带走了他们曾经的青春、热情和骄傲。就像他们身后的河流，它们曾经喧嚣过、激荡过、汹涌过，现在平静下来了，生命的最后行程，本就该归于宁静。现在，他们都来到了卡罗维发利，这人生中最该来的地方，都坐到了卡罗维发利的河边长凳上。刚找到一个空位落座时，他们自觉不自觉地都吁了一口气。就像紧赶慢赶，终于上了一辆公共汽车。那长凳竟是那样的长，可以容纳那么多人并排而坐。我想他们先前并不认识，因为，如我们这样的游客，也正插坐在他们中间。大家只是累了，停下来歇歇脚；只是老了，彼此想靠近些。同一种年龄，有时也是一声召唤，无须交谈，无须对视，却产生一种莫名的亲近感。此时，大家相挨而坐，多少欢乐和悲伤，如水而逝。那情景，让人感动。

人生途中，在卡罗维发利，饮一杯带咸味的温泉水，让温润的泉水沁满心脾，而后在溪边的长凳上小憩片刻，静静地享受这难得的安宁，当是造物主的最好赐予。

捷克人酷爱艺术和大自然，他们在国歌歌词中这样写道："何处是我家，何处是我家，牧草地上河水汹涌，峭壁之间松涛吟啸。鲜花绽放的花园，胜似人间的天堂……"

卡罗维发利，在你的长凳上，我似乎明白了，为什么你最美丽的两条街道，都被叫做草地街……

历史不忍细看

历史不忍细看。历史如何能够细看？一细看，便好比用高倍放大镜看美人，光洁圆润全然不见，入目但是鳞纹交错、毛孔贲张、瑕疵毕露。于是，历史在很大程度上只是大处着墨，更何况，还需为尊者讳、为名人遮、为君王避、为时政忌。因此，读史时，常常会读出几分含混、几分闪烁。那当然是史家的难言之隐。但其实那几分含混和几分闪烁中，往往藏着许多细节的真实。从大处着墨，当然可以一言蔽之；为尊者讳，当然可以忽略不提。比如世传的诸多民族英雄们，历史记载的自然是他们精忠报国的正气歌。但对于他们性格的弱点乃至身上的瑕疵则一概抹去，把他们变成一个个完人。这不是历史的真实，却符合民众的感情以及时政的需要。

何妨细看一下，透过发黄的卷宗触摸一次历史曾经跳动的脉搏呢？

在明代被杀的边关守将中，袁崇焕的死大约是最冤屈的。他没有兵败失地之过，却生生被诬陷为叛敌，是引清兵破边墙进犯京都的罪魁祸首。这位因守宁远城两败清军而名声大噪的功臣死得很惨。他被绑到西市，没有一刀引快，而是由刽子手从他身上一寸寸割下肉来，每割下一块，老百姓便争着用钱向刽子手买下，当场生生吞下，以视对其引狼入室的仇恨。最后，骨肉俱尽，只剩下一颗头颅，被送往边关传视。凌迟之刑本来就够痛苦了，然而袁崇焕却眼睁睁地看着他冒着枪林弹雨拼死保护的京师百姓这样残忍地对待他，这样的痛苦，才是最最不能忍受的。

袁崇焕当然不该死，袁崇焕本来也不会死。虽说他是因为中了皇太极的反间计而被崇祯杀害，但细细检点，这个结果与袁崇焕的为人性格不无关系。

宁远城位于山海关和锦州之间，锦宁二地处于联结关内外交通的咽喉要道，自古以来为兵家必争之地。明朝先后调往该地区作战的有五十多名战将，其中不乏兵部尚书、大学士、总督等头衔的高级官员。而战功最显赫的当属袁崇焕。袁崇焕守宁远，两次击退兵力占绝对优势的清军的进攻，是立了大功的。努尔哈赤本人就是在宁远城下中炮受了重伤，以致不治身亡。有了这些资本，袁崇焕开始骄傲起来，目空一切，并且在崇祯皇帝和朝臣面前发表不切实际的言论，从而种下败亡的祸根。

崇祯元年七月，当清军大举进攻锦州时，皇帝召集众朝臣开会。皇帝忧心忡忡地问袁崇焕东方战事何时能了，袁崇焕居然十分轻率地回答：五年为期吧。没有一位朝臣相信袁崇焕的大话，但皇帝却大加赞赏。会后，深谙崇祯性格的兵部官员许誉卿郑重告诫袁崇焕，而袁崇焕依然漫不经心地说，我只是为了安慰皇上罢了。为了这句不负责任的大话，袁崇焕最终付出的何止是血的代价。

更有甚者，袁崇焕接着在朝堂上作出近乎跋扈的举动，逼着各部大臣在皇帝面前逐一表态，不仅要保障袁崇焕大军的物资供应，而且在用人调兵上一任所为，不得掣肘。这也就是他提出的要皇帝让他便宜行事，并且不许朝臣干预乃至议论。朝中许多大臣对袁崇焕借皇帝重用之机，要挟需索，得寸进尺，最后竟想钳制言官的所作所为大为不满。

果然，袁崇焕到前线不久，即以对宁远军队的粮草供应不足为由，下令逮捕巡抚毕自肃，当着将士的面侮辱他，毕自肃因害怕而自杀。逼死一位正二品的朝廷高官，只因为有皇帝撑腰，朝中大臣连一口大气也不敢出。

袁崇焕上任后，战事并未像他预言的那样顺利。他便想通过和议暂时中止清军凌厉的攻势。还在熹宗时袁崇焕便曾当过和谈代表，但他却忘了当今天子是一位刚愎自用而又敏感多疑的君主。和谈这样事关国体的行为可不属于边关大将"便宜行事"的范围。而这期间，又发生了他擅杀皮岛守将毛文龙的事件。皮岛位于鸭绿江口的海上，是明军从海上夹击清军的一个重要作战基地。皮岛的明军部队曾多次从侧翼对清军进行打击，毛文龙因此也成为清军的心腹大患。但毛文龙系无赖出身，桀骜不驯，又利用皮岛的独特地理位置从事商贩营利，骄纵不法。袁崇焕于是乘上岛视察之机，以尚方宝剑当场将毛文龙诛杀。杀毛文龙固然是便宜行事，但事关前敌大将，而且，毛率领的皮岛部队又是牵制清军的一支重要力量。皮岛震动，清军大喜过望。再说，以毛文龙之罪，实在够不上砍头。崇祯皇帝看袁崇焕如此行事，心里不免害怕。而朝中大臣则议论纷纷。袁崇焕任性使气，殊不知已把自己一步步推向败亡的深渊。

皇太极正是利用了这一事件而施展反间计。一方面将袁崇焕议和之事大加渲染，广为扩散，并把杀毛文龙称为袁向清讨好的举措；另一方面，亲率大军绕道喜峰口，攻破边墙，直逼北京城下。致使京师上下震动，纷纷传说袁崇焕通敌。这时，生性多疑的崇祯皇帝再也沉不住气了，下令将袁崇焕逮捕，并立即绑往西市斩首。此时满朝文武竟然没有一个人站出来为袁崇焕说话。一代名将袁崇焕便这样成了一场特大冤案的受害者。

袁崇焕没有在强敌面前打过败仗，但他却败在自己狂傲不羁的性格上。

谁杀害了岳飞

　　究竟是谁杀害了岳飞？

　　一千多年来跪在岳坟前的四尊铁人：秦桧夫妇、张俊和万俟卨，似乎已经告诉了人们答案。对于岳飞的死，他们当然难脱干系。但仅仅是他们四人，就能置岳飞于死地吗？

　　处死岳飞，当然需要皇帝点头。杀害岳飞的人中宋高宗应该算一个。但高宗皇帝为什么一定要杀岳飞呢？

　　岳飞是南宋初年最杰出的抗金将领，在张俊、韩世忠、杨沂中、刘光世、岳飞五支抗金大军中，岳家军军力最强，纪律最严明，战功最显赫，是南宋王朝一道坚不可摧的长城。岳飞本人因累累战功加官至太尉、少保，是正一品的官员，在武将中军阶最高，位居三公之列。高宗皇帝更诏命他："中兴之事，朕一以委卿，除张俊、韩世忠不受节制外，其余并受卿节制。"兵权之重，天下无双。对于这样一位担负着南宋中兴重任的军事统帅，能说杀就杀吗？

　　那么，是什么时候，埋下了杀害岳飞的种子？它又是怎样发芽而后疯长的？

如果将南宋的朝堂比作一架天平，那么，主战派和主和派便是天平的两边。无论哪一派占上风，天平就会向一边倾斜。而宋高宗就是调节天平的那只手。和耶？战耶？始终是朝堂上争议最激烈的话题。当然，主战派砝码的分量还来自于在前线作战的几支部队。军事上的得失直接影响着宋高宗调节天平的决心和力度。岳飞显然已是天平上那颗最大和最重的砝码，主和派自然处心积虑地想把他去掉。但若仅仅以主战和主和两派斗争来反映南宋国内的政治态势就未免太简单一些。实际上，宋立国以来，就一直被一件国策所困扰，那就是如何安排军人的位置。宋的开国皇帝赵匡胤就是军人出身，而且是靠兵变夺取政权的。他深知军队的厉害，但他不学汉高祖刘邦滥杀功臣，而是设宴款待石守信等大将，宴饮之间，许以高官厚禄，然后要他们交出军队指挥权。这就是著名的"杯酒释兵权"故事。接着，他又制定了以文制武的文官管理制度。整个北宋期间，这个制度牢不可破。

但南宋一开国，情况就不同，高宗赵构刚登基就被金人撵着屁股打，一直跑到温州，还一度住在海船上以躲避金兵的锋芒。而手下的一班文臣只会跟着逃命，一点退敌的本事都没有。是岳飞、韩世忠他们打退了金兵，才使得南宋保有了长江以南的大片国土。但战争的狼烟并没有因此消散，金人的铁骑还在江北的大地上驰骋，由于南宋一直面对强敌的压迫，军人的作用便日显重要，军人的声音也逐渐由弱变强。但这显然与宋的立国制度格格不入。

宋设枢密院，为国家最高军事机构，知枢密院事一直由文官担任。其实，北宋的边关统帅也都由文官担当。比如，宋仁宗时，镇守西北防御西夏的两位统帅，一位是韩琦，另一位是范仲淹，时称"韩范"，都是当时著名的文人。南宋沿袭旧制，仍然由文官指挥军队，并且每支部队的规模、编制，都有一定的限制。

岳飞独立成军时只有正兵万人，但在镇压太湖杨么、钟相起义后，吸收了大批原起义军士兵入伍，军力大大增强，总兵力增至10万。这本来是件好事，但却引起了朝廷的深度不安。宋廷诏令岳家军以"三十将为额"，就是想以军官数量来限制岳家军的扩张。但随着岳家军不断打胜仗，队伍也在不断扩大，不久即增至84将，大大突破了朝廷的编制限额。因为宋高宗不吭气，枢密院对此也无奈何。

军队作战，需要征粮、筹款、派夫等后勤供应，因此，便要占有固定的防地，享有便宜处置管内行政、财政的权力。岳家军因为军队庞大，所管辖的州县比起其他部队自然要多出好几倍，而且岳飞战区随着战事推进还在扩展。加之幕僚队伍也在一天天扩大，大批读书人来到岳家军，他们为军队书写文书、布告、奏章，甚至参与谋划政治和军事行动。而这正是执政的文官集团最不愿看到的。这批读书人不但在文书布告上激扬文字，借机宣泄自己的情绪，而且还处处臧否时政。岳家军的文告奏疏常常引起朝臣们的强烈不满。但这些都被岳家军取得的一系列胜利而掩盖了。

一开始和岳飞发生冲突的恰恰就是主战派的重要人物张俊。张俊原为翰林院编修官，因勤王有功，且力主抗金，受到高宗皇帝的信任，迁知枢密院事，相当于今天的军委秘书长。他指挥全国的抗金军事行动，直接为皇帝负责。但知枢密院事只是个正二品的文官，而受他指挥的岳飞因军功赫赫已被皇帝拜为太尉，官居一品。将帅之间的关系便显得很微妙。绍兴七年（1136）岳飞计划乘金人废刘豫之机，合诸将之兵北伐。皇帝亲自接见了他，赞许他的计划，并下诏，将王德、郦琼两支部队交由岳飞统一指挥。但张俊不想岳飞军力太扩张，想另外安排这两位将领，于是找岳飞商量。岳飞认为如果那样安排，恐怕两人不服。张俊当即变脸说："我当然知道，除非太尉（指岳飞）谁都不能胜任。"岳飞与张俊发生冲突，心情也很不愉快，当日便上奏章，要求解除兵权，回去为母亲服丧。张俊大怒，上奏说岳飞处心积虑一意想兼并其他部队，提出回家服丧，是对皇帝进行要挟。而秦桧在一旁也流露出"忿忿之意"。在皇帝的默许下，张俊不但坚持自己的安排，并且还派都督府参谋官张宗元担任岳飞军队的监军。这引起岳家军将领的强烈不满。岳家军主将张宪称病不理军务，其他将领如法炮制。而且"部曲汹汹，生异语"。这件事更增加了朝廷上层文官集团对武将的疑虑。岳飞被杀，秦桧便是从这里打开缺口，找到陷害的理由。

不久，郦琼叛变投敌，张俊引咎辞职，秦桧接任枢密院事，接着又担任了宰相。秦桧是主和派的领袖，受到高宗的信任，一直与金人周旋，力图创造和议局面。这样，一心想依靠作战收复河山的岳飞与秦桧之间不断发生摩擦。绍兴九年（1138），当秦桧声言和议已取得进展，金人将归还南宋三京及河南之地时，岳飞上奏章反对说："金人不可相信，和议不可依赖。相国（指秦桧）为国家谋划不善，恐怕为后世留下笑柄。"皇帝看了岳飞的奏章后，便将和议之事搁下，秦桧因此对岳飞恨得咬牙切齿。

绍兴十年（1139）岳飞率大军北伐，郾城一战，消灭了金兀术的骑兵主力，接着又取得朱仙镇大捷。岳飞的部将梁兴会合太行山的义军收复被金人占领的怀州、卫州，切断了金人来自山东和河北的粮道，金人大为恐惧。岳飞认为这正是中兴的大好机会，对手下将领说："直抵黄龙府，与诸公痛饮耳！"他打算乘胜前进，一举收复中原。然而，南宋朝廷上下对岳飞的胜利却忧心忡忡，秦桧让御史台的大臣轮番奏请高宗班师。

岳飞也不断上奏，坚持自己的用兵主张。秦桧知道岳飞意志坚定，不容易改变主意，于是先令张俊、杨沂中率所部归还，然后对高宗说："岳飞现在已是孤军，不可久留。"请高宗急令岳飞班师，并一连下了十二道金牌。岳飞抗争不过，悲愤地仰天长叹："十年之功，毁于一旦！"岳飞大军返回庐州，所取得的黄河以北的州县又全部丧失。他心中十分不快，向朝廷提出解除自己的兵权，但不被允许。高宗让岳飞来见他，询问战况，岳飞却不想对他再说什么，两人见面的情形显得十分尴尬。

翌年，金兵入侵江淮，高宗急忙诏岳飞赴江州救援。岳飞却迟迟不肯发兵，他提出要乘金人后方空虚，准备直捣中原。高宗为此竟连下十七道指令文书，岳飞不得已才出兵救援。朝廷上下对岳飞的抗旨行为议论纷纷。而一直被胜利的光环笼罩着的岳飞，哪里知道，因为自己率性的行为，已经种下了被罪的祸根。

宋高宗一方面对以岳飞为首的抗金将领优抚有加，勉励他们努力作战；而另一方面，又默许文官集团想方设法削弱武将兵权恢复传统体制的措施。此时，在南宋的朝堂上，"文武之途若冰炭之合"。在文官们的眼里，军队本来只是一架作战机器，不应该有自己的思想，不应该发出自己的声音，更不应该有自己的感情。而自说自话、不听招呼，总是特立独行的岳家军显然已经严重偏离了正统轨道，这当然是不可容忍的。宋金绍兴和议签定后，以秦桧为首的文官集团立即着手解决张俊、韩世忠、岳飞三人的兵权，将三支部队的指挥权直接收归枢密院。

这时的岳飞已经预感到祸之将及，日夜不安，心情十分沉重。他在一首《小重山》词中细诉自己的苦闷心绪："昨夜寒蛩不住鸣，惊回千里梦，已三更。起来独自绕阶行，人悄悄，帘外月胧明。白首为功名，旧山松竹老，阻归程。欲将心事付瑶琴。知音少，弦断有谁听？"

但不等岳飞找到解脱的办法，在高宗皇帝的默许下，秦桧等一干人已迫不及待地对他下手了。

没有谁能阻止这一切的发生，因为在秦桧的背后，是整整一个王朝制度。

遭遇小人

公元1019年，在北宋政坛上三起三落已经58岁的寇准再度出山，取代王钦若出任宰相，副宰相（参知政事）为丁谓。

寇准是陕西渭南人，出身世家，自小聪明好学。7岁时随父登华山，便留下了"只有天在上，更无山与齐。举头红日近，俯首白云低"的诗句，被称为神童。19岁时，寇准中举，接下来要到京城考进士。此时的皇帝是宋太宗赵光义。坊间传说，赵光义选进士喜欢年长些的。因此，有人向寇准建议把年龄改大些，这样选中的可能性大。寇准却这样回答："我正要准备进取，难道就开始欺骗君王吗？"诚实、正直，贯穿了寇准的整个官宦生涯。由于他"守正嫉恶"，因此"小人日思所以倾之。"遭遇小人，对于寇准来说，也是极自然的事。

寇准刚直不阿的秉性是出了名的，有时在朝堂上议事，连皇帝老儿也敢顶撞。端拱二年（989）的一天，寇准在朝堂上奏事，言辞十分激烈，宋太宗听着有些生气，几次打断寇准的话，但寇准不依不饶，太宗大怒，起身离座要走。寇准却急步向前，一把拉住龙袍的衣角，硬是把皇帝拽回到座位上，自己坚持把话说完。朝堂上所有的大臣都吓得变了脸色，心想，这下，寇准要吃苦头了。没想到，宋太宗坐下后，头脑冷静了许多，听完寇准的话，不但不怪罪他，反而大加表扬。宋太宗曾经发自内心地感叹，我得到寇准，犹如唐太宗得到诤臣魏征。不过尽管很赏识寇准的才识和品德，多次对他嘉奖升迁，赵光义却始终没有让寇准当上宰相。皇帝是担心寇准太过刚直，性子也太过火爆，难以团结群臣。

为了让寇准收收性子，太宗也曾几次将寇准贬官并外放，以示惩戒。有次，寇准与同僚张逊在朝堂大吵，太宗龙颜大怒，当下撤了张逊的官职，同时也把寇准贬到青州当知州。但寇准走后，皇帝却时时念及他，常常因为寇准不在身边而闷闷不乐。他问左右的侍从宦官："不知寇准在青州过得怎样？"宦官回答："青州是个好地方，寇准一定不会受苦的。"接着又说："您老人家这么关心寇准，终日不忘；可是寇准在青州整日饮酒作乐，哪里还会想念您呢？"可见就连皇帝身边的宦官也都不喜欢寇准。

一年后，太宗皇帝还是下决心召寇准回京，并让他担任副宰相。这时太宗正患着脚病，走路一瘸一拐的，见到寇准，他先告诉自己的脚病，并不无埋怨地说："你怎么不早些来看看我？"显示他对寇准的亲热。寇准却不冷不热地说："皇上不召，我怎么好回来呢！"太宗发现，寇准的脾气秉性一点都没变。

太宗年事日益增高，他心头最大的隐忧就是谁来继承皇位。此番太宗召回寇准，真正的目的就是想征求他对立皇太子的意见。寇准说："陛下选择的是可以副天下望者，知子莫如父，圣上认准了，就应该早作决定。"寇准的这一番话，让太宗下了最后决心。一次，太子祭祀太庙回来，人们争相观瞻，赞不绝口："真是少年天子！"话传到太宗皇帝那里，他有些不高兴了，问寇准："现在人心都归顺到太子了，好像再没有我这个皇帝。"寇准却正色回答道："这正是国家社稷的福分。"太宗这才不说话了。

但是，不久寇准还是被太宗放逐出京城。这是太宗对他的第二次惩罚，起因还是他那耿直好辩的习性。当时，寇准为朝制规则与大臣冯拯当庭发生了辩论。寇准言辞尤为激烈。宰相吕端一向让着寇准，这次实在看不下去了，劝寇准停止争斗。太宗也说："若廷辩，失执政体。"就是劝寇准停下来。可是寇准偏不听，"犹力争不已"，甚而要与太宗"论曲直"。寇准的言行深深刺伤了太宗的心，他失望地说："鼠雀尚知人意，况人乎？"

真宗赵恒即位，想起了寇准。这次不仅让他回到京城，还让他当上了宰相。

　　宋真宗景德元年（1004）9月，契丹大举入侵，边关一片告急。宋朝廷大为震动，真宗召集群臣商议对策。参知政事王钦若与陈尧叟等大臣请真宗迁都金陵（南京）或成都以躲避契丹锋芒。主战派代表相寇准批驳了王钦若的建议，在大将高琼的支持下劝说真宗亲征契丹。寇、高二人随真宗皇帝北渡黄河，到澶州前线督战。真宗亲临前线，宋军士气大振，加之各路援军陆续到来，契丹大军不敢轻易开战。真宗索性把军事指挥权交给了寇准。寇准号令严明，士兵们又害怕又高兴。不久，一支数千人的契丹骑兵逼近澶州城下，寇准下令出击，宋军人人争先，大获全胜。两军相持之下，于是重开谈判。契丹要求割让关南土地，真宗表态不能割让土地，但可以给财物；寇准则主张不但土地、财物一概不给，还要契丹称臣。在和战抉择的关头，真宗露出了他软弱的本性，同意每年给契丹银十万两、绢二十万匹，双方订立盟好合约，建立通使、通商关系，历史上称为"澶渊之盟"。

　　自澶州前线回到京城后，寇准在朝廷中声望益隆，真宗也特别倚重他。王钦若深为嫉妒。有一天会朝，寇准有事先退，真宗目送寇准离去。王钦若借机进言说："陛下这样敬重寇准，是因为他对社稷有功吗？"真宗说："那当然。"王钦若说："兵临城下而订立盟约，《春秋》以为耻。澶渊的事，以天子的尊贵之身而订立城下之盟，还有比这更耻辱的吗？"真宗一时脸色大变。王钦若又说："陛下听说过赌博吗？赌博的人在快要输光的时候，把自己所有的本钱都押上，这就叫'孤注一掷'。陛下，当时你就是寇准的'孤注'，不知有多危险。而陛下居然还认为寇准有功于社稷呢！"听了王钦若的一番话，真宗想起自己几乎是被寇准逼着上前线的，额上不禁冒出冷汗。皇帝从此不再亲近寇准，最后还找了个借口，将他降为刑部尚书，出任陕州知州。

寇准一生遭遇多个小人，受到多次排挤，宦海几番沉浮，但给他最沉重一击的还是丁谓。

丁谓是宋太宗淳化三年（993）的进士，才华出众，记性过人，一篇千把字的文章，只要默念几遍，大体就能背诵下来。而且，他为人乖巧，特别善于见风使舵。一开始，寇准也很赏识他。寇准还在任枢密副使时就曾经向当时的宰相李沆推荐丁谓，但李沆不予任用。寇准问李沆为什么。李沆说："丁谓确实有才能，但看他的为人，可以让他在众人之上吗？"寇准反问："可是像丁谓这样的人，相公能永远压着他使其位居众人之下吗？"李沆笑着说："日后你会想起我说的这句话。"寇准却不以为然。丁谓因为寇准的赏识，逐渐通达显赫。他虽然与寇准同列相位，但对寇准倒是一直毕恭毕敬。

应该说此前两人关系还算不错，可是，当丁谓开始进入权力中枢，寇准就感觉不对劲了。两人间的恶隙发生在一次中书省府中的宴会上。当时，寇准的胡须上不小心沾了些菜汤，丁谓连忙起身，掏出手巾要为寇准擦拭。寇准笑着拒绝了："参政，是国家的大臣，怎么能给上级擦胡须呢？"寇准当着众官员的面说出的这番话当然是有所指的，因为丁谓的善于花言巧语、溜须拍马的行径已经很让寇准不满。丁谓满脸惭愧，口中诺诺，但心里已埋下仇恨。

在朝廷百官中，丁谓的本领确实不小，而且每每被皇帝相中。真宗皇帝即位，丁谓担任三司使（财政部长）。这年春节前夕，天降瑞雪。真宗高兴极了，当即组织大臣开了一个踏雪诗会。踏雪归来，他依然兴致不减，于是吩咐，赏给三司使以上的官员每人玉带一条。可是府库里只有七条玉带，应得赏赐的大臣却有八位。宦官忙去报告真宗，不久，又托出了一条精美的玉带。原来，真宗皇帝今天是太高兴了，把自己的玉带都解下来了。丁谓负责分发玉带，他将皇帝的玉带留下，吩咐随行官员说："七条玉带颁给七位大臣，我自己有玉带，就不领赏赐了。"当玉带回到真宗皇帝手里，又听了宦官转达的丁谓一番话，真宗为丁谓的忠诚无私感动得眼角发涩，不仅亲自将玉带送到丁谓手上，还擢拔丁谓当上了参知政事。

丁谓报仇的机会很快就到了。

咸平四年（1002），真宗皇帝患了小中风，政事多取决于皇后。寇准深感忧虑，于是劝真宗考虑国家宗庙的重要，让皇太子早日代理国政。真宗认为寇准说得对。于是寇准就密令杨亿起草表书，请皇太子监国。这件事很快就被丁谓知道了。过了不久，真宗的身体有了好转，丁谓抓住这件事做文章，在真宗面前极力说寇准的坏话。真宗也记不得自己在病中和寇准说过这样的话，一气之下，罢免了寇准宰相的职务，让他担任太子太傅。

但丁谓并不就此罢休。他利用宦官周怀政参与策划皇太子监国一事，与皇后密谋，让皇帝诛杀周怀政，同时罢免朝臣中所有与寇准关系密切的人。寇准再次被贬，在丁谓的坚持下，这次竟贬到十分偏远的湖南道州担任司马。而丁谓则借此登上了权力的巅峰。

真宗皇帝病体趋重，一天忽然想念起寇准来，问左右大臣："为什么好久没有看见寇准了？"或者是大家都畏惧丁谓的威权，或者是有人也不乐意寇准回朝，总之，没有人回答真宗的话。

而丁谓一心一意想要寇准死。趁真宗病逝、新皇登基，朝廷处于忙乱之际，他密派宫中使臣送敕书到寇准处敕死。使者到道州，宣布朝廷命令，众人一片惊慌。寇准当时正在堂上喝酒，他已经习惯了放逐生涯。突然见到朝廷使者，他知道自己大限已到，但仍神色自若。他下阶看完敕书后，继续入座饮酒，直到天黑，才微笑着从容与大家诀别。

一代名臣终于在小人们的重重阻击下轰然倒下。

没有运气的李广

运气对一个人来说实在太重要了。

西汉元光六年（公元前129年）匈奴大军攻入上谷郡（今河北怀来），屠杀和掳掠当地官民。为了抗击匈奴，汉武帝起用了四位大将，他们是车骑将军卫青、骑将军公孙敖、轻车将军公孙贺、骁骑将军李广，他们各率一万骑兵从四个方向向匈奴发起进攻。这一仗，四将战果不同。卫青一直打到龙城，斩杀和俘虏匈奴七百人；公孙贺没有取得任何战果；公孙敖则被匈奴人击败，伤亡了七千骑兵；而李广则正面遭遇匈奴大军。在指挥部队突围的战斗中，李广身负重伤，被匈奴人活捉。匈奴人将他放在两匹马拉着的网里带回大营。李广假装昏死过去，乘敌人不备突然跃起，跳上匈奴士兵的马背，夺取敌人的弓箭，策马向南疾驰。匈奴人都领教过李广弓箭的厉害，谁也不敢追击他。但汉武帝对这次作战失利非常生气，下令逮捕公孙敖和李广，论罪当斩。最后，两人缴纳了巨额赎金才免得一死。

但第二年秋天，匈奴又大举进攻汉的东北边地，汉武帝重新征召李广任右北平太守，抵御匈奴。匈奴人特别畏惧李广，称他做"汉飞将军"，总是设法在战斗中躲避他。数年之间，匈奴人不敢进犯右北平。确实，论对边塞及敌情的熟悉，论指挥才能和武艺胆略，李广当居边将之首。然而，这位曾被汉文帝大大夸奖过的，认为如在汉高祖刘邦时代"封万户侯何足道哉"的飞将军在对匈奴的出击征战中偏偏屡屡失利，始终功不成名不就。

李广生前就曾不平地对人说："自汉朝出击匈奴，我始终在军队的前列战斗。因出击匈奴获取军功而封侯者前后达几十人，我的功劳决不在他们之后，然而却没有尺寸之功得到封赏，这是什么原因呢？大概是命吧？"因此，时人以"飞将数奇"来形容李广的运气不佳。

比如元狩二年（公元前121年），汉军再分四路向匈奴发起进攻。李广率军深入匈奴腹地数百里，遭到匈奴左贤王亲自率领的四万骑兵围攻。李广摆开环形阵，匈奴骑兵箭如雨下，李广兵死伤大半，仍顽强坚守阵地，等待援军合击敌人。但援军却迟迟未到。为了稳定军心，李广亲自冒着箭矢，用"大黄"强弓连连射杀匈奴突将，匈奴人的攻势才被遏制。正在危急关头，博望侯张骞的大军终于赶到，匈奴人解围退走。但李广的士兵已经疲惫，无力再战，只能撤回，丧失了歼敌的好机会。战后，张骞因行军延误时机当斩，纳款赎罪，降为平民。

李广功过相当，不给赏赐。

英勇善战的李广不但未能封侯，还屈辱地以自杀的方式了结自己的一生，留下千古遗憾，令人慨叹。

元狩四年（公元前119年）汉武帝决定再次向匈奴发动进攻，由大将军卫青和骠骑将军霍去病各率五万大军担任主攻，李广、赵食其、公孙贺等将都隶属卫青统辖。卫青在得知单于的下落后，决定自领精兵从正面追击，而命前将军李广和右将军赵食其合兵一处由从东路绕进。李广向卫青请求说，作为前将军，我本来就是全军的先锋，而大将军却调我走东路，充当右翼。今天有机会与匈奴决一死战，请大将军允许我继续担当前锋。但卫青拒绝了李广的请求。此战，卫青捕杀匈奴一万九千人，还夺取了匈奴人大量储粮。然而东路军却由于没有向导，在大漠中迷失了方向，未能在约定的时间与大将军会击匈奴单于。卫青事后非常生气，不但派人调查李广迷路的情况，还要李广的幕僚到大将军处接受审讯。李广叹了口气，说："我从成年开始与匈奴作战大小七十多次，如今才有机会与匈奴单于的主力决战，可是居然迷了路，这岂不是天意吗？我已经60多岁了，不想再受那些军法小吏的质问。"于是拔刀自刎。

运气固然重要，但飞将军李广仅仅只是被运气捉弄吗？其实，明眼人都知道，汉武帝用兵肚里有一个小九九。皇亲贵戚率领的都是经过挑选的精兵锐卒，装备也格外精良，还配有熟悉地理的向导。而李广等诸多老将的部队无论是士兵的身体素质还是战马和兵器都赶不上他们，也没有向导。所以身为皇亲的卫青和霍去病千里出击，总是所向披靡，老将们则常常迷路、延误军机以至打败仗。还有一条，对于李广来说，似乎也很重要。这就是司马迁在《史记》"李将军列传"的篇末中用寥寥数语描写他见过的李广："悛悛如鄙人，口不能道辞。"（憨厚得像普通老百姓，不善言辞）这应该也是他在官场上不得志的原因呀。像李广这样，外表既不出众，又不会花言巧语，更不懂得投机钻营，只是一味埋头实干的人，自然是吃不开的。再加上运气不佳，等待他的结局就可想而知了。退一万步说，即便李广运气不错，但仅凭军功就能做到仕途顺畅吗，恐怕也未必。就算能躲避身前的明枪也难防背后的暗箭，险恶的倾轧和争斗，老实巴交的李广哪里是他人的对手？可见古往今来，官场之道同此。

李广最后以自刎来结束自己多舛的人生。这也是他的性格使然。面对好大喜功的汉天子和如狼似虎的酷吏们，身经百战、不愿受辱的李广为自己选择了这样的结局。

当李广的死讯传出，全军上下一片痛哭。老百姓无论是认识或不认识的都为他流泪。他们痛哭的自然不仅仅是李广的遭遇，而是一个黑白难辨的时代。

孙权放火

建安五年（200），叱咤江东的孙策，图谋乘曹操和袁绍在官渡相持之机，袭击许昌，将汉献帝从曹操手中抢出，带回江东。但军队刚刚布署好，还没有行动，孙策就被人谋刺，受了重伤。临终前，他将权力交给弟弟孙权。这时的孙权还不满18岁。

孙策是靠英勇善战，从马背上打下江东一片天地的，在夺取江东的征战中也网罗了大批人才，其中就有张昭和虞翻。张昭担任孙策的长史（秘书长），是孙策智囊团的领袖人物，还是孙策临终时的顾命大臣。而虞翻，孙策平时与他以朋友相交，对他十分信任。孙策去世时，虞翻正出任富春长，他坚守任上，保证了南方的安定，应该说对吴国是有大功的。

然而，对于年少又没有战功的孙权来说，孙策留给他的这一批老臣，虽然忠心可嘉，但总把他当小孩看待，动辄对他说三道四，甚至板起脸来教训，常常让他下不了台。比如，孙策去世时，孙权痛哭难禁，这本来是兄弟情深，人之常态。但张昭却毫不客气地教训他说："现在天下动乱，群盗满山，你不思图治，反而作匹夫之痛。这怎么可以？"说着强拉孙权上马，到军营里去。还有一次，孙权在武昌钓鱼台设宴，饮酒大醉，还让人用水洒群臣，说要和大家一醉方休。张昭见状，一声不吭，走出去气呼呼地坐到自己的车上。孙权派人叫张昭进来喝酒，说："今天高兴，和大家一块喝酒行乐，张公为什么要生气？"张昭没好气地说："从前，商纣王造酒池每夜饮酒作乐，他自己并不认为这有什么不好。"孙权讨了个没趣，只好草草罢宴。

张昭倚老卖老，多次在朝堂上顶撞孙权。有次孙权忍无可忍，气得拔出佩刀，说："吴国士人进宫拜我，出宫则拜你，我对你应该够尊重够客气了吧。可是你却屡次当众让我难堪，是什么意思。"张昭却说："当年太后和桓王（孙策）不以老臣属陛下，而以陛下属老臣，是为了什么，还不就是要我尽心尽责报效国家吗？要是为了讨好你而违背自己的意愿，那是我不能做的。"孙权听了心里头老大不高兴，但表面上还得低头认错。

孙权当上吴王后，要选丞相，群臣都认为一定是张昭，张昭也以为非他莫属。但孙权却偏偏选了政绩平平的孙邵。等到孙邵病死，大家想，这下总该轮到张昭了吧。可是孙权又用了曾经做过他属臣的顾雍。总之，孙权铁了心，要把老资格的张昭晾在一旁。

对张昭，孙权心中十分了然。这位老臣，对国家忠心耿耿毋庸置疑，但胸怀不广，虚荣心特强，对朝中的年轻人则过于苛刻，自然不好让他执掌中枢。

老臣中不仅是张昭，还有虞翻，也是一个自以为是、不识天高地厚的主儿。有次孙权宴请群臣，亲自把盏劝酒，走到虞翻跟前时，虞翻不想再喝就假装醉倒在地，不理孙权。可是等孙权一过去，虞翻便又端坐如初。孙权见他如此藐视自己，不禁大怒，拔剑要砍虞翻，幸被人劝止。虽然后来孙权对自己的不当行为作了解释，但虞翻始终不依不饶。魏国大将于禁，曾被关羽俘虏。关羽兵败麦城，于禁得以获救。孙权对这位昔日沙场宿将依然十分敬重，让他与自己并辔而行。虞翻却大声呵斥他道："你一个降虏，怎敢和我们的国君并肩骑马？"说着挥起手中的皮鞭要打于禁。孙权连忙制止，脸色变得十分难看。虞翻也看不起张昭。孙权曾与张昭谈论神仙的事，虞翻在一旁竟然指着张昭说："这都是些死人，跟他谈什么神仙，世间还真有神仙吗？"孙权实在是气坏了，于是将虞翻流放到交州（今越南河内），让他从此离自己远远的。

作为一国之君，孙权对这批老臣真是又敬又怕，有时还有几分怨恨。比如赤壁大战前，面对曹操的军事进攻，孙权一开始心里是想抵抗的，但主张投降的张昭带领一班文臣，闹得他六神无主。要不是年轻的鲁肃提出联刘抗曹的主张，又劝孙权拜主战的周瑜为帅，结局真不堪设想。为此，赤壁之战后，孙权果断地起用了一批新人，比如鲁肃、诸葛瑾、步骘、阚泽、吕蒙等，他们渐渐代替了程普、黄盖、张昭、张弦和虞翻。一个全新的孙权时代自兹开始。

但老臣们依然是笼罩在孙权朝堂上的一片阴云，他们执政多年，人脉广，影响深。如何让他们收敛闭嘴呢？于是吴国君臣之间开始了一场猫玩老鼠的游戏。面对孙权不断推出的改革招数，张昭采取的对策是称病不朝，整天呆在家中，任你孙权怎么招呼也不理睬。孙权便运土塞住张昭的大门。哪想这倔老头子根本就不怕，干脆从里面把大门整个封死。孙权表面上气呼呼的，派人放火烧张昭家的大门。当熊熊烈焰腾空而起，路人围观若堵，都来看热闹。孙权又让人马上灭火。张昭没有被唬住，他的几个儿子却吓坏了，硬是搀出了老头子。孙权早已候在大门口，赶紧扶他上车，进宫后又态度诚恳再三再四地赔礼道歉。张昭没有办法，只好重新规规矩矩地上朝。可是人们发现，过去那个老气横秋、总爱唱反调的张昭，已经被孙权修理得一点脾气都没有了。

弯腰后的一击

在嘉靖一朝，恃才傲物且大红大紫但最后却弄得人头落地的是夏言。这位江西才子可以说是才华横溢，不但处理政务干练利落，而且能写一手漂亮的诗词歌赋，因此深得嘉靖皇帝的欢心和倚重，先调入翰林院为侍读学士，而后一路升迁，于嘉靖十五年入阁参预机务，两年后，即登上内阁首席大学士——首辅的高位。

内阁大学士一职的设立始于明初的洪武朝。1380年，朱元璋诛杀宰相胡惟庸，同时将历朝历代已经实行了一千五百多年的宰相制度一并废除。让这个一人之下、万人之上的国家二号人物彻底消失，当然是一件快事。从此，国家的权力全部归到皇帝自己手上，想怎么说就怎么说，想怎么做就怎么做。这符合朱元璋的行事风格。但由此带来的新烦恼是，皇帝必须亲自处理每天大量的政务和文书报告。为了减轻文字负担，朱元璋想了个法子，特别设立一个内阁大学士制度，挑选一些职级较低、年岁较大而文字较强的官员充当秘书之职，但不参与政事。因为是皇帝的近臣，有的还是宠臣，此后，大学士——秘书们的权力一天天膨胀。大学士们不仅渐渐参与政事，而且开始兼任各部尚书、侍郎之职，权力地位不断提高。有的大学士还被授予正一品的头衔，位置已居诸臣之上。而最厉害的是他们掌握了"票拟"之权。所谓"票拟"，就是将全国各地、各部门送呈中央的报告，转到内阁，由大学士将处理意见"用小票墨书"后，分别贴在报告的封皮上，再呈送皇帝最后核准。"票拟"等于是为皇帝拟御批的初稿。而首席大学士，正是因为"票拟"，权倾一朝。

　　嘉靖十五年，已经担任了内阁次辅的夏言提举了比他年长两岁的同是江西老乡的严嵩。严嵩这年56岁，以为皇帝祝寿之名来到京师。与夏言一样，严嵩饱读诗书，能写一手好字好文章。但想要凭个人才华进入中枢机关，还必须拜码头。于是严嵩把目光投向了朝中正当红的老乡夏言。按照官场操作规则，他先向夏言进诗，诗中说不尽对夏言的溢美之词，而且完全把自己置于晚辈的地位。但一开始夏言根本不把这位年长自己的乡亲放在眼里，对严嵩的献诗不甚理睬。严嵩却没有放弃，他利用自己的生日宴会，恭请夏言赴宴。夏言没有答应。严嵩便跪在夏言家门口，将请柬举过头，并高声吟诵请柬内文。个性孤傲的夏言终于被严嵩的谦卑恭敬所感动，开始正眼看这位老乡了。不久，夏言便将严嵩引荐到内阁。

可以说严嵩在60岁之前一直在弯腰，因而在官场上留下谦恭柔顺的好名声。在阁僚们眼中，身高一米八的严嵩，两鬓染霜，腰背微驼，整齐的官服难掩一副苍然老相。但他总是不惜长身弯腰，以蔼然之风面对上司和同僚。

不过，严嵩同时写得一手锦绣文章，恭顺而有文采，又处在中枢机关，很快就引起嘉靖皇帝的注意。嘉靖不上朝直接处理政事，而是终日沉浸在道家的修玄斋醮之中。为了向上天神灵表达自己的崇敬之情和良好愿望，他需要不断敬献辞采华丽、情意动人的辞章，因为这些辞章是用红笔写在青藤纸上，所以俗称青词。往往是皇帝出题目，而由内阁大学士完成。青词必须是骈体文，要求对仗工整，文辞优美。而严嵩所撰的青词，尤其让嘉靖欣赏。

严嵩很快就登上内阁次辅的位置。严嵩60岁之前似乎没有太多贪渎的名声，否则也进不了国家中枢机关。可以说严嵩之所以背上千古恶名和骂名，除了他善于玩弄政治手腕外，很大程度还在于嘉靖朝畸形的人际关系，以及他那一个聪明而又不争气的儿子严世蕃。

各地官员纷纷通过严世蕃到严嵩这里走门子。与孤傲而清廉的夏言不同，这位和善的老头一是好说话，二是对儿子言听计从。人们都知道，只要买通了严世蕃，便是铺平了进阶的道路。

时间一长，严世蕃贪赃枉法的证据落在了夏言手中。情急之下，严嵩带着儿子严世蕃又一次来到夏言家中，长跪不起。这一次不是恭请夏言赴宴，而是痛哭忏悔，以求免祸。夏言又一次被感动了。他长叹一声，算是放过了这对老乡父子。

但是夏言对严嵩产生了警惕之心，他将"票拟"之权全部拿过来，同时将严嵩推荐提拔的官员，有的抓，有的贬，有的流放。严嵩只得忍气吞声，对夏言将腰弯得更低也更频繁了。轻易地收拾了次辅，夏言也颇觉得意，对严嵩的态度也更加倨傲。

而夏言不知道，他的志骄意满正渐渐地让皇帝厌烦。比如嘉靖在西苑斋戒居住时，因为路程较远，允许值班内阁大臣乘马进入。夏言嫌乘马累，独自乘坐小轿进出，嘉靖对此很生气，这也就罢了。可是主管文字的夏言却还不断在辞章上出纰漏。嘉靖皇帝处理国家大事没有什么办法，但对臣下的文字要求却极苛刻。他曾经为一个错别字，将一位上疏言事的臣子廷杖一百，犹不解气，还要发配边疆充军。辞采过人且入阁多年颇多历练的夏言竟然也接二连三地在这上头跌跟斗。一次，皇帝让夏言撰写《居守敕》，夏言却让下属代笔，直到最后时限才交出稿子，嘉靖当然十分不快。还有一次，嘉靖二十年（1541）八月，昭圣皇太后去世。夏言竟十分粗疏地在奏疏中误写字号，嘉靖看后勃然大怒。

嘉靖皇帝崇信道教，他喜欢一种叫"沈水香"冠的道士帽，便让人制作了五顶道士帽和五双道士鞋，分别赐给夏言、严嵩等五位臣子。夏言秘密上奏折说："这不是做臣子按礼法应该穿的标准服装。"表示不能接受。这对正在走火入魔的嘉靖，好比当头一棒，他将奏折摔到地上，气得浑身发抖。而严嵩却在嘉靖召见时特意戴上"沈水香"冠，并配上"香叶巾"，嘉靖果然非常高兴，对严嵩抚慰有加。严嵩乘机向皇帝哭诉遭夏言欺凌之事，促使皇帝下决心罢免夏言。

夏言三次被贬斥，又四次出任内阁首辅，说明了嘉靖对他的信任。他的被杀，一直被认为是严嵩制造的阴谋。其实，根源还在于夏言自己。明代边患已久，这也是皇帝最头疼的一件事。其时三边总督曾铣提出率军收服河套的计划，得到夏言的全力支持。不想，朝廷正在讨论该计划的得失，边关已传来消息，蒙古俺答部落大举入侵延安，朝廷震动。言官上疏弹劾曾铣未经朝廷批准"开拓边界，挑起战端。"嘉靖下令调查曾铣，有司认定是夏言指使，擅自批准曾铣行动。夏言不服，上疏争辩，其中甚至提到内阁票拟得到过皇上批准。刚愎自用的嘉靖皇帝哪里容得夏言如此抢白，立即下诏逮捕曾铣，同时将夏言革职查办。

夏言被斩首。在内阁一直弯着腰的严嵩开始挺起身子。不过，他也注意到，此时一位得到夏言多年提携的中年才俊进入了内阁，他就是徐阶。也是因为能写一手漂亮的青词，徐阶得到嘉靖的赏识。徐阶进入内阁10多年，平时礼贤下士、低调做人，对首辅严嵩更是毕恭毕敬，不敢与他有任何意见相左。严嵩极重老乡情谊，大量提拔江西官员。为了博得严嵩的信任，徐阶甚至以躲避倭寇的名义，加入了江西籍。严嵩自己也以夏言之祸为戒，对徐阶只是提防而已，表面上还是客客气气。但严世蕃则不同，倚仗父亲权势，对徐阶多行无礼。徐阶总是曲意强忍，他在等待时机，而这一等就是20年。

嘉靖在西苑修炼道教玄功，起床休息毫无规律，但对朝廷内的事仍然在意，并不时地派太监向严嵩传旨，询问处理方案。严嵩已经老迈，对皇帝突如其来的各种想法常常是瞠目结舌，不知如何应对。倒是儿子严世蕃头脑灵活，总能揣摩出皇帝此时的心意。严世蕃还用重金买通皇帝身边的太监，随时向他报告皇帝的行止和宫内外发生的事。因此，每次圣旨到，严世蕃已经有所准备，每次应对都让嘉靖满意且欢心。时间一长，弄得皇帝一天也离不开严嵩，严嵩也一天离不开严世蕃。严嵩对儿子越来越倚重，各部门有事要他裁决，他必说："待与小儿商议。"由于这个原因，严世蕃更加放纵自己，而朝中的贪官污吏乃至市井宵小之徒都群起投靠严世蕃，严世蕃已经成了群恶的中心。严世蕃过着花天酒地的生活，每天耽于宴乐，也不再到严嵩处守值。有时皇帝送书札提问题，太监守在值房催促等待。严嵩急忙派人找严世蕃解答。一时找不到，严嵩只好强猜圣意自己回复。即便找到，而正在寻欢作乐的严世蕃作答也难免草率。嘉靖看了很不高兴，同时也听说了严世蕃淫乐放纵的消息，对严嵩父子开始心生厌恶。

方士蓝道行以"扶乩"之术得到嘉靖皇帝的信任。一天，嘉靖问他，今天下为什么得不到很好的治理呢？蓝道行说，因为贤能的人得不到重用，而不肖之徒却不能斥逐。嘉靖又问朝中大臣是否贤能。蓝道行乘机回答，上天告诉他严嵩父子正在玩弄大权。嘉靖问："果然这样，上天为什么不除掉他？"蓝道行说："留待皇帝正法。"嘉靖默然无语。

徐阶一天天受到嘉靖皇帝的信任。他暗中支持御史邹应龙搜集证据，上疏弹劾严世蕃。奏疏中特别还提及严嵩"培植党羽，阻挡贤能之人，溺爱恶子"。嘉靖于是命逮捕严世蕃下狱等候审理，严嵩退休并立即离开京城。但严世蕃对此早有准备，他行贿太监报告皇帝说，邹应龙上疏是道士蓝道行有意泄露给他的。嘉靖大怒，下令逮捕蓝道行。蓝道行受酷刑但始终不肯承认有人指使，遂被处死。

徐阶安然无恙，稳稳地坐上内阁首辅的位置。

本来，严嵩父子一个退休返原籍，一个流放广东，俱有活命。徐阶似乎也无意再下狠手。但严世蕃却从流放地逃出，并放出风声："一定要取徐阶和邹应龙的头颅，以解此恨。"两年后，御史林润上疏称严世蕃聚众达四千人，日夜诽谤朝政，将有不测之事发生。徐阶动用了"票拟"之权，嘉靖下诏，将严世蕃逮捕至京，斩首示众。严嵩取消官籍，抄没家产。在严嵩面前弯腰了二十年的徐阶终于挺身给了他最后的一击。

刺杀宰相

唐宪宗元和十年（815）6月3日凌晨，天色未明，宰相武元衡骑马自居住的靖安坊沿宽阔的朱雀大街赴大明宫上早朝。这是他上朝的固定行走路线。行至途中，突遭刺客。埋伏在街旁的刺客朝武元衡一行放箭，随从急忙四下逃散，武元衡没有防备，被刺身亡。与此同时，御史中丞裴度也在自己家门前遇袭。刺客用长剑击中裴度头部，裴度跌到沟里，所幸裴度当时头戴厚毡帽，才免于一死。宪宗皇帝大为震惊。当朝宰相在京城大街上被刺身亡，这是开唐以来从没有过的事。不仅如此，刺客们还放肆地将传单撒到禁卫军和府县官署，威胁说：不要试图抓捕我们，否则将你们一并杀掉。朝臣们被吓得从此天不亮不敢出门，往往宪宗皇帝已经上朝坐等好久，大臣们还来不齐。

有意思的事还有：由于裴度遇袭时戴着一顶扬州产的毡帽，"刃不即及，而帽折其檐"，从而幸免于难。于是"既脱其祸，朝贵乃尚之。近者布素之士亦皆戴焉。"戴毡帽居然成了长安城里的时尚行为，以致市面上扬州毡帽成了人人都想要的紧俏货。

兵部侍郎许孟容当庭痛哭："自古以来没有宰相尸体横在路旁却没有抓到凶手，这是朝廷的耻辱。"他请求皇帝立即起用裴度为宰相，布置追捕刺客，并查出背后的主谋。

于是宪宗下诏在京城内外全面搜捕，有敢包庇隐匿刺客者，诛杀全族。这次搜查非常仔细，公卿大臣家有夹墙和套屋的全部查过。一开始，大家都怀疑是淮西或成德方面所为。因为，朝廷此时正在讨伐淮西的吴元济，而成德节度使王承宗亦想方设法阻挠征讨行动。一天，官府得到线人举报，拘捕了成德军在京城的张晏等八人。经过严刑审讯，张晏等人供认了杀害武元衡的事实，几天后，被处斩。

武元衡被刺，朝堂上形成两种意见。有人提出干脆罢免裴度，停止讨伐吴元济，以便安定各藩镇不要再闹事。宪宗听了很生气，说："如果这时罢免裴度的官职，就是使邪恶势力得逞，今后朝廷也就再也没有纲常法纪了。我任用裴度一个人，足以击败这两个奸贼（吴元济和王承宗）。"

宪宗皇帝倒没有被藩镇割据势力的暗杀威胁吓唬住。他立即提拔裴度担任宰相，并主持对藩镇的军事行动。裴度在家休息一个月后，入朝拜相。为了防止暗杀再度发生。宪宗特地下诏，今后宰相出入由金吾骑兵护送，宰相所过之地，行人必须回避。

肃杀的战气登时弥漫长安。

安史之乱后，唐王朝由盛而衰，面临严重的政治危机，而最使朝廷头疼的问题就是藩镇割据。这些大大小小的藩镇像一颗颗肉瘤长在唐王朝的身体四周，说不准什么时候就会大发作。这其中，河北、淮西、山东地区的藩镇势力最为强大，"大者连州十余，小者犹兼三四。"他们拥有大量军队，修筑城堡，设立文武官吏，自己征收赋税，甚而拒绝向国家缴纳贡赋。他们还要求藩镇职务父子相袭，不受中央政府派遣。同时他们之间又互相勾结，互为婚姻，联手抗拒朝廷。藩镇割据使唐朝的中央集权遭到严重破坏。到唐德宗时爆发了朝廷与藩镇之间的战争，继河北三镇之后，李希烈、李怀光、朱泚等相继发动叛乱，使唐政权在安史之乱后又一次陷入全国战争，唐德宗本人还险些被叛军俘获。最后，在李泌、陆贽、李晟等人的谋略和奋战下才消灭叛军，侥幸渡过难关。

宪宗皇帝即位后，重用李绛、武元衡等朝臣，决心彻底消除藩镇割据的痼疾，先后主持对四川、江浙、河北和淮西用兵。

武元衡是武则天的曾侄孙，自幼天资聪颖、勤奋好学，及长博览群书，尤精于诗歌创作，是中唐有名的诗人。对削平藩镇割据，他和裴度都持强硬态度。当朝廷决定讨伐蔡州吴元济时，成德节度使王承宗曾派人到中书省向他游说，但被他大声斥责着赶了出去。

吴元济和王承宗自然成了谋杀武元衡的疑凶。直到两个月后，东都洛阳的官员捕获到一批来自山东的盗匪，经过审讯，才知道谋杀的真相。据盗匪们供说，刺杀武元衡和裴度的背后主谋既非淮西的吴元济，也非成德的王承宗，而是盘踞在青齐的李师道。

李师道也是唐政府深感头疼的人物，他是凭借其兄李师古的余荫而登上淄青节度使之位的。但李师古临死前已经看出他"不务训兵治人"，而且遇事多疑不断、反复无常，必将导致败亡。李师道任节度使后，专门豢养一批鸡鸣狗盗杀人放火之徒，千方百计阻挠唐政府消除藩镇割据恢复统一的斗争。

唐政府公开征讨吴元济，以武力削藩，让李师道十分忧虑，他预感到战火很快将会烧到自己。幕僚们对他说："皇帝之所以专心致力于讨伐蔡州，是因为有武元衡的辅佐。如果秘密派人去把他杀死，其他宰相就不敢主张用兵了。"李师道认为有道理，所以武元衡遭致刺杀。

征讨淮西的战争整整进行了四年，支出大量军费，民众疲惫不堪，国力遭到很大损伤。朝廷中很多人主张罢兵，唯独裴度不说话。宪宗询问他的意见，他回答说：我想亲自到前线督战。出发之前，裴度还对宪宗说：我如果消灭叛贼，那么朝见天子就有了日期；如果消灭不了叛贼，就再没有回京的日子了。宪宗听了感动得泪流满面。

公元817年，裴度任用李愬为主将，战局渐渐改观。这时降将李祐献计说："蔡州的精兵都在洄曲及四周边界守卫，把守蔡州的都是老弱残兵，可以乘虚直接攻取蔡州城，活捉吴元济。"这是一个十分冒险的军事行动，而且出自降将之口。但李愬果断采纳了李祐的计策，并秘密报告了裴度。裴度高兴地批准了奇袭蔡州的行动。于是李愬秘密招募勇士组成"突将"，但外示松懈，以麻痹敌人。在一个风雪弥天之夜，李愬亲率一万精兵急行军一百多里，一天一夜赶到蔡州。蔡州果然没有防备，只经过短暂战斗，吴元济就束手就擒。

淮西之战的胜利，使唐中央政府的威信大大提高，河北各藩镇大为恐惧，他们有的表示归顺朝廷，愿意献出所属之州，由朝廷任命官员；有的上表请求离开藩镇到朝廷做官。王承宗更是哀求用两个儿子作为人质，并献出德、棣二州，每年缴纳贡赋。李师道见势头不对，也赶忙上表请求让长子入侍朝廷，献出沂、密、海三州。

宪宗准许了李师道的请求，派李逊到郓州安抚。但是李师道的妻子魏氏不愿意自己的儿子入朝作人质，她联合蒲氏和袁氏一齐来对李师道说："李家世代拥有这十二个州，为什么无缘无故要分割献给朝廷。不献出三个州，无非是朝廷派兵来征讨。现在我们境内应该可以调集到几十万兵马，不妨打打看，如果努力奋战仍不能取胜，再献地也不晚。"

李逊来郓州后，感觉出李师道没有归顺的诚意，回来报告宪宗说："李师道顽固不化，而且反复无常，恐怕还要用兵。"果然，过不久，李师道就上表说：军中将士不同意奉献土地和向朝廷交送人质。宪宗非常愤怒，决心武力解决问题。

朝廷征召了大批军队，原以为会有一场大战、恶战、持久战要打。然而，李师道的覆亡，一样充满了戏剧性。

李师道手下大将刘悟率军驻守阳谷抗拒官军。刘悟在军中名声很好，士兵们都很爱戴他，称他"刘父"。由于之前刘悟在与唐军交战中多次失利，李师道以商议事情为由召回刘悟，想杀掉他，被人劝阻而作罢。十多天后，李师道派遣刘悟镇守重要防地阳谷，但很快就又后悔，于是暗中派出两位使者带着文书给行营兵马使张暹，叫他杀死刘悟，统领全军。张暹平时和刘悟很友好，悄悄把文书密示给刘悟。刘悟终于被逼造反了。他率领军队乘着夜色返回郓州，随即进攻内城，搜捕李师道。李师道和他的两个儿子慌乱中躲到床底下，被刘悟士兵搜出。

刘悟对李师道说：我接受密诏把你送到朝廷。李师道还想活命，哀求刘悟，让他尽快见到宪宗皇帝。刘悟当然不愿意给他这个机会，正色道："现在你还有什么脸见天子呢？"于是手起刀落，把他砍了。

消灭李师道是唐宪宗统治时期讨伐藩镇斗争取得的最后一次重大胜利。从此结束了河南、河北三十余州在长达近六十年的时间里，藩镇自任官吏，不缴贡赋，专横跋扈的局面。

李师道由暗杀宰相而自取灭亡，当年杀害武元衡的凶手一共十六人也全部被捕归案。京兆府和御史台对他们进行了审讯，凶手们对犯罪事实供认不讳。但审判庭上却出现了让人百般不解的一幕：当京兆尹崔元略分别讯问他们武元衡的相貌特征和谋刺地点时，每个案犯说得都不一样。

究竟是谁杀死了武元衡，也许还是一个谜。但对唐王朝来说，这个结果已经不重要了。

抬着棺木出访

1896年，一位已经73岁高龄的中国老人，带着自己的棺木出访俄国、德国、荷兰、比利时、法国、英国和美国等8个国家，历时190天，横跨三大洋，行程9万多里。这位中国老人就是李鸿章。

这位器宇轩昂、谈吐不凡的中国外交官让西方朝野为之倾倒，也让中国人第一次成为欧美报刊的正面形象。

抬着棺木公干，不是李鸿章的发明。

最早抬着棺木出征的是三国时魏国的大将庞德。庞德原是西凉马超帐下的一员虎将。马超战败后投奔刘备，成为刘备的五虎大将之一。而庞德则归了曹操。当关羽耀兵樊城，曹操派于禁率军救援，需要选拔一名先锋将领。庞德自告奋勇报名参战。为了表明他的决心和忠心，出征时他让人抬着棺木跟随其后。

与李鸿章同朝为官的左宗棠，在64岁率大军收服新疆时，也让人抬着棺木。这是发生在二十年前的事。阿古柏势力侵入新疆后制造分裂，公开叛乱。左宗棠力主进军新疆平叛，朝廷因此发生了塞防和海防之争。为了国家领土统一，左宗棠不顾年迈亲率人军入疆，于是棺木随军便传为美谈。

或许李鸿章是受了庞、左二人的启发，但也与他的外交经历有关。一年前，甲午海战失败，李鸿章代表清政府前往日本谈判，在马关遇日本暴徒刺杀，一颗子弹击中李鸿章的颧骨，险遭不测。办理外交如此风险，一个年逾七旬的老人带着自己的棺木出访，也在常理之中。

李鸿章出访欧美之所以受到美俄诸国的青睐，跟甲午海战后的局势变化有很大的关系。

甲午海战失败，中国被迫和日本签订马关条约，除割让辽东半岛（后以交纳巨额赎辽费的方式免于割让）、台湾及澎湖列岛，赔偿二亿三千万两军费外，还允许日本在威海卫驻军，开放长江诸口岸。日本势力范围激增，迅速跻身世界列强行列。这自然引起西方国家的强烈不安。德国皇帝威廉二世曾特意请画家克纳科弗斯创作了一幅油画《黄祸图》送给俄国沙皇，并下令将该图雕版印刷。他还就亚洲"黄祸"问题与沙皇不断通信。现在日本持战胜国的姿态，想一口吃掉中国的辽东，这更印证了他们的判断。于是在远东有切身利益的俄国，遂迫不及待地联合德国和法国，出面逼迫日本归还辽东。俄国的强硬姿态不仅让清国朝野惊魂稍定，而且被看成是世界列强中一个可以倚仗的"老大哥"。

就在甲午海战爆发之时，老沙皇亚历山大三世病逝，其子尼古拉二世即位，将于1896年5月举行加冕典礼。清政府决定派湖北布政史王之春前往祝贺。但俄国公使喀西尼在得到清政府的决定通知后立即提出交涉，认为王之春品级太低，希望清政府派王公或大学士出使俄国。

经过反复商议，清朝廷以慈禧太后懿旨的名义，宣布改派李鸿章为正使，邵友濂为副使。李鸿章也当即上《吁辞俄使折》，请求皇帝"收回成命，别简贤员。"但清廷实在派不出能够办外交的高级官员，第二天再下圣旨："李鸿章着年远涉，本深眷念，唯赴俄致贺，应派威望重臣，方能胜任。该大学士……无得固辞。"圣旨之严厉，根本没有商量的余地。李鸿章只得打起精神，做出访的各种准备。抬上棺木，就是出行准备的一个重要内容，以备万一客死他乡，好就地入殓，而后运回国家，免成异乡之鬼。

说实在的，在李鸿章的政治生涯中，曾几次死里求生，化险为夷。比如上年的赴马关谈判，中方提出双方先停战，再议约，军事上正节节胜利的日方一口拒绝。气闷的李鸿章从会场返回客所，在途中遭遇刺客，子弹深入李鸿章左眼下方，几乎丧命。消息传出，世界舆论大哗。日本天皇和百姓也表示震惊和慰问。李鸿章遭刺受重伤的结果是日本主动提出停战。日本外交大臣陆奥宗光还私下对李鸿章的儿子李经方说："中堂之不幸，中国国家之大幸，中日战争将从此结束了。"因此，对此次西行，李鸿章表示愿为国家再舍一回残躯。

只是让李鸿章万万没有想到的是，他的这次抬着棺木的生死之行，竟然收获了毕生最高的荣誉。本来，对日海战失败，他苦心经营的北洋水师几乎全军覆没，自己已成舆论界众矢之的。而马关条约的签订，他又被许多国人指斥为丧权辱国的卖国贼。朝廷也开始冷落他，弄得他灰头土脸，终日躲在自家庭院里不愿见人。

李鸿章这次出国访问，不仅仅是作为祝贺俄皇加冕典礼的专使，光绪皇帝还要求他同时访问德、法、英、美、比利时、荷兰等国，与各国商量提高关税等事宜，以便为支付给日本的巨额战争赔款开源。而清廷对李鸿章的这番出使也确实重视，出访前，慈禧太后亲自接见了李鸿章，密谈数小时。而且为了方便照顾李鸿章的生活起居，朝廷还给他的儿子李经方赏带三品衔，令随同出访。

李鸿章到德国后专程访问了克虏伯工厂。甲午战争失利让他痛感大清国武器的落后，希望从克虏伯工厂采购一批重炮，以便加强海防力量。克虏伯工厂为李鸿章一行的到来举行了一个简短而又隆重的欢迎仪式。按照惯例，欢迎仪式开始先奏两国国歌。当德意志国歌奏响时，在场的人们都注意到了这位73

岁的大清国使有些坐立不安，额上还沁出豆大的汗珠。因为大清国没有国歌，怎么办呢？果然，德国国歌奏停后是一段寂静的空白。不过，只停顿片刻，忽然，李鸿章从座位上站起，用苍老而略带沙哑的声调吼出一段家乡的皖剧，悲凉而激越的唱腔里倾注了这位老人对祖国和家乡的全部感情，让在座的所有人为之动容。人们全部起立，报以热烈而持久的掌声。

西方各国媒体和民众对李鸿章的造访表现出浓烈的兴趣。李鸿章所到之处，都受到大国上宾的待遇。当地民众尤其是华人华侨纷纷走上街头夹道欢迎，可以说是万人空巷、围观若堵。而同一时期的日本名将、著名政治家山县友朋访欧却受到冷遇。李鸿章也一洗甲午以来的颓丧和疲惫，精神顿感振奋，充分展示他机敏、优雅的外交风采，博得各国政要以及民众的一时称许。在对日战争中惨败的清国，也多少挽回了一些面子。

但是待李鸿章风风光光地返国不久，西方各国对中国的态度又起了变化。俄、德、法三国步日本的后尘，竞相向中国强索军港海湾，划分势力范围。不过，这已经跟李鸿章的出使任务无关了。

四季诗

从地图上看，泰宁的形状就像一只正从水中凫出展翅欲飞的野鸭子。这只野鸭子，在宋之前，确实隐蔽得很严实。在它周边的邵武、将乐，已经人声鼎沸，红火一片，它却仍然寂寂无闻，独守着一份宁谧和朴野。但深山、密林、幽洞、清溪……却又是文人学子钟情之地。

泰宁的文人们得天独厚，自小生长在美丽幽奇的山水间，耳濡目染，自然情系青山、诗意满怀。

这一片尘闹不到的地方，也是读书人选择的逸世之所。由此诞生了泰宁的岩洞文化。泰宁历史上出过两位状元，一位叶祖洽，宋神宗熙宁三年（1070）状元；一位邹应龙，宋庆元二年（1196）状元。而两位状元都是在泰宁的绝壁岩穴中苦读出来的。

泰宁的岩洞也迎来了大理学家朱熹。朱熹字元晦，晚年自号晦翁。他继承、综合周敦颐、邵雍、张载、程颢、程颐等人的学说，阐发二程"存天理，去人欲"之说，以格物致知、正心诚意为核心，以维护三纲五常为宗旨，又吸收佛教禅宗和道教的唯心论，是宋代理学集大成者。朱熹一生游学甚广，从学弟子甚众。其主要活动地点就在闽北。

朱熹到泰宁，应该是在庆元三年（1197）。乾隆本《泰宁县志·人物志》载："庆元间，籍伪学，（朱熹）避居邑南小均坳数年。"

寥寥数语，中间则藏着天地风云，湖海波涛。

所谓"籍伪学"，实际上是韩侂胄嫉恨赵汝愚执政而处心积虑制造的一场排除异己的党祸。他指使上书奏请设立伪学之籍。就是列一份黑名单，将一批道学清流和反对韩侂胄的名士共59人定为"逆党"，清除出朝，永不叙用。朱熹是当时公认的道学派的领袖，位列前5名。

朱熹，与春秋时期游走列国的孔子一样，学识、才情均冠绝一时，但却运气不佳。他先是遇上了优柔寡断的孝宗皇帝，接着又遇上偏听偏信的宁宗皇帝。

按说孝宗皇帝确实是想干一番事业的，这从他即位之初就诏令朝廷内外臣子大胆向他陈述时政的弊病以及振兴祖业、光复山河的良策可以看出来。事实上，孝宗执政二十多年间，众多朝臣也不间断地用上疏、廷对、进札等方式，对当时的政治、经济、军事问题提出各种各样的建议。这其中包括朱熹、吕祖谦、陆九渊、杨万里等一代名儒。

即在今天，回首当年宋廷上的这一片热闹情景仍然让人感慨不已。怀着各种各样动机的当朝和地方上的文武大臣围在胸怀壮志的皇帝身边，或鼓动如簧之舌，侃侃而谈，或上封进札，洋洋万言，让皇帝相信他们的赤胆忠心和安邦兴国的宏议博论。孝宗倒也不厌其烦，不断地接见大臣，不断地披览奏折，但结果如何呢？

在向皇帝进言的大臣中，朱熹的见解最为突出。孝宗刚开始对朱熹的言论很感兴趣，特地召他入朝对策。可是，当朱熹进一步阐述自己的观点，特别是指出皇帝要正君心亲贤臣远小人时，孝宗就不高兴了，他不喜欢说教之词，甚至还当场发怒。这样，大臣们便知道，皇帝还是爱听顺耳的话。于是，阿谀奸佞之徒大行其道，逢迎拍马、曲意奉承之风把一个本来没有多少智慧和魄力的孝宗皇帝吹得晕晕乎乎。在这样的情况下，许多爱国志士椎心泣血的主张如陈亮的《中兴论》、辛弃疾的《美芹十论》等自然被搁置不理了。

26年过去了，被朝廷无休无止的争论声弄得身心俱疲的孝宗借高宗皇帝去世要守孝为名，赶紧传位给皇太子。

公元1195年，26岁的嘉王赵扩在赵汝愚和韩侂胄等大臣的拥戴下顺利即位，是为宁宗。宁宗任用赵汝愚为参知政事。赵汝愚首荐好朋友朱熹入朝，担任经筵侍讲，也就是给皇帝开讲座。66岁的朱熹不顾年迈体衰，满怀希望地进京赴经筵讲义。

32年前，还在孝宗皇帝即位之初，朱熹就曾奉召入朝对策于垂拱殿，也就是接受孝宗皇帝的当面咨询。满腹经纶的朱熹一上殿就滔滔不绝地阐述帝王之学必先格物致知，以极万物之变的道理。然而似懂非懂的孝宗皇帝让朱熹白忙活了，优柔寡断的性格使得他一辈子无所作为。朱熹只能十分失意地离开临安。现在年轻的新皇帝登基，朱熹好像又看到了一线曙光。

但一些日子下来，朱熹痛感朝廷风气的朽败。受宁宗宠信的韩侂胄拉帮结派，为所欲为。年轻皇帝身上更是沾染偏听偏信、专行独断的恶习。于是他在经筵讲习时毫不客气地对皇帝提出批评。在朱熹看来，宁宗的君德及才能，还远在孝宗之下。于是，他当面责问宁宗："陛下自视聪明刚断孰与寿皇？更练通达孰与寿皇？"宁宗受到朱熹这样的责问，表面诺诺，心中却老大不快。而韩侂胄一班宁宗的近侍大臣听到朱熹的这些话，更是又惊又怒，思谋着如何把朱熹驱逐出庭，清除帝侧的道学清议，最终打掉赵汝愚的势力。这正中宁宗的下怀。他实在不愿再被朱熹用"经""纪纲"和"天理"来束缚自己的手脚了。他下了一道手诏给朱熹，借天冷，把朱熹炒鱿鱼了。

宁宗此举，引起朝中许多大臣的不满，他们纷纷上书，要求宁宗召回朱熹。并发起一个声势浩大的援救朱熹行动。这批大臣，被韩侂胄定性为"道学派"，他找出各种借口，将他们一个接一个撵出朝廷。

最后，举荐朱熹入朝的赵汝愚也被宁宗罢去右宰相，改授观文殿学士，出知福州。

听到赵汝愚被罢去相位，朱熹知道，更多的政治迫害要降临了。果然，不久，当政的韩侂胄就将朱熹的道学定为"伪学"，要在全国范围内剿灭。各地官员奉命到处搜查理学著作，告发"伪徒"。一大批"伪徒"有的被罢职，有的遭流放。而朱熹本人更是被冠以六大罪。这就是庆元年间的"籍伪学"事件。

朱熹正是在这样的关头，因避"伪学"之害来到泰宁的。此时的朱熹已经68岁。当时，泰宁县令叫赵时錧，与朱熹是老相识。他很同情朱熹的遭遇，特地安排朱熹和他的儿子以及一干门生在离城关不远的小均暂且住下。山深水幽、民风淳朴的泰宁果然是读书人避世的好地方。在群山的庇护下，朱熹和家人既不必仰看朝廷的阴森脸色，也不必再担心虎狼爪牙们的穷凶极恶，可以安安静静地读书、写作、悠游山水。没有更多的人知道朱熹的行踪，也没有更多的文字记叙朱熹的动向。但在泰宁，朱熹留下一组四季诗，这应该也是他这一段隐居时光的真实写照：

晓起坐书斋，落花堆满径。只此是文章，挥毫有余兴。
古木被高阴，昼坐不知暑。会得古人心，开襟静无语。

蟋蟀鸣床头，夜眠不成寐。起阅案前书，西风指庭柱。

瑞雪飞琼瑶，梅花静相倚。独占三春魁，深涵太极理。

泰宁的四季，给朱熹留下了美好而深刻的印象。这里真是一处读书、乐游的好去处。因祸得福，朱熹得以在泰宁度过一段快乐时光。

独步当世

在中国历史上，宋朝的国祚并不十分长久，北宋167年，南宋152年。然而，有宋一朝，可能是最民主、最热闹，但也是最折腾的朝代。三百年间，朝堂上充满了文臣们的争辩吵闹声。

文人交锋和武士交锋全然不同，武士们大抵来得简捷、痛快。最多只说一句话："那厮休得罗唣！"接下来，便是刀兵相见，或一剑封喉，或乱箭穿心，或数枪毙命。

而文人交锋，口诛笔伐，制造的是精神上的折磨，让你如鲠在喉，如刺在背，日夜不安。赵宋皇帝们见文人们交锋，往往先是暗自得意，还多加鼓励。因为，这正是他们的祖宗、开国皇帝赵匡胤定下安邦国策中最重要的一条。当年，赵匡胤"杯酒释兵权"，不动一刀一枪，就收了领兵大将石守信等人的兵权，而后放手让文人们占据政治舞台。且极大地发扬了文人的特性：指点江山、激扬文字。但久而久之，皇帝们也会感到厌烦，因为听文人们争论，无论正方反方，都是引经据典，滔滔雄辩。皇帝要当庭立即做出判决，还真有几分难度。不然，只好旷日持久，什么事也决定不了。就像南宋的孝宗皇帝，一登基就广延文士，听取他们的意见，整整听了20年，最终无所作为。况且，这些文人们并不那么听话，有的性格执拗，有的言辞偏激，有的得理不让，常常弄得皇帝自己也下不了台。

比如，寇准的刚直不阿是出了名的。端拱二年（989）的一天，寇准在朝堂上奏事，言辞十分激烈，宋太宗听着有些生气，几次打断寇准的话，但寇准不依不饶。太宗大怒，起身离座要走。寇准却急步向前，一把拉住龙袍的衣角，硬是把皇帝拽回到座位上，坚持把话说完。

按说，在这样的氛围里，文人精神正可以大大发扬。其实不然。因为朝廷的规矩不容破坏，当朝臣们过于放肆时，皇帝便使出杀手锏：贬官外放，等他们头脑冷静了再回来。这不是宋朝皇帝的发明，唐代的刘禹锡、韩愈、柳宗元、白居易就都因为向皇帝进谏而被外放过，但也因此造福了一方百姓。

景佑三年（1036），参知政事范仲淹以言事被贬。余靖、尹洙为范仲淹说话也被罢官。而欧阳修因为公开责备司谏高若讷不能仗义执言，也落了职。这时，一个来自福建的小个子书生蔡襄，写了一首《四贤一不肖》的讽刺诗声援他们。此诗一出，京都人士竞相传抄，连出使宋朝的契丹使者也买了一份带回国内。年仅25岁的蔡襄因此在京师名声大振。庆历三年（1043），仁宗皇帝任命了一批正直的官员为谏官。32岁的蔡襄受到重用，以集贤校理知谏院，与余靖、尹洙、欧阳修并称"四谏"，积极支持范仲淹的"庆历新政"改革。让蔡襄来主持谏院衙署，应该说仁宗皇帝是做了充分思想准备的，因为他知道这位小个子的福建人最认死理，一旦较起真来，八匹马都拉不住。果然，蔡襄甫上任就上疏说："朝廷增用谏臣"，"朝野相庆"，"然任谏非难，听谏为难；听谏非难，用谏为难。""愿陛下察之，毋使有好谏之名，而无其实。"一开始就教训起皇帝来。疏中更是直陈仁宗的痛处："号令不信于人，恩泽不及于下，此陛下之失也。"疏既出，不少人都为蔡襄捏一把汗。还好，仁宗皇帝不以为然。而那些当朝权贵则一个个心怀畏惧，多有收敛。不久，庆历新政失败，蔡襄以母亲年迈为由请求回家。

蔡襄，1012年出生于福建仙游县枫亭驿。少年随父迁居莆田城厢区棠坡村蔡垞。天圣八年（1030），18岁的蔡襄参加开封乡试获第一名；次年，登进士第十名。蔡襄自幼受到外祖父的严格教育，有很深的书法造诣，其楷书端重，行书温媚。《宋史·蔡襄传》称："襄工于手书，为当世第一，仁宗尤爱之。"可以说，蔡襄之所以受到仁宗皇帝的重视和关爱，首先不是他的政治主张，而是他的书法艺术。蔡襄擅长正楷、行书和草书，与苏轼、黄庭坚、米芾并称宋"四大家"。蔡襄更是宋代书法发展上不可或缺的关键人物。他以其自身完备的书法成就，在晋唐法度与宋人的意趣之间搭建了一座技巧的桥梁。最推崇蔡襄书艺的莫如苏东坡和欧阳修。苏东坡在《东坡题跋》中写道："独蔡君谟天资既高，积学深至，心手相应，变态无穷，遂为本朝第一。"欧阳修则以"独步当世"来评价蔡襄的书法成就。

于是，一代书家暂离帝都，同时暂离各种势力缠斗的政治泥潭，来到生他养他的八闽故土。蔡襄的头脑果然冷静了许多，他已不再单纯扮演一位掷地铿锵有声的官场斗士，在这关山重隔、远离政治中心的父母之乡，他要脚踏实地，做好一件一件事，从而实现自己施政为民的抱负。

庆历五年（1045），蔡襄以右正言、直史馆出知福州。他回闽的路线仍然是从浙江江山越过仙霞岭，一路跋涉，至浦城鱼梁驿，而后改乘江船由南浦溪转入闽江而下。当福州知州，自可为民众办实事。他兴学堂、修桥梁、破陋俗、课农桑，赢得百姓一片赞颂声。但不久，朝廷又改任他为福建转运使。转运使直属中央，不仅掌管一省财赋，而且还担任监察各州官吏，反映民生疾苦要务，这使得他有机会考察更多的地理民情，施展自己多方面的知识才干。

这期间，他频频上奏，比如奏请修复莆田五口水塘，灌溉农田千余顷；又奏请免征漳、泉、兴化等地五代时划定的丁口税一半，减轻百姓负担。他还下令自福州城外大义渡至漳州的七百里驿道旁种松。百姓为之赋诗歌颂："道边松，大义渡至漳东，问谁植之我蔡公。岁久广荫如云浓……行人六月不知暑，千古万古长清风。"

"武夷溪边粟粒芽，前丁后蔡相宠加。"这是苏东坡咏建州北苑贡茶的句子。前丁指的是丁谓，后蔡即是蔡襄，为前后任的福建转运使。福建建州的北苑茶，又名"晚甘侯"，是当时有名的贡茶。蔡襄任转运使后，十分重视北苑茶的发展。他从改造北苑茶品质花色入手，求质求形。在外形上改大团茶为小团茶，品质上采用鲜嫩茶芽作原料，并改进制作工艺，使得北苑贡茶达到"益穷极新出，而无以加矣"的高水平程度，誉满京华。由于蔡襄的精心督办，促进了北苑茶的发展，也促进了福建地方经济的发展。

致和二年（1055）蔡襄以枢密院直学士知泉州，又知福州。在泉州任上，他首先整顿吏治，查出晋江县令章拱之贪赃枉法，经奏请朝廷将该县令革职，人心大快。嘉祐三年（1058），蔡襄再知泉州。他曾多次来往于福州和泉州间，深感洛阳江万安渡之不便，并亲眼目睹台风袭来时渡船倾覆的惨状。"每风潮交作，数日不可渡"，"沉舟被溺，死者无算"。于是，蔡襄开始了他宦海生涯中的一大壮举：修筑洛阳桥。这已是他多年的夙愿了。他一面筹措巨资，一面亲自擘划，经过多次实地勘察，并听取乡民建议，先在江底沿着桥梁中线抛掷大量的大石块，形成一条横跨江底的矮石堤，作为桥梁基础。然后用一排横、一排直的条石筑桥墩。这种建桥基的办法，是桥梁建筑史上的重大突破，近代称之为"筏形基础"。而后，种植牡蛎以固桥基。这是在桥的上下两侧滩涂上，插上石条以附牡蛎，借以减缓江流速度，使不致动摇桥墩两侧基础。这种做法被认为是世界上生物学运用于建筑上的先例。经过排除重重艰难险阻，终于嘉祐四年（1059）十二月建成一座长360丈、宽1.5丈的洛阳桥。从此，"渡石支海，去舟而徒，易危为安，民莫不利"。这是我国第一座海港大石桥，更被称为"福建桥梁的状元"。它的建成，对福建的经济、文化发展起了重要作用。洛阳桥建成后，蔡襄亲自撰写《万安渡石桥记》，刻碑立在左岸。此碑文章简约，书法遒劲，镌刻传神，被誉为"三绝"。

蔡襄知泉州期间，连年发生旱灾，百姓为争水甚至发生械斗。他特地三次带领泉州官员到飞阳庙祈雨，并自我谴责，认为长期干旱是"郡守不德之故。"以此来要求属下要关心民瘼。同时他一方面组织民众兴修水利、生产自救，另一方面加强水源管理。晋江龟湖塘可灌田数千亩，但是因为没有相应的规约，沿塘百姓常常为用水争吵、斗殴。于是蔡襄特地制定了

《龟湖塘规》，明确规定沿塘六姓用水及水塘的管理维修问题，以防用水纠纷。正因为有了蔡襄制定的《龟湖塘规》，龟湖塘为当地百姓造福近千年。后人因此为蔡襄立《德政碑》。

蔡襄还亲自上山踏勘，为久旱的乡民寻到一处宝贵的水源，感动不已的晋江县令王克俊特地在水源地的摩崖刻上"蔡公泉"三字以为纪念。

蔡襄此后再没有回京城。仁宗皇帝的耳边因此清净了19年。

宋英宗治平四年（1067），蔡襄去世，享年56岁。在他身后，是洛阳桥，是蔡公泉，是《万安渡石桥记》，是《龟湖塘规》，是《荔枝谱》，是《茶录》，是《四贤一不肖》诗，是他鲜妍不灭的传世墨迹，还有一个封建文人的灼灼良知。

山川万里一身遥

　　明洪武二年（1369），一支队伍趱行在往安南（今越南）的崎岖山道上，其中一位年近古稀的老者，神情肃穆而又略显急切。这是明政府派出的一个高规格使团，此行的任务是对安南国王进行册封。充当册封使的老人叫张以宁，是当时声名赫赫的大诗人。

　　在中国诗歌灿烂的星空中，张以宁也许不是最耀眼的一颗，但却是不容忽视的一颗。

　　张以宁生活的年代，本不是诗歌的年代，大泽龙蛇，遍地狼烟。因此，诗歌弦诵在当时并不为人所称羡，而弓马刀剑则成了许多年轻人实现英雄梦的首选。

　　张以宁出生在1301年，也正是元自盛开始转衰之期。元统一中国后，将百姓分为四等：蒙古人、色目人、汉人、南人。其中，南方汉人地位最低。此时，隋唐以来的科举制度尽废，而部落贵族的世袭制则成为元代官吏铨选的主要途径。有元一代，吏治混乱，仕途多门，而深通儒术的读书人却大多被排斥在仕途之外。元统治的弊端早早地就暴露无遗，不得不采取补救方式。这便是仁宗皇帝即位之初提出的"振纪纲、重名器"，以儒学"治天下"的施政纲领。

仁宗二年（1313），元立国已经53年，才得以恢复科举考试。就这样，蒙古人、色目人和汉人、南人的考试题目及难易程度仍旧不同。汉人和南人要想通过科考进入官场依然荆棘丛生。但自幼聪慧、酷爱诗书的张以宁还是在27岁那年考中进士，当过几年判官、县尹等低级官职。后因丁忧去官。

仁宗英年早逝，继任者英宗皇帝想改革积弊，推行新政，全面升任汉人官僚，录用儒士，但遭到蒙古、色目贵族的强烈反对，10个月后英宗遇刺身亡。此后，元政局陷入动乱，10年间更换了5位皇帝。宗室贵族、诸王之间血腥的权力争夺也愈来愈甚。京畿一带成了逐鹿的战场。张以宁3年服阕，欲上京师却为兵乱所阻，为此滞居淮南设馆授徒达10年。直到元至正十九年（1349年），48岁的张以宁才得以入京为国子助教，并以博学强记、才华出众，获得元顺帝的赏识，累官至翰林待制侍读学士、中奉大夫、知制诰兼修国史。职级不低，从二品，但无实权，并不能施展他胸中的抱负和才干。

元统治者实行苛政，横征暴敛，导致民不聊生。尤其是长期推行的民族压迫政策导致社会矛盾愈益激化。民间反抗组织借助秘密宗教势力迅速发展，由此爆发的红巾军大起义敲响了元王朝的丧钟。1368年，朱元璋在南京称帝，他统率的红巾军于同年攻占大都，宣告元朝灭亡。

朱元璋僧人出身，25岁投军，征战15载，扫平南北，终成大业。但这位铁血皇帝，戎马之余却偏爱诗歌，并罔及诗人。朱元璋的诗，如《咏菊花》："百花发，我不发；我若发，都吓杀。要与西风战一场，遍身披就黄金甲。"虽近乎打油，但确有气势。还有那首《金鸡报晓》："鸡叫一声撅一撅，鸡叫两声撅两撅；三声唤出扶桑日，扫尽残星和晓月。"据说，当朱元璋念出第一句时，许多大臣忍不住想笑，念出第二句时，人们面面相觑，不知道该作何表情。可是当朱元璋不慌不忙念出后两句，全体鸦雀无声，都为这首诗的王者气概所震慑。

洪武元年（1368）张以宁和危素等人脱离元政权来到南京，受到朱元璋的接见，赐给他们新制的衣冠，以显示新朝对他们的重视。朱元璋好诗，因为诗歌情结，现在又来了一个名气很大的诗人张以宁，自然对他优礼有加。第二年正月，朱元璋登钟山，张以宁和一批文臣扈从。到了拥翠亭，朱元璋下令给笔札赋诗。大概也有考一考这位新来名士的真本领。张以宁才思敏捷，立诵成咏，朱元璋大为赞赏。其实，这只是一次皇帝亲自组织的采风活动，真正的目的还在后头。两天后，朱元璋即召见张以宁，要他写一篇以钟山为题的文章。张以宁心领神会，当即赋成《应制钟山说》，对钟山的山川形胜和历史人文描绘尽致，最后归纳为南京是"帝乡所宜"（适宜定都的地方）。早就想定都南京的朱元璋龙颜大悦。

张以宁投奔朱元璋时，元朝还没有灭亡。元顺帝也很赏识张以宁的文章学问，让他十分顺畅地进入政府中枢。不过张以宁骨子里还是一位南方汉人，他审时度势，毫不犹豫地投奔新朝。尽管他这时已经是68岁的老人了，但他还是对新朝有所期待，为了得到朱元璋的信任，甚至对这位新科皇帝还有一些迎合的举动。这里我无意探讨张以宁的个人行为准则，倒是从张以宁的诗歌中读到一种晚来的报国豪情和宏大志向。比如69岁时，他奉旨出使安南，竟像年轻人一样兴奋得一夜难寐，写下《南京早发》一诗："大隐金门三十载，壮怀中夜每问鸡。今朝一吐虹霓气，万里交州散马蹄。"并在诗后附注："苏老泉云，丈夫不得为将，得为使，折冲万里外足矣。"一股老骥伏枥，志在千里的豪迈之气，让人感动。那是压抑了太久太久的抱负，在一位年近古稀的老人心中激荡。

安南之行，张以宁果然不负使命。当他抵达边境时，原拟封的安南老国王病逝，由其侄儿陈日煃代行国事。陈日煃为早日登上王位，特派大臣携重金厚礼要送给张以宁，乞受诏印。但张以宁坚不受礼，亦不过边境。要求陈日煃先举丧于安南，并按中国礼制，服表3年。陈日煃接受了张以宁的条件。于是张以宁写好奏疏派人回京请命于朝，成功地让安南新王接受了明王朝的册封，为明王朝安定南方边境打下良好的基础。在南京的朱元璋也时时关注着张以宁的行止，竟一连赐赠御诗8篇10首嘉勉。这次万里出使，书写了张以宁官宦生涯最辉煌的一笔。但由于年老体衰、公务劳瘁，加之瘴气侵害，张以宁病逝在返京途中，朱元璋闻耗大恸，敕礼部遣官沿途设祭归葬福建古田故里。诗人从此长眠于故乡的怀抱。

我们有理由相信，张以宁胸中确有治国安邦抚民的雄才大略，但未能得到充分施展。他的报国热情、他的治国才干，无一不受到压抑，可谓生不逢时。但不曾受到压抑的是他喷薄的诗情。为此，我们没能看到一个作为权相能臣的张以宁活跃在历史舞台上，却听到一首首穿越600年时空的弦歌之声。这也许是作为政治家的张以宁的不幸，却是作为诗人的张以宁的大幸。

张以宁的诗歌，清新自然，读来朗朗上口："云渺渺，水依依，人家春树暗，僧舍夕阳微。扁舟一叶来何处，定有诗人放鹤归。"（《题画山水》）"晓挂船窗看，苍茫暝色分；前山知有雨，流出满江云。"（《太和县》）挥洒飘逸，有李太白之风。他的诗篇中，还有不少沉郁雄健之作，比如这首（《有感》）："马首桓州又懿州，朔风秋冷黑貂裘；可怜吹得头如雪，更上安南万里舟。"又如："长啸秋云白日阴，太行天党气萧森。英雄已尽中原泪，臣主元无北渡心。年晚阴符仙虫化，夜寒雄剑老龙吟。青山万折东流去，春暮鹃啼宰树林。"（《过辛稼轩神道吊以诗》）皆荦荦可诵，在当时和对后世都产生了重要影响。

由此，我们得以看到元末明初的诗歌天空中，那一颗明亮而又孤独的张以宁星。岁月悠悠，人世沧桑；诗人已老，诗歌不老。

追寻光明而行

　　1196年的冬天来得格外冷，天上彤云密布，北风一阵紧似一阵，一场大雪即将降临。麻阳溪畔学人荟萃的考亭书院，也早早地失去了往日朗朗的读书声，陷入一片沉寂。

　　几天来，朱熹的门生正从四面八方赶来。然而他们这次来，不是来赴老师的经学盛筵。他们当然知道，朱熹被当今天子从湖南征召到朝廷任经筵侍讲，也就是给皇帝开讲座。这是朱子理学最辉煌的时光。但许多人并不知道，老师已经被皇帝炒了鱿鱼，而且一场"籍伪学"的大迫害正紧随而来。朱熹邀集他们来，正是要告诉他们事态的严重，同时为他的门生兼挚友蔡元定送行。

　　朱熹是当朝宰相赵汝愚推荐给26岁的宁宗皇帝的。一开始，朱熹确是信心满满，想把自己的平生学问全部教授于这位新皇帝，让他成为天下圣君，以造福桑梓黎民。但渐渐地他看到朝廷的风气正一天天坏下去。而宁宗皇帝却偏听偏信，任由韩侂胄一帮佞臣拉帮结派、排除异己。

　　于是，他以老师的身份多次当面责问宁宗，矛头直指韩侂胄。宁宗表面诺诺，心中却老大不快。而韩侂胄一班宁宗的近侍人臣更是又惊又怒，思谋着如何把朱熹驱逐出庭，清除帝侧的道学清议，最终打掉赵汝愚的势力。这正中宁宗的下怀。他实在不愿再被朱熹用"经""纪纲"和"天理"来束缚自己的手脚了。他下了一道手诏给朱熹，内云："朕悯卿耆艾，方此隆冬，恐难立讲，已除卿宫观，可知悉。"借天冷，把朱熹炒鱿鱼了。

　　宁宗此举，引起朝中许多大臣的不满，他们纷纷上书，要求宁宗召回朱熹。并发起一个声势浩大的援救朱熹行动。这批大臣，被韩侂胄定性为"道学派"，他找出各种借口，将他们一个接一个撵出朝廷。

　　最后，举荐朱熹入朝的赵汝愚也被宁宗罢去右宰相，改授观文殿学士，出知福州。朱熹得知这个消息，十分愤怒，写了一份数万字的奏章，想要弹劾韩侂胄。这显然不是明智之举，朋友们纷纷劝阻，但盛怒之下的朱熹根本听不进。如何让朱熹接受，门生蔡元定想了个办法，他占了一个凶卦——遯，"遯"即是"遁"，预示要退避。这让朱熹清醒了下来，不仅烧了奏章，还决定率众弟子撤出京城，退隐山林。为此，他特地改名号为"遯翁"。

　　作为朱熹的大弟子，蔡元定其实只比朱熹小5岁，朱熹也这样说过："此吾老友也，不当在弟子列。"但蔡元定却认定自己学生的身份，始终跟随在朱熹左右。朱熹也最信任蔡元定，凡事都要先问过他。虽然蔡元定及时地劝阻朱熹烧毁奏章，保住了老师性命，但自己却逃脱不了厄运，被诬为"佐熹为妖"之罪，编管湖南道州，也就是放逐到偏远地方管制。

这险恶的一招，让朱熹心如刀割。朱熹执着蔡元定的手和众弟子一路向西，走到20里外的马伏村，在此作别。朱熹手捧一杯米酒，为他饯行，想到老友一去，从此相隔天涯，不禁泪眼婆娑。蔡元定却神色淡定，当场吟诵了一首诗："天道故冥漠，世路尤险巇。平生本自浮，与物多瑕疵。此去知何事，死生不可期。执手笑相别，无为儿女悲。轻醇壮行色，扶摇动征衣。断不负所学，此心天地知。"

此时的蔡元定已年过花甲。陪同蔡元定一同前往湖南道州的有他的三子蔡沉，门生邱崇和刘砥。

走不多远，一匹快马赶来，送来朱熹的一封信，信中有一句话："至春陵，烦为问学中濂溪书院无恙否？"如同一盏灯，一下照亮了前行的道路。道州虽然偏远，然而，这里也是理学创导者周敦颐的故乡。周敦颐自号濂溪，他的千古名篇《爱莲说》，据说就是启发于故乡遍植的莲花。三千里地的流放，其实，是奔着道学的源头而去。这让蔡元定脚下生风，恨不得早日走到道州，去探访濂溪书院的风采，感受理学源头的气息。

这是一个一生为追寻光明而行的人。25岁那年，蔡元定遇见朱熹，他们在学问人品志趣上惺惺相惜，亦师亦友，从此，结下了40年的深厚情谊。

蔡元定出生于建阳麻沙镇的水南村。建阳蔡氏为闽中望族。唐朝末年，天下大乱。公元897年凤翔节度使蔡炉率所部五十三姓南下建阳，择麻沙而居，蔡氏就此繁衍生息。迄今，麻沙水南的蔡氏大宗祠内还立有九贤堂，供奉着蔡家九儒蔡发、蔡元定、蔡渊、蔡沆、蔡沉、蔡格、蔡模、蔡杭、蔡权的神像。祖孙四代九人，终身安于儒学，潜心探究著述授徒，成就200多部理学著作，形成博大的学术体系。蔡氏大宗祠门上刻着一副对联："五经三注第，四世九贤堂"，彰显一个家族的学术辉煌。

九儒中以蔡元定的学术成就最大。蔡元定，人称西山先生，南宋著名理学家、律吕学家、堪舆学家，朱熹理学的重要讲论者、著述者和修订者。蔡元定自幼受教于父亲蔡发，沉耽于孔孟之学。父亲病逝时，他18岁，遵循父亲教诲，他一生不求仕途远离官场，只是孜孜于学问，穷究天道地理。"伐木南山巅，结庐北山头。耕田东溪岸，濯足两溪流。"这是蔡元定咏西山耕读的诗句。正是在风景秀美的西山独居苦读，上究天理，下考人事，让蔡元定的人生学问进入一个全新的境界。

1111ffff11

对这一段苦修经历的总结，也成为蔡元定留给后世子孙的祖训："独行不愧影，独寝不愧衾"生动诠释了儒家"慎独"的思想。

但在学问上，蔡元定并不是一个保守的独行者。追寻真理之光，从来是他一生的目标和方向。25岁那年，正在西山埋头读书的蔡元定，无意间听同窗好友谈起在崇安五夫乡间读书授徒的夫子朱熹，引起他的好奇。于是他独自来到五夫的紫阳书院拜谒朱熹。两人一见如故，彻夜对榻讲论，互相吸引，竟不忍分别。于是，蔡元定邀请朱熹到建阳西山，到自己营建的书院讲学。建阳号称"图书之府"，著名的麻沙版善本书籍，自来是天下读书人的所求。

朱熹应约来到建阳西山，深为这里的山川形胜所吸引。他决定将他的理学教育重心由崇安五夫移到建阳。他请蔡元定为他在西山附近选址。蔡元定以堪舆家的眼光，锁定与西山遥相呼应的云谷山。西山海拔633米，云谷山海拔999米，两山间相距8里，有山路相通。朱熹相信蔡元定的眼力，对云谷山的环境很满意。于是他在云谷修建了草堂。为了便于与西山的蔡元定联络，他们想了一个好办法，互相在西山和云谷两山山头建台悬灯，夜夜相望。朱、蔡约定，双方灯明表示学习正常，若一方灯灭，则表示学习中遇上难题，急需探讨解决。每当这个时候，第二天，天刚刚放亮，山路上笃定出现一个匆匆行走的身影，那是蔡元定，要赶赴老师的约会。而朱熹已经端坐堂中，虚席等待他的到来。

这个时候，也是云谷山头最热闹的光景。众弟子将草堂围了个水泄不通，听两位大儒一问一答，引经据典，解难释疑。

西山和云谷，也成了学人们探寻学问和真理的圣地，萦纡的山道上，经常可以看见，仆仆于途的负笈学子，他们不远千里慕名前来，只为了得到理学真谛。

静谧的山间夜晚，人们仰头，就可以看到两座山头上的两盏明灯。像是一双智慧的眼睛在闪闪发亮，照亮了南宋理学的天空。

那年，受朱熹之托，蔡元定携门生经湖北进入四川，到青城山搜购阴阳合抱的《太极图》以及湮藏于民间的珍版古籍图书。蔡元定深知他肩负的重任，不辞辛劳，登山、涉水，遍访民间高人隐士，搜集到大量孤本古籍。他还一路访友、讲学，宣扬朱子理学。到常德时，他刊刻了朱熹手书的《易经系辞》，立于常德学府。到武昌时，他应邀在问津书院讲学，湖湘学子纷沓而至，争相一睹闽学大师的风采。数月之后，当他将一捆捆古籍孤本打开展现在朱熹面前，有从民间搜得的《河图》《洛书》，还有只是耳闻却从未见识过的《太极三图》……朱熹捧书竟大喜而泣。这些张珍贵的太极图，不久便用在了朱熹的《易经本义》和《太极图说解》的篇首。"太极八卦"由此规范了下来。完成了老师嘱托的蔡元定也如释重负，一头栽在床上，昏睡了几天几夜才苏醒过来。

这是蔡元定人生中一次难忘的经历，每当遇到困难时，他的眼前都会亮起一盏灯，那是他悬挂在西山的灯，和云谷山上的灯遥遥相望。西山的灯，就是他的理想之光，也是他毕生为之追寻的真理之光。

而今，西山那盏灯还在他心中亮着。想到这里，蔡元定不觉加快了步伐。道州，已遥遥在望。

从容下山

　　此刻，我正站在4506米的高度。这里是玉龙雪山。从大索道上来，是一个由木板搭建的平台。平台正中竖一块立石，上面便镌刻着这个高度。这个高度却不是整个游览线路的终点，平台之下，一条长而蜿蜒的木栈道继续往山坡上延伸。可以看到一个接一个裹着厚厚羽绒服的游人如蚁般在栈道上缓缓行进。他们显然并不满足于只是站在这个离索道最近的平台上观雪景。毕竟，由于地理位置的原因，视野不够开阔，雪景也过于稀疏。我相信，要看到玉龙雪山更美的一面，还应该继续向前，直至走到栈道的尽头。我因此有些羡慕栈道上的游人，他们可以一直向前，向远方，走向他们的体能能够抵达的高度，这自然是一种人生得意之处。

　　但我不能。我知道，4506米对于我来说，已是人生的高度。尽管我也存有寻幽探胜的好奇心，也曾有过"会当凌绝顶，一览众山小"的豪气，偶尔还会和年轻人争争锋，然而，高度就是高度，架在那里，就是一条生命的横杆，一道铁的法则，不容逾越。

而且，即便是这个高度，我也不可能停留太久。我已感觉气促脚虚。而且我看到有几位同行者由于身体不适，早早地就由索道返回了。对他们来说，4506米已经太高。现在，我还能站在这个高度，从容地观看四面风景，应该感谢上苍，感谢生活的赐予。对此，我不应有更多的奢求。

人生有许多无奈，还有许多不能。我很喜欢宋代诗人陈师道的一首诗："书当快意读易尽，客有可人期不来。世事相违每如此，好怀百岁几回开？"环顾来路，多少挫折，多少失意，多少遗憾，伴随它们的往往是无奈和不能。无奈多是因为环境的缘故，不能则是自身的因素。因为这些无奈，因为这些不能，所以才要更加珍惜眼下能够做的一切，同时力求做得更尽心、更完美。

人不能一直站在一座山顶上。那么，选择下山吧。可不要轻视下山。俗云"上山容易下山难"。一千多年前，文学家韩愈登上天险华山，可是当他从苍龙岭下山时，望一眼脚下的万丈深渊，倒吸一口冷气，便再也迈不动脚步了。那是因为韩愈患有高血压、心脏病，还有近视眼。只要读过他的《祭十二郎文》就可知道。文中他自述："吾年未四十，而视茫茫，而发苍苍，而齿牙动摇。"韩愈最终自己下不了苍龙岭，是被人抬下山来的。可知下山并不容易。

下山需要体能，需要勇气，还需要技巧。很多登山者都有同样的体会，下山时如果节奏掌握不好，膝关节便容易受伤。所以从容下山其实也是一门学问。有的人下山，捎带一路美景和一通好心情；有的人下山，一身疲惫，失意至极；也有的人下山心有旁骛，以致摔得鼻青脸肿；甚至，还有的人弄得自己最终下不了山。

此刻，我正在4506米的玉龙雪山上。这已是我人生到达的最大高度。脚下是漫漫云海，雪山上寒气逼人。忽然想起，是该下山了。

背阴山坡上的菜园

背阴山坡上的菜园，父亲的菜园。

这一面荒坡，长只有五六米，最宽处还不到3米，勉强开成4小畦，全部种上花瓶菜。这处山坡远离村子不说，土质是没有多少养分的黄沙壤。而且背阴，只有晴天的中午时分，才可以见到短暂的阳光。不知道父亲当初是怎样找到这块荒坡地的。没有路上去，父亲在崖壁上凿出一条之字形的坡道，坡道窄而且陡。村里没有人会想到在这样的背阴山坡上开一块菜园，他们几乎是用诧异而怜悯的眼光看着父亲每天挑着尿桶穿过一条公路到菜园去。父亲却不因这样的目光而气馁乃至退缩。他身上系着一条用尿素包装袋剪下做成的围裙，在坡道转弯的时候，他熟练地换一下肩，扁担在空中划出一条优美的弧线。

隔着一条公路，我们的家其实也好不到哪里去。只是一座早就被人废弃的半埋在地下的窝棚。父亲进山砍来竹子和茅草。母亲将它们混编成篱墙，将就着搭起了两间茅草房，旁边还修了一个猪圈。他们就在这里安家落户了。

这一年春节将近，我接到父亲的信，要我回家过年。于是，我离开插队的村庄，辗转乘车，走了将近两天，才来到这个叫作镇前的乡镇。当我走出车站，拐下公路，正在探头探脑的时候，两位妹妹从路边低矮的茅草房里钻出来，她们一下就看到了我，飞奔过来，紧紧地抱住了我。我一抬头，看见母亲已经站在我面前，鬓边飞出白丝。

我和哥哥三年前就离开了家，我插队，哥哥在建设兵团。当时我们家还在福州。我们虽然离开了家，但从没有离开过父母的视线。父亲每个月给我写一封信。信中照例夹着1元钱和一张8分邮票。1元是我的每月零用钱，邮票是供回信用。两年前，父亲以历史反革命的身份被下放到闽北最贫穷的山区劳动改造。母亲带着弟弟和两个妹妹义无反顾地跟着父亲前行。父亲失去了工资，仅领取微薄的一点生活费。

父亲那年已经52岁。弟弟18岁，大妹妹14岁，小妹妹10岁。也许因为还在父母的羽翼下，他们似乎并不觉得人生有多艰难。

母亲吩咐小妹妹去村里买鸡蛋。大妹妹带着有些嫉妒的口吻说，她可是我们家的外交官。过了一会儿，还不见小妹妹回来，我去找她，顺便也看看村容。村子其实挺大，鹅卵石铺就的村巷曲里拐弯。一进村口，就有人告诉我，小妹妹正在谁家做客。我推进门一看，果然，妹妹正端坐在厅堂正中央的桌上吃茶点。这家的一群孩子团团围着她，相比之下，妹妹长得白嫩秀气，完全一副城里公主的派头。妹妹的任务对她来说，显然轻而易举，鸡蛋已经在篮子里装好了。

第二天一早，父亲就挑起尿桶要去浇菜园子。扁担上还挂着一只小菜篮。我也跟了去。我从来没见过这样贫瘠的菜园。菜畦上一律长着瘦小的花瓶菜，每一棵菜都只顶着两三片小得可怜的叶片。在它们面前，父亲似乎有过踌躇，目光在菜园里逡巡了一遍又一遍，然后锁定一小畦，小心翼翼地在每一棵菜上用小刀切下一片汤匙子般大小的菜叶，放进篮子。接着，便开始专心致志地浇园。整个过程，父亲都没有说话。在我的印象中，父亲就是不爱说话，无论遇到什么，我从没有听他抱怨过，他一直就是默默的，上班、下班。即便全家下放农村，他依然默默而顽强地挑起一家人的生活希望。

整个菜园采摘下来，就那么一小握花瓶菜。可是母亲有办法，她将这一小握菜先放进油锅炒了炒，然后倒入蒸饭时留下的米汤，煮成一大盆汤菜，一家人围着热腾腾的汤盆，吃起来，似乎格外香甜。

40年屈指过去，不知不觉，我也进入老年人的行列。人们都说，老年人有一点很重要，就是要学会忘记，忘记过去困扰心田的是是非非和恩恩怨怨。但我又怎么能够忘记40年前的那一幕。

背阴山坡上的菜园，哦，父亲的菜园，我们家曾经的菜园。

树犹如此

　　我惊异于一棵榕树。穿过天井，进入后院，照眼就是这棵挺拔的榕树，如同一个身材伟岸的男子，正神清气定地在院中缓缓踱步，也许，只是静静地伫立。这棵树长有很漂亮很细密的榕须，长髯拂地，更觉神采飘逸。树身上则缠满了条条气根，筋络分明，处处透出坚韧和刚劲。榕树的枝干伸向天空，枝头上云飞云走，风起风息。而粗壮的榕根，紧紧抱定一方巨石。大约最初的榕树便是依这块巨石长成。不知道是榕树后来用劲大了，还是年深日久，难敌烈日淫雨，总之，巨石已裂成数块，但仍被密密匝匝的榕根紧紧地箍拢。它们本来就是一个整体，过去是，现在是，将来还是。

　　据说，林则徐祠堂后院的这一棵榕树，是从很远的地方移栽过来的。移栽时就带着这方已然破碎的石头，不离不弃。这么大的一棵榕树，根部还带着石块，走这样长的路，居然枝不折，叶不凋，须不残，一路顺畅，进入林则徐祠堂，好像回到自己家中，很快就落地生根，且枝繁叶茂，不能不说是个奇迹。

林公就端坐在榕树后侧的"树德堂"上，他免冠布袍，须髯及胸，双手抚几，眼睛微闭，似乎是公余的一次小憩。其实，他自青年入仕，大半辈子在官场打拼，很少有机会回到家乡，更难得能够这样静静地端坐歇息，享受休闲的时光。

虽然临近街市，但祠堂里很安静，听不到大声喧哗；且每一个进入祠堂的人都把脚步放得很轻，因为谁都不想打搅这位中国近代最勤谨也最忙累的官员的休息。但是，无论是谁，只要看到林则徐塑像，只要看到那副"苟利国家生死以，岂因祸福避趋之"的对联，心里头就无法平静。

毕竟，那一段风云岁月，带给中国人太多苦难和耻辱的记忆。一个有着五千年灿烂历史的东方巨人，就要轰然倒下，倒在一片罂粟花上。这时，一个人挺身而出，他就是林则徐。

1838年，53岁的林则徐受命钦差大臣赴广州查禁鸦片。林则徐南行的脚步牵动着几乎半个世界的神经。几乎没有人会相信，这个来自福建的小个子书生能完成肩上的特殊使命，解除列强带给中国人的梦魇。经过两个月的旅途跋涉，林则徐于3月1日到达广州。此时，偌大一座广州城里，每一个人，从巡抚、将军到平头百姓，乃至各国商人，都屏声息气，在等待和聆听钦差大臣的声音。因为这个声音将决定一个人、一个家庭、一个城市乃至一个民族的命运。林则徐的回答就是第二天在辕门外贴出的两张告示，斩钉截铁地表达他的禁烟态度。与此同时，他在给外国烟商的通知书中说："若鸦片一日未绝，本大臣一日不回。"林则徐禁烟，从3月1日抵达任所到3月28日英商首领义律同意交出全部鸦片，前后只用了18天时间。

不仅仅是抗击强虏，林则徐还是近代中国"开眼看世界的第一人"。当欧洲列强从海洋崛起，并凭借其坚船利炮，席卷天下，迫临中国大陆时，清政府对西方世界仍茫然无知。只有林则徐清醒地认识到要抵御列强的侵略，就必须了解西方诸国。为寻求"制夷之策"，他组织人员将英国人慕瑞所著的《地理大全》部分翻译整理成《四洲志》，同时还翻译了大量外文书报，了解各国的政治、经济、军事、文化等，开创了中国学习和研究西方的先河。

这一份学夷制夷的遗产，其意义也许不逊于虎门禁烟。鸦片战争让清政府强咽下失败的苦果，却也让中国人一下明白了闭关自守只有等着挨打的道理。

这之后，林则徐被褫职戍军西北。于是，他勤勉的身影出现在咆哮的黄河岸边，出现在大漠的风沙声里。

1849年10月，林则徐赴任广西巡抚，途中在广东普宁驿馆病逝。

家乡的父老子弟没有忘记他，为他修建了这座祠堂。1982年又辟为纪念馆，收集了很多有关林则徐的文献资料。

祠堂内有花厅两座，中隔花墙，南北相对，庭中有假山、鱼池，莲鱼相戏，花木婆娑，曲径回廊，极尽古园林之美。但当年是谁的动议，迁一棵百年榕树站在院中，让家乡的大树始终陪伴着这位倦政难归的游子。

于是，一棵伟岸的榕树便这样挺立在林则徐祠堂的院中，榕荫匝地，树干伸向天空，根上还紧紧地抱拢一方石头。

树犹如此。难怪人们从树旁走过，总会驻足仰首，久久地端详这一棵大树的姿采。

昨夜星辰昨夜风

——忆郭风、何为和蔡其矫先生

编罢《何为文集》，一时感情凝重，我明白，一个文学时期已经结束。这个时期，自20世纪50年代直到新世纪初年，跨越了半个多世纪，福建文学的标志性人物中，离不开郭风、何为和蔡其矫。

何为先生逝世已经5年。

那是2011年元月，我往何为先生的寓所打电话，可是接连好几天，拨去的电话都没有人接听。我隐隐感觉到有几分不安。果然，10日下午传来消息，何为先生于清晨6时去世。

至此，福建文坛的三位耆宿、三棵常青树在4年间相继辞世。三位老人中，身体最强健的蔡其矫先生走得最早。在参加七次作代会时，他即感身体不适，中途离会。一个月后，2007

年1月3日驾鹤仙去。郭风先生住院已经4年，2009年12月24日医院发出病危通知，翌年1月3日凌晨离世。而这次又是元月，好像冥冥中三位老人有个约定，相约在冬季，在寒风凛冽、雨雪霏霏中联袂同行。

其实，在20世纪90年代后，三位老人彼此间已很少见面。何为先生蛰居上海老屋，郭风先生亦藏身福州西郊凤凰池，只有蔡其矫先生生性好动，如候鸟般在福州和全国各地间来来往往。

在我的相册里，留有几张珍贵的照片，其中的一张照片，三位文学老人相挨而坐，依次是郭风、何为、蔡其矫。时秋阳朗照，房间里十分明亮。郭风先生穿的是一件藏青色夹克衫，拉链向上拉在胸口，神态安详；蔡其矫先生则是一件枣红色的夹克衫，衣襟敞开，双眼微眯；而何为先生只穿一件白衬衫，端坐正中，神采奕奕。那是2004年11月，《福建文学》编辑部和文联理论室在福州联合举办一场"何为先生创作七十周年作品研讨会"，这也是何为先生多年的愿望。他兴致勃勃地回到福州。会上，除了众多学者、教授，还特地请来了郭风先生和蔡其矫先生。这天开会前，郭风先生和蔡其矫先生一起来到三明大厦何为先生下榻的客房，于是，便有了三位老人合影的珍贵照片资料。

虽说他们三位都是福建文坛的耆宿，同时担任过省作协的主席、副主席，但在一起照相的机会并不多。他们是三棵大树，枝繁叶茂，巨大的伞盖撑持起福建的文学天空，树下簇拥着许多小花小草，不过，各个站在自己的山坡上，彼此间自然有一些距离。

三人中，我与郭风先生结识最早，跟随郭风先生的时间也最长。我的编辑生涯中印满了郭风先生的谆谆教诲，至今难忘。

2010年国庆节，我陪北京来的屠岸先生去看望郭风先生。其时，先生住院已经4年，我每年都要去看他，有时和编辑部现在或过去的同事，有时陪郭风先生在外地的友人。先生四年间的变化是身体一天天消瘦，记忆力也迅速减退。他似乎已经记不得近期的人和事，但对三四十年前的往事却依然明晰。看到来探望的人，他总是礼貌地从病榻上欠起身，面带笑容，双手握拳致谢。往往开始讲的是普通话，什么时候就变成了家乡的莆仙话。

屠岸先生和郭风先生之间有过30多年的交情。他说，郭风先生未住院前每年都要给他寄漳州水仙花，一直不间断地寄了30年。今年86岁的屠岸先生此前有个心愿，想来福建看看郭风先生。我遂建议他秋凉时节到福建来。

郭风先生显然一下认不出屠岸先生，只是满脸堆笑，口中不停地说着我们谁也听不懂的家乡话。护工告诉我们，郭风先生昨晚就很兴奋，说了一夜的话，原来是有远方的贵客要来。还是屠岸先生机灵，他向护工要来纸笔，写下"谢谢您赠我三十年水仙花"这样一行字。郭风先生似乎记起来了，不住地微笑点头，眼睛也闪闪发亮。

这道光芒也一下照亮了35年前一段往事。当时，我还在闽北当知青。正是夏收夏种的"双抢"时节，从省城来了一封信。后来我才知道，这封签署着福建文艺编辑部的信是郭风先生亲笔书写的，他邀请我参加《福建文艺》编辑部举办的一个学习班。其时，"文化大革命"中被迫停刊的《热风》杂志更名《福建文艺》试刊。为培养作者，刊物每月办一期学习班，每期二三十位学员，边读书边创作。

当我几经辗转，来到沿海的一座小城，学习班开学已经三天了。学习班租用当地的一家华侨旅行社，听说我来了，有两三位中年人同时从房间里出来，其中一位年长者更是热情地招呼我，眼里露出欣喜的神色："都以为你来不了呢！"他就是郭风先生，还有两位是何为和苗风浦。一个知识青年，第一次投稿，便受到这样的礼遇，令人终身难忘。

学习班结束后，我又回到了插队的村庄。其后不久，我便多次收到郭风先生的信，对我勉励有加。第二年，郭风先生又推荐我到编辑部当一名业余编辑，直接在他手下工作，协助他处理自发来稿。

我很少保留私人信件，但还是留下了一沓，这便是郭风先生写给我的信。内容都是商讨如何借用我到编辑部工作的事。郭风先生的字写得很大，每页信纸落满了也就五六十个字，因此一封信往往用了两三页纸。后来在他身边学习，看他写信，才知道，郭风先生有个习惯，来信当场即复，一般不过夜。因为有些花眼的原因，他总是站着复信，所以字写得很大，而且很简洁，三两句话解决问题。顺便说到，郭风先生很少在公开场合表现书法，其实，他的书法功底很扎实。有时我随他下乡，看到是郭风先生来了，免不了被仰慕者要求写几个字。比如那次到邵武，将石自然保护区想请先生题词，而当年因为道路不好，先生并未进去，怎么写好呢，我们心里都为先生着急。先生却不假思索，提笔写了"如来"二字。后来到沙县淘金山，他为寺院题写的则是"自在"，其学养和机智如此。

记得刚到编辑部时，每天，我都是跟随郭风先生步行上下班。当时，省文联和省文化厅在杨桥路合署办公。他走的路线是出黄巷，过南后街，进衣锦坊，跨过馆驿桥，沿着河道走一小段，不远便是机关了。郭风先生告诉我，这也是旧时出城的一条古道。不知道他是怎么发现这条路的。也许他太喜欢这条小河了，喜欢河边一年四季悄悄开放的花朵，喜欢暂离尘闹之外的一段小小的野趣。他更喜欢这座建于宋代的古朴的石拱桥，踏上桥身时，他的眼里便不自禁地涌溢出赞美之情。

　　我永远不会忘记那天的情景，当郭风先生对我说，要带我走一条有趣的小路时，他嘿嘿地笑着，脸上掩抑不住调皮的神情，仿佛一下回到了少年时代。此后，许多日子，我陪同他从这条小路上下班，从今天走进历史，又从历史回到今天。

　　在黄巷居住的时候，常有人来找郭风先生。一天傍晚，院子里来了一位头戴竹笠，身着粗布服装的老者。在黄巷19号进出的人中，这样打扮的并不常见。他敲我家的门，用很重的莆田口音问我，郭风先生住在几号单元。过了大约半个小时，郭风先生陪着这位老者下楼来，并一直送到大门口。郭风先生动情地对我说，你知道来人是谁吗？是陈仁鉴呀。他一直在地里放牛，这回是送申诉材料来的。说毕，郭风先生深深地叹了口气。我知道陈仁鉴，因为《热风》杂志上发表过他的剧本《团圆之后》，演出后轰动中国剧坛。曹禺先生甚至称他是"中国的莎士比亚"。此后，郭风先生不断地奔走并给有关部门领导写信，不久，即得到陈仁鉴平反的消息。

　　郭风先生以《叶笛集》名世。在中国文坛，始终坚持写散文诗的作家并不多，郭风先生是最专注也是最有影响的一个。郭风先生最初接触这一文体，是在家乡上初中时，语文老师在课堂上大声朗读俄罗斯作家屠格涅夫的散文诗《海上》，一种寂寞的情绪深深地感染了这位十二三岁的少年，也让他热爱上了这个文体。后来，他又读到阿索林、凡尔哈仑、果尔蒙、泰戈尔和惠特曼的作品，开始迷恋上了散文诗的学习和创作。他曾将泰戈尔的《飞鸟集》、阿索林的《西班牙的一小时》、果尔蒙的《西茉纳集》整本抄在自己用土纸做的笔记本上。直到年过八旬，他依然背诵得出果尔蒙的《冬青》。他认为这位法国后期象征派诗人的作品影响了他一辈子。

由于每天要上班，郭风先生一般在凌晨三四点钟就起床创作。写作两个小时，七点前吃早饭，然后步行到单位上班。晚上则用来读书看报，九点前一定入睡。直到退休，这个生活习惯始终不变。除了读书、写作，郭先生没有其他业余爱好。

跟随先生多年，更多的是学到对文字的敬畏和对写作者的尊重。因为看稿多了，有时出现视觉和心理疲劳状况，不自觉地对一些作者的稿件表现出轻慢的态度，郭风先生嘴上不说什么，脸上却流露出难过的神情，让我永远也忘不了。

郭风先生是1979年底离开《福建文艺》（1980年更名《福建文学》）编辑部到省作协主持工作的。这一年他已经61岁。就在这一年的四五月间，《福建文艺》极其醒目地推出一期"散文专号"。因为综合性文学期刊向来以发表中短篇小说为主，而以整期刊物（而且是两期合刊）的篇幅只发散文，不发小说、诗歌，在全国属首创。特别是这期散文专号，荟萃了国内许多文学名家：冰心、陈伯吹、柯灵、王西彦、碧野、柯蓝、茹志鹃……引起文坛和期刊界的很大反响。冰心先生的

《我的故乡》就发表在这一期散文专号上。这是经历了十年浩劫之后，冰心先生写的第一篇文学作品。回忆让她的文思潮涌，她在文章中这样写道："十几年来，我还没有这样地畅快挥写过！我的回忆像初融的春水，涌溢奔流。"她清晰地回忆出福州故居的生活场景和厅堂里的对联，留下了珍贵的资料。也正是从这篇散文中，我们第一次得知冰心先生的祖籍地在长乐横岭乡。我知道，郭风先生为筹备这期散文专号整整忙碌了半年。所有省外作家，他都亲笔写信组稿。

这是一次有意思的尝试。郭风先生一直有一个愿望，想办一本散文刊物，到省作协后，他找福建人民出版社副社长杨云商量此事，在杨云的支持下，出版社提供书号，从1980年开始，以书代刊，出版"榕树文学丛刊"。"榕树文学丛刊"开本别致、设计精美，不定期出版。开头四期是"散文专刊"，由章武和我担任责任编辑。之后又编辑了"儿童文学专刊"和"民间文学专刊"，直至郭风先生退休。

前些年，郭风先生还常常到编辑部走走，询问一些刊物和作者的情况。一拿起《福建文学》，他就动了感情，手里摩挲着封面，眼里熠熠闪光。这一本文学期刊，最初就是在他手上创办的。郭风先生是享誉海内外文坛的散文大家，但他从不以散文家自诩，而总是强调自己的编辑身份。我在许多场合都听到他不无自豪地说：我是一名编辑，40年代起就是编辑。诚然，从20世纪40年代郭风先生主编《现代文学》开始，经历过《福建文艺》《热风》《福建文学》，到80年代创办《榕树》丛刊，他整整当了40年的文学编辑。他还说，作家不是手把手教出来的，而是给他发表的园地，发表就是最好的培养。因此他在当编辑时特别注重发表新人的作品。可以说，福建20世纪自五六十年代到七八十年代的文学作者几乎每个人都受过他的恩泽。

20世纪90年代初，我的第一本散文集出版时，郭风先生给我作序，他这样写道："与黄文山同志的交谊，包括他至《福建文学》编辑部工作以及此前他尚在闽北农村生活的日子，约略算来已有20余年的岁月了。这种交谊，当然只能是在文学领域内。而这给我一种机会使我得以认识一位同行、一位同事在人生道路上的主要经历，即从事文学编辑并在工余从事文学创作；这种经历看来将持续下去乃至终老。这使我感到亲切，因为这和我自己的人生的主要经历格外相似。于此，我想顺便提出一个看法，即要将此等经历持续到终老，需要一种志愿、一种信念，一种勇气；需要就对待外界的种种诱惑坚持个人的操守，能够视清淡生活为一种人生境界。"

直至今天，我已经退休了，但先生的这番话，依然是我人生的目标：从事文学编辑并在工余从事文学创作。我觉得我始终没有离开先生的视野。

许多人都把郭风先生比作一棵参天大榕树，庇荫着一方创作的园地，支撑着一片文学的天空，悦耳的叶笛在其间流转，滋润了几代读者的心灵。

郭风先生终于走完了自己的人生之路，但悠长的叶笛依然在人们心中传响。这片榕荫，这道叶笛，已经成为八闽大地上永远的风景。于是我写下这样一副挽联："文学之树，道德之树，好大一棵榕树；故乡之笛，心灵之笛，悠长几代叶笛。"

20世纪80年代初，在黄巷居住时，我和何为先生也做过5年邻居。何为先生平时深居简出，不太和人交往。他不喜欢抛头露面，更不愿趋奉热闹。他的性格内敛而矜持，一如他含蓄严谨的文风。但他却是我国新时期名字被传诵得最为广泛的作家之一。

20世纪70年代中叶，《人民日报》副刊发表了何为的《临江楼记》，也许是经历了一个长长的冰封季节，人们早已久违了这样清新隽永的文字，大家竞相传阅，一睹为快。这篇两千多字的散文对当时模式化概念化的文风带来强大的冲击波，其对中国文学的贡献已超出文章本身。

1979年，何为先生23年前写的名作《第二次考试》被选作高考作文试题，再次在千家万户引起强烈反响。而何为先生依然平静如昔，问及只是淡淡地说了一句"意外"之类的话。当然，他并不掩饰自己对这篇散文的钟爱之情。此前，他的多篇作品被选入中学语文课本，而《第二次考试》更是收入全国语文课本逾40年。

远离名利场的何为先生始终谨行寡言、惜墨如金。他只是在小小的斗室磨砺着笔锋，也磨砺一个文人的精神。他的散文，笔含氤氲，神会大化，意味绵长。

当时黄巷大院居住着一批福建文学界名人，其中就有何为和郭风。分配给我的宿舍是大院东墙下一间面积仅七平方米的简易厢房。我的儿子就是在那里出生的。房子虽逼仄，但门前便是偌大的庭院，恰让生性活泼的儿子得以自由驰骋。穿着开裆裤屁股后还拖着尿布片的小调皮蛋总能引来层层阳台上众多关爱的目光。

何为先生住四层，平时很少下楼，只是收信时才下来走走。在大院里，他的信件最多。每天下午，邮递员准时到来，她可不管你是什么名人，总是直呼其名。老人有时动作迟缓了些，邮递员便会高声催促。后来，何先生和徐师母想了个办法，用一只小篮子从四楼阳台上吊下来接信。不到两岁的儿子居然看在眼里。此后，儿子只要一听到邮递员的自行车铃响，便会飞奔而去，先代取了信件。这时，师母徐光琳先生便会从阳台上吊下一只小篮子，孩子将信件小心地放进篮里，说了声："好了！"徐师母并不急着将篮子提上去，而是向孩子示意，篮子里还有糖果或玩具是给他的。在征得妈妈同意后，孩子取出糖果或玩具，而后仰起脸朝阳台上奶声奶气地喊了声："谢谢！"

随着这一清脆的童声，何为先生也会出现在阳台上，看着稚气的孩子，浓眉一挑，眼角便漾开抑制不住的笑意。于是，阳台上的两位老人与庭院中的孩子一起其乐融融地看着小吊篮在空中飘舞起落。

因为喜欢孩子的缘故吧，何为先生也常常到我的蜗居小坐，聊聊家常。当然，他也关心我的创作，给予许多鼓励。

何为先生于72岁时回到上海，因为在上海的陕西南路，他有一栋祖传的老房子。他在这栋房子里出生，又在这里度过少年和青年时光。而且他的夫人徐光琳先生已先他几年到上海居住。叶落归根，对故乡故居的思念牵拽着老人回归的脚步。

给何为先生定期打电话始于1998年。这之前，只是一些书信来往。那一年，何为先生要办结房贴，请我帮忙。其间有一套颇为繁杂的程序，不少环节需要电话沟通。这之后，便成了惯例，十天半个月，一定要给何先生去一次电话。12年来，从没间断。有时我因为出差开会，耽误了，何为先生便会主动挂到我家里来。好在我妻子打小就认识何先生，她和何先生的公子何亮亮是初中时的同学，因此在电话里常会提起过往的岁月。

何为先生曾这样写道："老来闲居，电话是与尘世相连的一条热线。"蛰居在上海寓所里的老人，自老伴去世后，便一人独守老房子，读书、写作，过着深居简出的生活。一部电话，几乎是他对外交往的全部。像旅居福州时一样，他在上海也一样不喜欢抛头露面，更不愿趋奉热闹。偶尔有相识的老友来看望他，他便格外高兴，也格外珍惜。而这份珍惜之情，过后还久久地盘桓在他的文字中。

2007年，《福建文学》编辑部和省文联理论室为何为先生举办"何为先生创作七十周年作品研讨会"。何为先生接到邀请，欣然赴会。这是何为先生最后一次到福州。福州是他的第二故乡。他于1959年调来福建工作，1994年回到上海定居，在福建生活了三十多年，其中大部分时间在福州。他很喜欢福州，为这座美丽的海滨城市，写下许多美好的篇章。

会后，我陪同何为先生游览了西湖、三坊七巷和江滨公园。何为先生兴致勃勃，但言谈中也时时流露出几分掩抑不住的伤感。毕竟，何为先生是将自己人生中最重要的一段年华留在了福建的土地上。

何为先生成名很早，但创作力持久而旺盛，八十高龄后仍写作不辍，又连续出版了三本散文集。写作已经融入他的身体之中，成为他生命的一部分。步入晚年后，这种感觉更加强烈。他说："只要写起文章来，就觉得人生很有意思，不会感到孤寂。"让人尤为感佩的是，有时为一篇文章中一个字的误排，他会连续打好几个长途电话到编辑部来，他一丝不苟的创作态度令年轻编辑敬畏有加。

本来，读书和写作已是何为先生生命的全部内容。但天不假人。几年前，他的视力大大减退，三步之外，几乎看不见东西。他在电话里坦言他的极度痛苦。就是这样，他借用放大镜，仍然坚持写作，此外，每天请人为他读书、读报。不过，他的听力始终很好，反应特别敏捷，而且说话依然幽默而深刻。于是我安慰他说："人说聪明聪明，您虽然现在失去了明，但还有聪。"他听罢哈哈大笑。在这笑声里，我分明听到了岁月的沧桑和寂寞中的坚强。

他的最后一本散文集取名《纸上烟云》，一个饶有意味的名字。凝练而睿智的文字集合了他的人生观察和人生感悟。

公务员实行阳光工资后，工资有了较多增长，而事业单位虽有改革风声却尚未有所动作。于是何为先生在电话里也时常问起事业单位工资改革情况，"什么时候，阳光也能照到我们身上呢？"2010年10月，关于事业单位实行绩效工资的实施方案下达后，我立即电告何为先生。他很兴奋，此后，不断问及进展情况。遗憾的是，何为先生竟未能等到这一天。

现在电话的那一头，那位经历了世纪风雨，为我们动情地描绘人生风景的文化老人，已在冬日的寒风中飘然而去。在夜不能寐中，我写下这样一副挽联："百万言心中风景，锦文多绣山川里；九十载纸上烟云，健笔长存天地间。"

1984年，省文联在西郊凤凰池的大院落成，办公楼和宿舍楼各有一幢。我和蔡其矫先生都是凤凰池宿舍的第一批居民。那时的凤凰池还很僻静，出行没有公交车，附近也没有像样的饭店。由于机关尚未搬来，食堂也没有建起来。蔡其矫先生的家属又不在福州，就在我家搭伙。说是搭伙，其实也不是每天三餐，蔡先生平时不吃早饭，只需要我们给他送一壶开水。加之他的学生和朋友多，三天两头有饭局。不过，如果在外面用餐，蔡先生一定会事先告知，以免我们多煮饭菜浪费了。大概是因为我们不收蔡先生的搭伙费，他便会隔些天买来几条鱼，并亲自下厨。怕我们有想法，他便解释说："我是海边长大的，喜欢吃鱼。"他做的鱼，味道确实不错。饭桌上，他总是鼓励我儿子多吃鱼，他说："多吃鱼补脑聪明。"他还喜欢油炸花生，说这比得过鱼肝油。所以妻子常常会炸些花生米装在广口玻璃瓶里送给蔡先生。这时，蔡先生总是显得很高兴。

一天蔡其矫先生前来告诉我说，下午他要乘火车到三明参加一个诗歌活动。我知道三明是蔡先生的下放地，那里的佳山秀水也是蔡先生的放歌之所。因为蔡其矫的到来，他的周围，很快聚集起一批青年诗歌作者，由此诞生了三明诗群。

　　我看着蔡先生背着一只军用挎包兴冲冲地出了文联大院。然而傍晚时分，蔡先生竟又出现在我面前，神情有些沮丧。一问之下，才知道，原来蔡先生到火车站时，离开车时间还有一个多小时，他就在站前广场闲逛。广场上有几位小姑娘正在补尼龙袜。蔡先生见其中一位小姑娘长得特别可爱，舍不得走开，便从挎包里掏出尼龙袜请她给补补。不想，这一补，竟误了上车时间。等听到列车开出站台的声音，已经来不及了。说着说着，我发现蔡先生脸上的懊恼之情已经荡然无存，又绽出微笑。爱美，向往青春，钟情大自然，使蔡其矫始终保持着蓬勃的活力和旺盛的创造力。

　　最早让我受到震撼的当然是蔡其矫先生创作于1975年的诗歌《祈求》："我祈求炎夏有风，冬日少雨；我祈求花开有红有紫；我祈求爱情不受讥笑，跌倒有人扶持……我祈求总有一天，再没有人像我作这样的祈求！"这是我和许多年轻的文学青年抄在自己笔记本上的诗歌。后来，我们又传抄了他早年创作的诗歌《波浪》："永无止息的运行，应是大自然呈现的呼吸，一切都因你而生动，波浪啊！……对水藻是细语，对巨风是抗争，生活正应像你这样充满音响，波——浪——啊！"正是因为这些撼动我们心扉的诗句，我认识了蔡其矫先生。

　　蔡其矫先生1918年12月出生于福建晋江园坂村，8岁时随全家避乱迁居印尼，16岁赴上海念高中。1938年赴延安入鲁艺文学系学习，1940年至1942年任华北联合大学文学系教员，1952年任中央文学讲习所教研室主任，主讲惠特曼和肖洛霍夫。1959年，蔡其矫先生回到故乡福建，任福建省文联专业作家。这是一位从延安走出来的浪漫诗派的杰出代表，也是一位自由歌唱的诗的独行侠。他崇尚的诗歌理想和诗歌精神影响了中国几代诗人。

蔡其矫诗歌深受惠特曼、聂鲁达的影响，他曾翻译过他们的许多诗作。蔡其矫也从中国传统的诗歌以及民歌中汲取营养。1986年，省作协在福州召开蔡其矫诗歌座谈会。与会的诗人、诗评家对蔡其矫独守寂寞的诗歌精神给予了极高的评价。而蔡其矫则在会上动情地说："深沉的透入心底的孤寂，是诗人异于常人必须付出的代价。"他孤寂地行走，孤寂地吟唱，一道不曾流俗亦不曾喑哑之声，终为时代所证明。

20世纪80年代中期，省文联调进了一大批年轻人，凤凰池大院一下热闹起来。当时，苏联小说《这儿黎明静悄悄》备受瞩目，在大家手中传阅。对苏联文学颇有心得的蔡其矫先生主动提出，每天晚上抽出一个小时在食堂为大家讲授《这儿黎明静悄悄》。诗人讲小说，而且又是著名诗人，每天晚上，文联小食堂里满满当当座无虚席。他从小说的主旨、结构、人物、语言以及战争的背景，条分缕析地细作评介。这对于初涉文坛的年轻人，不啻是一场文学大餐。讲完《这儿黎明静悄悄》后蔡先生意犹未尽，又为大家讲解俄罗斯作家巴乌斯托夫的散文集《金玫瑰》。他的讲课，带着丰富的个人体验和浓烈的感情色彩，真切生动。末了，他这样对我们说："我研究小说，欣赏散文，但只愿意写诗。写一首坏诗，比读一首好诗，获得的快乐更大。我的快乐是梦境的快乐，所拥有的快乐别人都看不见。爱即是快乐，懂得爱的人才懂得快乐。"

更令人钦佩的是，1986年7月，年近古稀的蔡其矫先生走进雪域西藏，在西藏漫游了两个多月。之后，他创作了《在西藏》组诗，发表在《福建文学》的"诗歌专号"上，引起强烈反响。他还曾经三次进疆，并去过西沙群岛，其如云南、四川、内蒙古、黑龙江、海南，足迹踏遍大江南北。

20世纪90年代，已经80高龄的蔡其矫依然活跃在诗坛，徜徉于山水之间。记得那年中秋前后，我们与福建、江西两省的部分作家在武夷山举办笔会，蔡其矫先生应邀参加。他提议，晚上集体到天游峰品茶赏月。这个浪漫的想法当然博得大家的一致赞同。但那天云层似乎很厚，月亮也出得晚，我们在天游峰直待到将近午夜，仍看不到月亮。更不堪的是山上蚊虫很多，而一些女作家穿的又是裙子，被蚊子咬得实在受不了了，纷纷向我提出要求下山。蔡其矫先生却不乐意，他表示："已经等到现在了，为什么要走？你们走我不走。我一个人留在山上。"让蔡先生一个人留在天游峰上，我当然不能放心，也不能同意，只能强制性地要求所有的人一起撤离。蔡先生跟在队伍后面，显得很不情愿。下台阶时，有人要扶他，却被他一把甩开。他坚持自己一个人走下山。说来也怪，当我们一行跌跌撞撞地摸黑下了天游峰，坐上大巴时，车窗外突然一片透亮。什么时候，一轮皎洁的圆月已经冲破云层，高悬在蓝天上。我们还是走早了一步。这时，从后排传来一个不满的声音："官僚主义！"这带着浓重闽南乡音的愤愤之声，不用说，来自蔡其矫先生。这时，不知为什么，车上的人却全都笑了起来。

在我的印象中，蔡其矫先生尽管年事已高且身体微胖，登山下山走路却全不要人搀扶。但这一印象，却在2006年参加中国作协第六次代表大会时，被彻底颠覆了。那一年蔡先生88岁，已经回到北京居住。当福建团的代表一行在作协工作人员引领下来到北京饭店时，蔡其矫先生在饭店大堂迎候我们。一见面，蔡先生固然高兴，但随即嘟哝道："这次开会怎么是一个人住？"这样好的住宿条件，蔡先生还抱怨？一开始，我不能理解。我住的房间正好安排在何为先生和蔡其矫先生隔壁。于是，蔡先生叮咛我，用餐的时候，我们一定要一起走。晚餐时间是五点半。蔡其矫先生果然准点过来敲门。我们又叫上何为先生。这时，我才发现，蔡先生走路步子有些蹒跚，而何先生视力很差，连近物也看不真切。于是，下电动扶梯时，我便一手一个，扶着两位老先生。这情景恰被《文学报》记者看到，顺手拍了一张照片，还配发了文字，在翌日出版的报纸上刊出，成了会议的一道花絮。

第三天早上，蔡其矫先生告诉我们，这两个晚上他上卫生间时都摔倒过，摔得还挺重。大家一听，都劝他不要继续参加会了，赶紧到医院检查一下，看是什么问题。不久，传来消息，蔡其矫先生做了CT检查，脑部发现一颗肿瘤，导致他走不稳。我想起蔡先生说不愿意一个人住的话，原来，他已有感觉。

一个月后，在原定做脑部手术的当天凌晨，蔡其矫先生辞世。他的人生远行，竟也这样坚决、迅速。举行遗体告别仪式时，主办方要我写一副挽联。于是我借来《蔡其矫诗歌回廊》，放置案头，酝酿情绪，脑海里很快就有了这样的句子："汹涌三万诗行，都成海上波浪；起落九十人生，不老风中玫瑰。"《波浪》《风中玫瑰》都是蔡其矫先生的诗歌名篇。

昨夜星辰昨夜风。星光依旧闪耀，风声依旧绕耳，但一个文学时期正悄然掩卷。

图书在版编目（CIP）数据

烟霞满衣 / 黄文山著. —北京：民主与建设出版
社，2017.10
　（名家散文自选集）
　ISBN 978-7-5139-1717-9

　Ⅰ.①烟… Ⅱ.①黄… Ⅲ.①散文集－中国－当代
Ⅳ.① I267

中国版本图书馆 CIP 数据核字（2017）第 235864 号

烟霞满衣
YANXIA MANYI

出 版 人	许久文
总 策 划	李继勇
责任编辑	刘　芳
封面设计	宋双成
出版发行	民主与建设出版社有限责任公司
电　话	（010）59417747　59419778
社　址	北京市海淀区西三环中路 10 号望海楼 E 座 7 层
邮　编	100142
印　刷	三河市腾飞印务有限公司
版　次	2017 年 10 月第 1 版　2017 年 11 月第 2 次印刷
开　本	787mm×960mm　1/16
印　张	20 印张
字　数	181 千字
书　号	ISBN 978-7-5139-1717-9
定　价	39.80 元

注：如有印、装质量问题，请与出版社联系。